STEFANIE HASSE

Der dunkelste Fluch

DRACHENMOND VERLAG

Drachenmond Verlag GmbH
Auf der Weide 6
50354 Hürth
http: www.drachenmond.de
E-Mail: info@drachenmond.de

Lektorat: Stephan R. Bellem
Korrektorat: Michaela Retetzki
Satz & Layout: Astrid Behrendt

Umschlagdesign: Marie Graßhoff
Bildmaterial: Shutterstock

Druck: Booksfactory

ISBN 978-3-95991-167-2

Für alle,

die dort draußen für Gleichberechtigung kämpfen.

Egal, ob mit Magie oder ohne.

Es war einmal ...

In der vor Menschen verborgenen Hexenwelt, die von Anbeginn der Zeit von Frauen regiert wird, findet seit der Hexenverfolgung im Mittelalter alle zehn Jahre ein mächtiges Ritual in der Walpurgisnacht statt, um die Magie mit dem *Occultatum* weiterhin vor den Menschen verborgen zu halten und sich so selbst zu schützen. Denn nur an denjenigen, die Magie sehen können, kann auch Magie angewandt werden.

In diesem Jahr stand das Ritual schon im Vorfeld unter einem schlechten Stern. Die Prophezeiung eines frisch berufenen Auguren, Sebastien de Beauvais, einem von nur drei Auguren und daher einer der drei mächtigsten Propheten der Welt, sagte voraus, dass sich die Dunkelheit während des Rituals ausbreiten und die Auserwählte Adela Mescinia dabei sterben würde.

Dank ihres von ihrem magischen Blut bestimmten Gefährten, Tristan Atwood, konnten sowohl Adela Mescinia als auch das Ritual gerettet werden. Doch bis dahin war es ein langer Weg. Tristans Vater Liam Atwood wurde vor Jahren der Dunkelmagie bezichtigt und ohne Prozess hingerichtet. Sein Sohn wuchs verborgen vor den Augen des Hohen Rats der Hexen auf – im Bewusstsein, kein magisches Talent zu besitzen. Er wurde von seinen Stiefgeschwistern Christoph und Noah Brand drangsaliert und verspottet – bis Adela herausgefunden hatte, warum er keine Magie wirken konnte: Da er seine Mutter nie kennengelernt hatte, konnte ihr Name nicht in seiner ureigenen Sigille, die auf dem Namen der Eltern beruht, verwendet werden. Ihre gemeinsame Mitschülerin Alex Foster hat jedoch deren Identität ermittelt. Gemeinsam konnten Tristan und Adela nicht nur das Ritual vollenden und die Hexenwelt weiter vor den Menschen verborgen halten, sondern es stellte sich auch heraus, dass seine beste Freundin Mara Rothschild seine Zwillingsschwester ist.

Die Dunkelhexen, jene von Gier nach Macht getriebenen Bluthexen, die sich um eine in eine rote Robe gehüllte Frau scharen, haben ihr Ziel nicht erreicht. Adelas Schwester Gloria wurde zur Verräterin und hat das Walpurgisritual sabotiert, um die Welt ins Chaos zu stürzen und den Dunkelhexen zur Macht über die nichtmagischen Menschen zu verhelfen.

Der Hohe Rat der Hexen ist seither gemeinsam mit den Weißroben, jenen Magiern, die Dunkelhexen jagen und einsperren, auf der Suche nach der Flüchtigen Gloria Mescinia und ihrem Helfer, dem Junghexer Noah Brand, Tristans Stiefbruder. Die Identität ihrer Anführerin, der roten Frau, bleibt weiterhin verborgen.

Nach dem Walpurgisritual ist Chris(toph) Brand, Noahs Bruder und Tristans Stiefbruder, nur noch genervt, weil die jüngsten Ereignisse aus seiner Mutter eine Helikopterhexe gemacht haben. Zudem hat er gegen die Auflagen des Hohen Rates verstoßen und in einen Verkehrsunfall eingegriffen. Damit hat er zwar das Leben von Tristans bester Freundin Mara gerettet, doch muss er sich nun vor einem Tribunal verantworten.

Nach jenem Unfall wacht Mara im Krankenhaus auf und droht, verrückt zu werden. Sie ist sich nicht nur sicher, dass Chris Brand, der fiese Stiefbruder ihres besten Freundes Tristan, sie mit einem seltsamen Leuchten am Arm beim Unfall mit ihrem Roller gerettet hat, sondern auch, dass sie in ihrem Dämmerschlaf im Krankenhaus gehört hat, wie Tristan und Adela sich über Hexen und Magie unterhalten haben. Doch als sie endlich entlassen wird, ist Tristan nicht erreichbar. Daher konfrontiert sie Chris mit ihren Vermutungen, der sie jedoch eiskalt abblitzen lässt und auslacht, um nicht gegen noch mehr Auflagen des Rates zu verstoßen und sich eine Magiesperre einzuhandeln.

Mara hat darüber hinaus jedoch auch noch andere Probleme. Nach dem Unfall sieht sie täglich schlechter. Sie trägt seit ihrer Kindheit eine Brille, aber dass sie von heute auf morgen nahezu erblindet, war nicht ihr Plan.

Erst als sie herausfindet, dass Tristan ihr Zwilling ist und sie eine Hexe, erfährt sie vom Fluch, der auf Zwillingen ihrer Familie liegt und warum ihre Eltern Tristans und Maras Magie blockiert haben: Die Zwillinge der Familie erkranken und sterben an der Magie, weshalb sich die Familie vor langer Zeit von der Magie losgesagt hat und mit ihrem großen Wissen nur hin und wieder zirkellosen Hexen hilft und daher Wächter genannt wird. Warum Tristan trotzdem überlebt hat, kann sich ihre Mutter Tanja nur durch die Gegenwart von Adela erklären. Wenn sie vom Hexenblut vorherbestimmte Partner sind, heilt Adela Tristan schneller, als er erkranken kann. Was nahelegt, dass Chris, in dessen Gegenwart es Mara immer besser geht, ihr vorherbestimmter Partner sein muss – und sie retten kann.

Aber Chris ist nicht auffindbar, weshalb Mara gemeinsam mit Tristan und Adela zu Chris' Mutter Carina geht, die ihnen dann die Wahrheit erzählt. Bei ihrer Initiation als Junghexe wurde festgestellt, dass sie kaum Magie im Blut hat und daher nie eine richtige Hexe werden könnte. In jener Nacht bekam sie aber Besuch von einer in eine rote Robe gehüllten Frau, die ihr Hilfe versprach – und im Gegenzug ihren Erstgeborenen forderte. Nach der Geburt von Chris wollte die rote Frau ihre Bezahlung abholen, Carina handelte jedoch aus, dass Chris bei ihr bleiben durfte, um eine Möglichkeit zu finden, ihn zu retten. Die rote Frau sagte zu, versprach ihr aber, dass die Dunkelheit Chris an seinem siebzehnten Geburtstag holen würde.

Nahezu erblindet und ohne Chance auf Heilung besucht Mara noch einmal ihre Lieblingsplätze, so auch den Schlosspark, in dem die Rosenranken in diesem Jahr sehr früh blühen. Direkt unter dem Westturm des Schlosses, der dank des magieblockierenden Hämatits in alten Zeiten als Gefängnis für Hexen diente, bessert sich ihre Sicht. Sie ist sich sicher, dass Chris in der Nähe – im Turm – ist. Sie findet ihn und folgt dem Instinkt, ihn zu küssen. Er erwacht, rennt jedoch schreiend davon – direkt in die Arme seines Bruders Noah und dessen Freundin Gloria, die ihn mitnehmen.

Chris scheint weder Mara zu erkennen noch zu wissen, dass sein Bruder und Gloria mit der roten Frau paktieren.

Für Mara beginnt ein Wettlauf gegen die Erblindung und den Tod, aber mithilfe einer uralten Sigille, die Gefährten aneinanderbindet, spürt sie Chris auf und schafft es, den dunklen Fluch, der seine Erinnerung trübt, zu brechen. Mara kann wieder sehen, kann nun selbst Magie wirken.

Für den Rat und selbst die Auguren bleiben sowohl die rote Frau als auch Noah und Gloria verschwunden. Doch von einem belauschten Gespräch, als Chris mit den beiden auf der Flucht war, weiß er, dass »das Versteckspiel bald ein Ende haben wird«.

Die Welt der Hexen wappnet sich für den nächsten Schlag der Dunkelhexen.

Prolog

Sechs Jahre zuvor

Uralte, vergilbte Grimoires stapelten sich seitlich des goldgerahmten Spiegels, vor dem er auf *ihre* Ankunft wartete. Das ehemalige Ankleidezimmer seiner verstorbenen Frau hatte er nun nur für *sie* reserviert, begierig darauf, mehr über Magie und seine erfolgreiche Zukunft zu erfahren. Er verbrachte täglich mindestens zwei Stunden in der fensterlosen Kammer, umhüllt vom Geruch der Magie, die an all den Aufzeichnungen der mächtigsten Hexen der Welt haftete. Er studierte, verbesserte sich, kam seinem Ziel immer näher, wie auch *sie* ihm immer versichert hatte.

Eine starke Brise brachte seine Robe in Bewegung und zupfte an den Seiten des aufgeschlagenen Buchs. Gänsehaut überzog seine bloßen Unterarme. Nicht aus Angst, nein. Es war die pure Macht, die *ihr* Kommen ankündigte und die Luft vibrieren ließ.

Er trat vor den Spiegel, dessen Oberfläche verschwamm wie ein vom Wind bewegter See. Das Bild des Mannes mit dunklen Haaren und dem Ansatz von Grau an den Schläfen, die das bleiche Gesicht einrahmten, verwischte immer mehr, bis er in *ihr* Antlitz blickte. Sie war schön wie eh und je, ihre vollen Lippen rot wie Blut. Rot wie die Robe, die sie trug und deren weite Kapuze auch ihr Gesicht verbarg. Nur der zu einem Lächeln verzerrte Mund und der Schemen ihrer Nasenflügel waren zu erkennen.

»Was hast du heute für mich?« Er lechzte nach Neuem ebenso wie nach Bestätigung, dass sich all seine Aufopferung, all seine Taten gelohnt hatten.

Er wartete auf den ihm bekannten Satz. Wartete, dass sie ihm wie immer in den vergangenen Monaten bestätigte, der mächtigste Hexer der Welt zu sein, auf dass er endlich dazu bereit war, worauf er seit dem Tod seiner Frau hingearbeitet hatte.

Ihr Lächeln fiel in sich zusammen, ehe sie neue Kunde brachte, ihre Stimme scharf wie nie zuvor.

»Maître, Ihr seid der Mächtigste hier,

aber Sebastien wird noch tausendmal mächtiger als Ihr.«

Wort für Wort hallte ihre veränderte Botschaft in seinem Kopf wider, schlug Wellen wie zuvor die Oberfläche des Spiegels. Sie verzog den Mund zu einem garstigen, abfälligen Lächeln. Ein Sturm tobte in seinem Inneren, Übelkeit wollte ihn übermannen. Was, wenn er ihrer nicht länger würdig war? Wenn sie ihn nicht länger auf seinem Weg begleitete?

Er schluckte den bitteren Geschmack hinunter, der in seiner Kehle aufstieg. Fixierte die Karikatur des ehemals freundlichen Lächelns der blutroten Lippen. Er brauchte sie. Musste alles dafür tun, weiter in ihrer Gunst zu stehen – und an der Spitze der Macht. Er hatte sich geschworen, Liam Atwoods Nachfolger zu werden – dem einst mächtigsten Hexer der Welt –, und sie hatte ihm geholfen, wie dem vor zwei Jahren hingerichteten Liam zuvor. Sein Atem stockte, doch als ein dunkler Plan in ihm reifte, straffte er die Schultern.

Mit seinem unstillbaren Wissensdurst war Sebastien ihm schon immer ein Dorn im Auge gewesen. Und er war nicht einmal von seinem Blut. Er hatte den Unfall überlebt, während seine treue Frau verstorben war! Um das noch magielose kleine Kind zu retten! Seine Lippen pressten sich zu einem festen Strich zusammen, während *ihr* Bild verblasste, die vollen blutroten Lippen zu seinen wurden.

Sein Entschluss stand fest. Hastig wandte er sich um, suchte in den an den Wänden aufgetürmten Bücherstapeln nach dem Codex obscurus, dem dunklen Buch, das *sie* ihm über finstere Wege zugänglich gemacht hatte.

Schwarzer Rauch kroch zwischen den Seiten hervor, kaum dass er den Buchrücken berührte. Die Dunkelheit verdichtete sich, rahmte ihn und den Codex ein. Der Findezauber, der nun aus der Sigille an seinem Handgelenk glitt, vermochte die Finsternis kaum zu verdrängen, legte sich auf das aufgeschlagene Buch und sickerte in das Pergament. Der Codex obscurus wurde lebendig, die Seiten blätterten auf der Suche nach einer Lösung, der Antwort auf seine in den Zauber gelegte Frage wild hin und her, ehe sie mit einem leisen Seufzen zur Ruhe kamen.

Sein Blick huschte über den vorgeschlagenen Zauber und seine Mundwinkel hoben sich. Während die Dunkelheit ihn noch immer umhüllte, griff er nach einem Pergament, schrieb die unverständlichen lateinischen Worte ab und schlug das Buch zu.

Die wabernde Düsternis kroch zurück in den Codex obscurus. Er löschte mit einem Wink seiner Hand das Deckenlicht und verließ die Kammer, um die Zutaten für den Zauber zu besorgen.

Sein Plan würde funktionieren.

Liam Atwood, zu seiner Zeit mächtigster Hexer der Welt, war binnen weniger Stunden nach seiner Festnahme durch die Jäger ohne Tribunal hingerichtet worden. Was sollte dann schon ein Junge ausrichten können?

Wenig später betrat er mit einem Trank in der Hand Sebastiens Zimmer. Die Sonne war bereits aufgegangen und er lag noch immer im Bett und schlief, obwohl heute der wichtigste Tag seines Lebens war, seine Magieprüfung. Tiefe Abscheu legte sich wie Säure auf seine Zunge.

Er träufelte ein paar Tropfen des Tonikums auf Sebastiens zerzauste Locken und seine Brust, ehe er die auf Pergament gebannte Sigille entzündete.

Ein roter Schimmer legte sich auf den schlafenden Jungen vor ihm. Beim Wirken eines Zaubers – seinem ersten Zauber überhaupt – würde er den Alarm der Hexenjäger auslösen.

Sein Mundwinkel zuckte. Die einzige Zurschaustellung seiner Zufriedenheit, die er sich erlaubte. Er begutachtete sein Werk, verließ Sebastiens Raum und ließ sich kurz darauf im Speisezimmer nieder, wo schon Croissants und Café au Lait auf ihn warteten.

1

Sebastien

Sechs Jahre zuvor

Luft! Ich brauchte Luft! Der beißende Gestank des Todes ging von den rot leuchtenden Händen aus, die um meinen Hals lagen. Die Ränder meines Sichtfelds verschwammen bereits, meine Augen fühlten sich an, als würden sie aus den Höhlen quellen. Ich wollte schreien, um Hilfe rufen, doch die schattenhaften Finger schlangen sich so eng um meine Kehle, dass es unmöglich war. Ich strampelte mit den Beinen, versuchte die Schattenprojektion, ein zu Schatten gewordener Wille, zu greifen, um mich zu befreien, doch meine Finger glitten durch sie hindurch. Jeder Muskel in meinem Körper spannte sich an, verkrampfte angesichts des Sauerstoffmangels. Mein Blick ruckte hin und her, ich suchte nach der Hexe, deren Zauber mich gerade töten wollte. Doch da war niemand. Mein Zimmer war leer. So leer wie immer. Es gab nur den improvisierten Schreibtisch und den wackeligen Stuhl mit den Löchern im Polster davor. An den Wänden rollte sich die Tapete ab, brachte den rauen, vergilbten Putz der alten Abstellkammer zum Vorschein, in die ich nach Mamans Tod hatte ziehen müssen.

Schwarze Schlieren zogen sich über alles, was ich sah. Mein Körper bäumte sich ein letztes Mal auf, instinktiv suchte ich nach der Magie in mir, wusste genau, welche Sigille mich retten könnte. Doch vor dem Ritual der Sigillenvergabe konnte ich keinen Zauber wirken. Es war mir ohne das mittels Magie in die Haut an meinem Handgelenk eingebrannte Zeichen schlichtweg unmöglich.

Ich liebe dich, Maman, flüsterte ich in Gedanken. *Und ich vermisse dich so sehr.*

Die Schwärze kroch von allen Seiten näher, während mein rasender Herzschlag den letzten Sauerstoff durch meinen Körper pumpte. Mein Magen hob sich.

Ich fiel.

Schweißgebadet lag ich in meinem Bett, das löchrige Laken, das ich als Bettdecke nutzte, klebte an mir wie eine durchnässte zweite Haut. Keuchend setzte ich mich auf und fuhr mit den Fingerspitzen über meine Kehle, die sich noch immer eng anfühlte, so trocken, als hätte ich tagelang nichts getrunken. Gierig sog ich die Luft ein, mein Blick irrte dabei noch immer halb in dem Albtraum steckend durch die Kammer, suchte nach der Schattenprojektion oder der Hexe, die sie gewirkt hatte. Erst nachdem sich mein Puls normalisierte und ich die letzten Fetzen des Traums von mir gerissen hatte, schob ich das fadenscheinige Laken zur Seite und schwang die Beine aus dem Bett. Ein Blick aufs Display des Weckers auf dem Turm an Büchern neben dem Kopfende, der Nachttisch und Lesestoff zugleich war, sandte ein Hochgefühl durch meine Adern. Heute war der wichtigste Tag meines Lebens!

Von puren Endorphinen getragen, holte ich frische Kleidung aus dem Schrank und zog sie mir über, während ich darüber nachdachte, aus welchem Grund mein Unterbewusstsein den Kleiderschrank aus meinem Traum gelöscht hatte. Alles andere sah aus wie in meinem Albtraum. Die abblätternde Tapete, das winzige Fenster, das einst die Vorräte belüftet hatte. Warum war der Schrank nicht dort gewesen?

Ich hatte zahlreiche Bücher über die Magie der Träume gelesen, wusste, dass sie für viele Hexen die einzige Möglichkeit waren, ihrer schwach ausgeprägten prophetischen Gabe, die laut Legenden einst jeder Hexe zu eigen war, eine Stimme zu geben. Ich sah zu meinem Bett, dessen Holz schon wurmstichig war und mehr Schrammen besaß als lackierte Stellen, zum Schrank, der nicht besser aussah. Meine Kehle wurde erneut enger, als mein Kopf die Bilder des Traumes wiederholte. Ich schüttelte sie ab und verließ mein Zimmer.

Es war, wie eine andere Welt zu betreten, von einem Albtraum in die wunderschöne Realität zu gleiten. Jenseits meiner Kammer war nichts kaputt, wurmstichig oder fadenscheinig. *Maison de Beauvais* wurde mit Magie intakt gehalten. Einfache Trugbilder sorgten für den finalen Glanz. Auch ohne Licht warfen die Kristallleuchter der hohen, mit Stuckleisten in Rauten geteilten Decke Glitzereffekte auf das polierte hölzerne Geländer der Galerie, über die ich zum Badezimmer gehen musste. Auch hier funkelte alles. Mein Stiefvater duldete kein einziges Staubkorn, keinen einzigen Kalkfleck.

Die Wassertropfen, die noch im Marmorwaschbecken und in der Dusche funkelten, und der Dunst, der mein Spiegelbild leicht verzerrte, verschwanden nur wenig später in einem zart blau schimmernden Lufthauch der Magie, kaum dass ich aus der Dusche stieg. Binnen eines Wimpernschlags war alles blitzblank – wie in einem Werbespot der Untalentierten für Reinigungsmittel.

Ich fixierte mein Spiegelbild, versprach dem zwölfjährigen Jungen mit den dunklen Locken, die sich vom Duschen noch kräuselten, dass sich heute alles verändern würde. Dass er nach der Magieprüfung und der Sigillenvergabe endlich auch Teil der magischen Welt war und nicht länger verabscheuungswürdig. Ich sah dem Jungen ins Gesicht, versprach ihm, dass wir Maman stolz machen und Gutes mit unserer Magie tun würden.

Die Augen meines Spiegelbildes glänzten verdächtig, während der Schmerz in meiner Brust immer stärker wurde. Ich vermisste sie so sehr. Sie hätte an diesem Tag an meiner Seite sein sollen, am wichtigsten Tag einer jeden Junghexe! Nun war es meine eigene Hand, die nach der meines Spiegelbilds griff. Entgegen meiner Erwartung war die Stelle warm wie von einer echten Berührung. Ich atmete noch ein letztes Mal tief durch, sammelte wie jeden Morgen Kraft, meinem Stiefvater gegenüberzutreten.

Während ich das Badezimmer verließ, wischte die Magie meinen Handabdruck weg und es war, als wäre ich nie hier gewesen.

Vor Betreten des Speisesaals wappnete ich mich innerlich für eine Standpauke, weil ich zu spät aufgestanden war, doch es blieb still im Raum. Zögernd ging ich hinein, sah vom reich gedeckten Esstisch auf den leeren Platz an der Stirnseite, an dem sonst mein Stiefvater saß und mit vorwurfsvollem, fast abfälligem Blick aufsah. Irritiert blieb ich stehen, bis Florence im Durchgang zur Küche erschien.

»Was stehst du hier herum, Sebastien?«, fragte unsere Haushälterin mit einem dampfenden Kännchen in der Hand und lächelte mich an. »Hast du keinen Appetit? Du musst essen, Junge! Der Tag wird anstrengend!«

Sie scheuchte mich zu meinem Platz und belud meinen Teller, ehe sie mir den heißen Kakao mit Milchschaum in meine *Bol* goss und sich dann neben mich setzte.

»Wo ist Papa?«, fragte ich irritiert, weil ich mich nicht erinnern konnte, wann er das letzte Mal nicht am Tisch gesessen hatte, wenn ich aufgestanden war. Das Licht fiel in bunten Schlieren durch die Bleiglasfenster auf seinen unbesetzten Platz, als wollte selbst die Sonne mir zeigen, dass heute etwas anders war.

»Er ist schon runter in den Keller gegangen, um die letzten Vorbereitungen für deinen großen Tag zu treffen. Und jetzt iss!«, forderte sie erneut und tupfte sich mit einem zerknitterten Stofftuch den Schweiß von der faltigen Stirn. Auch wenn sie eine Hexe war, nutzte sie nie Magie für sich selbst. Sie glättete weder die Falten in ihrem Gesicht noch tönte sie ihr silbergraues Haar. Auch wenn einige Zirkelmitglieder genauso alt waren wie sie, war sie die älteste Frau, die ich kannte. Mit Abstand.

Ich folgte ihrem Befehl und biss in meine Brioche, ehe ich die *Bol* zum Mund führte und der cremige Kakao meine Geschmacksknospen explodieren ließ.

»Ich habe deinen Umhang frisch gemacht. Er bestand ja nur noch aus Löchern! Wird Zeit, dass du hexen kannst und in deiner Kammer für Ordnung sorgst.« Florence seufzte theatralisch auf. Es lag nicht an mir, dass jedes Ungeziefer in meiner Kammer landete. Da der Rest von Maison de Beauvais durch Magie geschützt war, blieb den Motten, Spinnen, Kellerasseln und wer weiß, was noch, gar nichts anderes übrig, als bei mir Asyl zu suchen. Ich hatte mich in den letzten beiden Jahren mit ihnen gezwungenermaßen arrangiert. Nachdem mein Stiefvater mich ausgelacht hatte, als ich kurz nach Mamans Tod um Hilfe geschrien hatte, weil eine – zumindest in meiner Erinnerung – handflächengroße haarige Spinne über den nackten Betonboden spaziert war.

Ich hatte eben den letzten Schluck Kakao getrunken, da rückte Florence ihren Stuhl nach hinten und scheuchte auch mich auf.

»Bist du bereit für den Tag der Tage?« Sie zwinkerte mir zu und ich erhob mich, während Florence schon den Umhang von der Kommode an der Wand holte. Sie hatte ihn tatsächlich geflickt, ich sah keine Löcher oder fadenscheinige Stellen mehr. Sie legte mir mit einem stolzen Lächeln die Robe um, zupfte sie zurecht und schloss mit einer Brosche an meinem Hals den Stoff. Ein wohliges Gefühl wärmte meine Brust von innen. »Du wirst ein großer Hexer werden, Sebastien. Da bin ich mir ganz sicher.«

Sie tätschelte meine Wange und ich war kurz davor, mich in die warme Handfläche zu schmiegen, so sehr sehnte ich mich nach ihrer Fürsorge und Zuneigung. Sie drückte mich noch an ihre Brust, ich roch für einen Moment nichts anderes als Flieder, ehe sie mich von sich schob und mir tief in die Augen sah. »Du darfst nie vergessen, dass ich dich immer lieben werde wie einen Enkel, auch wenn du keine Magie im Blut haben solltest. Verstanden?«

Sie wartete so lange, bis ich nickte.

Sosehr mich ihre Aussage auch von innen heraus wärmte, so sehr wusste ich, dass ich in den Augen meines Stiefvaters noch untauglicher wäre als bisher schon. Ich konnte es mir nicht leisten, keine Magie zu haben. Das wäre mein Ende.

Mit pochendem Herzen folgte ich unserem Butler Antoine ins Kellergewölbe. Auch hier war alles prachtvoll gehext, silberne Kandelaber funkelten mit Kristallleuchtern um die Wette. Mit jeder Stufe wurde das Stimmengewirr aus dem Ritualraum lauter. Meine Schritte hallten auf dem polierten Marmorboden wider.

Antoine legte mir die Hand auf die Schulter. »Du machst das schon, Junge.« Ich sah den Mann an, der nicht viel älter aussah als mein Stiefvater, vollkommen irritiert darüber, dass er versuchte, mir … Mut zu machen? Ich blinzelte noch immer ungläubig, als wir im Ritualsaal ankamen.

Die Gespräche verstummten sofort. Die dreizehn anwesenden Mitglieder unseres Zirkels wandten sich wie eine Person mir zu. Mein Stiefvater machte ein Gesicht, als hätte ich ihn bei etwas Wichtigem unterbrochen, obwohl es *mein Tag* war. Die Zirkelmeisterin Odette warf meinem Vater daraufhin einen strengen Blick zu. Sie verstanden sich nicht. Etienne de Beauvais hatte schon vor Mamans Tod Ambitionen, Odette eines Tages von ihrem führenden Posten zu verdrängen, aber eine männliche Hexe – offiziell gab es den Begriff Hexer nicht einmal – als Anführer eines Zirkels war schlichtweg undenkbar. Dabei war es egal, wie viel Magie in seinem Blut ruhte und wie viel Wissen und Macht er sich in den vergangenen Jahren angeeignet hatte. Seit Mamans Tod mehr denn je. Niemand durfte ihn bei seinen Studien unterbrechen, für die er sich ausgerechnet Mamans Ankleidezimmer ausgesucht hatte, weshalb dort nichts mehr an sie erinnerte.

»Tritt zu uns, Sebastien.« Odette lächelte freundlich und meine Beine folgten ihrem Befehl wie von selbst. »Ich werde deine Patin sein.«

Ich hatte erwartet, dass Etienne die Rolle übernahm. Er – den zusammengekniffenen Augen nach zu urteilen – ebenso. Mein Stiefvater machte bereits einen Schritt auf uns zu, doch Odette hob ihre Hand und Etienne prallte von einer schimmernden blauen Wand ab, woraufhin er mit wüsten Flüchen um sich warf.

»Setz dich«, forderte Odette bestimmt, aber freundlich, und schob mit Magie den schweren Stuhl vor dem dunkel lasierten Tisch zurück, auf dem bereits Pergament, Tinte und eine Feder neben einer dicken weißen Kerze und einer bronzenen Schale auf ihren Einsatz warteten.

Von unzähligen Büchern über den Ablauf – und Odettes Anweisungen – angeleitet, schrieb ich meinen Namen auf das Pergament, konzentrierte mich dabei immer auf die in meinem Blut liegende Magie, die nach außen zu tragen das Ziel des Rituals war.

SEBASTIEN DE BEAUVAIS.

De Beauvais war der Nachname meiner Mutter gewesen, den Etienne angenommen hatte, wie es in Hexenkreisen Tradition war. Den Nachnamen meines mir unbekannten leiblichen Vaters notierte ich dahinter. MESCINIA, eine der mächtigsten Hexendynastien der Welt, vermutlich die mächtigste Familie in Europa. Mehr als den Namen besaß ich nicht von meinem Vater.

Ich strich alle doppelten Buchstaben durch und übertrug die übrigen Zeichen – SEBATINDUVMC – auf das Hexenrad, das mir Odette auf das Pergament projizierte, als hätte ich nicht die Stelle eines jeden einzelnen Buchstabens auf den drei konzentrisch angelegten Kreisen auch mit geschlossenen Augen benennen können.

Das Ergebnis war eine entfernt an eine durchgestrichene Raute erinnernde Sigille, die in nur wenigen Minuten die Haut über meiner Pulsader am linken Handgelenk zieren würde.

Odette stand noch immer hinter mir, legte mir die Hände auf die Schultern und entzündete mit Magie die Kerze. Sie flüsterte mir zu, mich noch einmal vollkommen auf die Magie in meinem Blut zu konzentrieren, während ich das Pergament in die Hand nahm und über die Kerze hielt. Die Flammen leckten begierig daran, das Blatt färbte sich an den Rändern schwarz, ehe es zu brennen begann. Ich warf es in die bronzene Schale, wo das Feuer in den getrockneten Kräutern darin neue Nahrung fand und sich Rauch entwickelte, der sich schnell der Gewölbedecke entgegenkräuselte, ehe Feuerzungen aus der Schale nach oben schossen.

Nur am Rande meiner Wahrnehmung erfasste ich die erstaunten Laute der Zirkelmitglieder, während mein Blick von den Flammen erfüllt war, die immer weiter emporwuchsen, größer wurden als alle, über die ich gelesen hatte. In ihrer Mitte schwebte meine geschriebene Sigille empor, tanzte im Feuer, ehe sie ein paar herausbrechenden Funken folgte und sich auf meinem Handgelenk niederließ.

Im ersten Moment prickelte es angenehm, dann verbiss sich die glühende Sigille begleitet vom Gestank nach verbranntem Fleisch in meiner Haut. Der sengende Schmerz ließ meine Konzentration schwinden, ich blinzelte gegen die Tränen an, während sich Odettes Finger in meinen Schultern vergruben und sie wohlige Kühle, getragen vom weißblauen Glimmen von Magie, zu mir sandte. Der Schmerz ebbte ab, war kurz darauf verschwunden und ich sah auf mein Handgelenk hinab, auf dem meine Sigille, der Beweis meiner Magie, hellblau leuchtete.

Fasziniert von dem magischen Tattoo starrte ich reglos darauf, die Zeit schien stillzustehen. Im Ritualsaal war es totenstill, ich hörte niemanden sprechen, ja nicht einmal atmen.

»Wow!«, stieß Odette hinter mir irgendwann aus und brach den Bann, dem offenbar alle erlagen. »Das war … neu.« Sie stieß ein heiseres Lachen aus, kam an meine Seite und zog mich von meinem Stuhl auf. »Ich glaube, wir dürfen Großes von dir erwarten, Sebastien de Beauvais.« Sie drückte mich kurz an sich, ehe sie mich dem Zirkel präsentierte. »Heißt unseren offenbar mächtigen Neuzugang im Zirkel willkommen!«

Die Zirkelmitglieder klatschten Applaus. Alle, bis auf meinen Stiefvater, dessen Nasenflügel bebten. Seine Augen waren so weit zusammengekniffen, dass ich das blasse Blau darin gar nicht mehr erkennen konnte.

»Nun zeig uns, was du kannst«, forderte Odette und ließ ein Papierflugzeug auf ihrer ausgestreckten Handfläche erscheinen. Sie schenkte mir ein aufmunterndes Lächeln.

Ich konzentrierte mich auf den Befehl FLIEG. Der Zauber besaß keine doppelten Buchstaben und musste daher nicht gekürzt werden. Ich zog auf dem Hexenrad in meinem Kopf die Buchstaben nach. Vom F aus, das auf einer Uhr an der Stelle der Fünf liegen würde, nach links oben zum L bei der Elf, senkrecht nach unten zum I, in einer waagrechten Geraden zum E auf Position der Vier, und hinab zum G am tiefsten Punkt des Kreises. Alle Buchstaben des Zaubers lagen auf dem äußeren Ring. Ich hatte die Sigille direkt vor Augen und sandte sie bis zu meinem Unterarm, um den Zauber an das Element Luft zu übergeben, wie es bei einfachen Zaubern ausreichte.

Mein Handgelenk begann zu leuchten, als die Magie ihre Wirkung zeigte. Doch es war nicht das weißblaue Schimmern, wie Magie aussehen sollte. Meine Sigille leuchtete blutrot.

Aufschreie und Zischen echoten durch das Gewölbe, während mein Zauber aus meiner Hand floss, auf Odette zuglitt, den Papierflieger anhob und ihn in Fetzen riss. Das Schimmern war bereits vergangen, als die Schnipsel noch im Hexenwind, der nach jedem Zauber die Überreste der Magie hinfort trug, tanzten und zu Boden rieselten.

»Dunkelhexe!«, schrie Marianne, eine der jüngeren Hexen des Zirkels, und zeigte mit dem Finger auf mich. Ihr Vorwurf hallte durch den Ritualsaal. Ich taumelte zurück, als hätte sie mich geschlagen, prallte gegen irgendjemanden, der mich von sich stieß, sodass ich stolpernd auf den Knien landete. Was war da eben geschehen? Warum war meine Magie rot wie die von Blutmagiern, sich den dunklen Künsten hingebenden und nach Macht gierenden Hexen, die sich von den Zirkeln und dem Rat losgesagt hatten? Wie der bis zu seinem Tod mächtigste Hexer der Welt, der Blutmagier Liam Atwood, der vor zwei Jahren enttarnt und hingerichtet worden war? Ich hatte alles über ihn gelesen, was ich in die Finger bekommen konnte. Und so war ich mir sicher, dass mich dasselbe Schicksal wie ihn ereilen würde, als die Luft im Gewölbekeller zu prickeln begann und die Hexenjäger, die Elitegruppe des Rates, die Dunkelhexen jagten, in ihren weißen Roben aus dem Nichts erschienen, ihre gebündelte Magie auf mich warfen und mich am Boden fixierten. Sie legten mir eine Kette aus Hämatit an, die meine Haut versengte, während der Blutstein wie ein Brenneisen auf mir lag und jeden Funken Magie in meinem Körper aus mir heraussaugte.

Niemand kam mir zu Hilfe. Niemand hielt sie auf. Wie in meinem Traum war es mir unmöglich zu schreien. Ich suchte nach meinem Stiefvater, fing seinen Blick auf, flehte ihn stumm um Hilfe an.

Doch er verzog nur enttäuscht das Gesicht. Zumindest versuchte er es. Denn ich konnte das Zucken seines Mundwinkels sehen, den Beweis seiner Zufriedenheit.

2

Sebastien

Sechs Jahre zuvor

Ich erwachte aus der Benommenheit des Schlafzaubers, mit dem man mich zusätzlich belegt hatte. Als würden es mir die magischen Fesseln nicht schon unmöglich machen, mich zu wehren.

Ich blinzelte, versuchte, etwas zu erkennen. Nach und nach klärte sich mein Blick und mein Atem stockte. Auch wenn ich nie zuvor hier gewesen war, wusste ich, wo ich mich befand. Der Stuhl, auf den man mich gesetzt hatte, stand inmitten eines im Boden eingelassenen Pentagramms, dem ältesten Schutzzeichen der Hexenwelt. Ich drängte meine Neugier zurück, wagte es nicht, mich der Begeisterung hinzugeben und mich umzusehen, jedes Details des sagenumwobenen Raumes in mich aufzunehmen. Ich befand mich in dem unterirdischen Saal, in dem der Hohe Rat der Hexen tagte und die Tribunale abhielt. Aus meinen Büchern wusste ich, dass der Sitzungssaal sechs Wände besaß, die sich über meinem Kopf in mindestens zehn Meter Höhe zu einem bogenförmigen Gewölbe vereinten. Wie gern hätte ich den Kopf in den Nacken gelegt und die uralten magischen Symbole betrachtet, die bei der Erbauung des Saals in die tragenden Säulen eingelassen worden waren.

Stattdessen schluckte ich und sah auf die Hexen vor mir, die in zwei Ebenen, einer Tribüne gleich, über mein Schicksal und mein Leben entscheiden würden.

»Sebastien de Beauvais«, hallte die Stimme der Ratsvorsitzenden Calliope durch den Saal. »Du bist angeklagt, dich der Blutmagie hingegeben zu haben, dem höchsten Verbrechen der Hexenwelt.«

»Ich …«, wollte ich mich instinktiv verteidigen, doch schon dieses eine Wort blieb mir im Hals stecken, als mich Calliopes finsterer Blick traf, noch ehe ihr Zauber bei mir ankam.

»Schweig!«, sprach sie den Befehl ihrer Sigille zusätzlich aus. Der Befehl hallte wie Donner durch den Ratssaal, ehe er mir die Lippen versiegelte.

»Aufgrund der Macht, die sich bei deiner Initiation gezeigt und die uns von deinem Zirkel bestätigt wurde, sehen wir uns gezwungen, zu einer sofortigen endgültigen Maßnahme zu greifen.«

Während es mir eiskalt den Rücken hinablief, meine Lippen unkontrolliert bebten, war Calliopes Gesicht bar jeder Emotion. Sie blinzelte nicht, zeigte nicht einmal ein kleinstes Zucken ihrer Mundwinkel oder der Stirn. Irgendetwas, was mir vielleicht geholfen hätte zu ergründen, ob sie mit »endgültig« tatsächlich das meinte, was ich mir zu glauben verbot. Seit Liam Atwood war niemand mehr ohne Tribunal hingerichtet worden, ohne die Möglichkeit, Zeugen zu befragen und die Umstände ausführlich zu untersuchen.

»Das wäre vorschnell«, sagte eine Stimme hinter mir. Auch wenn ich Calliope nicht aus den Augen lassen wollte, drehte ich mich um. Am Rande des in den Marmor unter mir eingelassenen schwarzen Pentagramms standen drei Weißroben. Ich konnte nicht mit Sicherheit sagen, ob die zwei Frauen und der Mann jene Hexenjäger waren, die mich überwältigt und mitgenommen hatten. Eine der Frauen fuhr fort: »Vielleicht ist etwas bei seiner Initiation … schiefgelaufen.«

Ein abfälliges Auflachen ließ mich wieder zu Calliope herumschnellen. »Das glaubst du doch selbst nicht, Giulia! Ich habe eine Verantwortung den Hexen der ganzen Welt gegenüber. Erlaube dir nicht, meine Entscheidung anzuzweifeln. Auch wenn du eine Mescinia bist, hast du nicht das Recht dazu.«

Ihre Stimme wurde immer schärfer, schnitt durch meine Ohren hindurch direkt in mein Gehirn – und doch blieb ich an dem Namen hängen. Giulia Mescinia. Ich hatte nie eine Hexe aus der Familie meines leiblichen Vaters kennengelernt. Auch in den ganzen Chroniken, die ich gelesen hatte, stand kaum etwas über die Tätigkeiten der Familie, nur über die Macht, die seit Jahrhunderten mit dem Namen verbunden wurde. Dass sie zu den Hexenjägern gehörten, hatte ich mir durch Berichte in den ausgelesenen Hexenzeitungen meines Stiefvaters zusammengereimt, wann immer ich eine davon in die Finger bekam.

Eine finstere Stimme in mir flüsterte, dass sich der Kreis so schließen würde. Ein Mescinia hatte mir das Leben geschenkt, eine Mescinia würde mich hinrichten.

»Verzeih mir, Ratsvorsitzende.« Der Tonfall von Giulia Mescinia klang alles andere als entschuldigend, aber Calliope nickte zufrieden.

»Nehmt ihn mit und bereitet der Quelle der Dunkelmagie ein Ende.«

Wie konnte sie so emotionslos über meinen Tod sprechen? Ich wollte etwas sagen, schreien, brüllen, mich auf die Knie werfen und um mein Leben betteln. Doch ich konnte mich aufgrund des Zaubers, der über dem Pentagramm lag, nicht vom Stuhl erheben, meine Lippen waren von Calliopes Zauber noch immer versiegelt. Ich spürte die Tränen, die mir unablässig aus den Augenwinkeln rannen. Es hätte heute mein großer Tag werden sollen. Ich hatte Maman stolz machen wollen – und nun hatte ich nicht nur sie enttäuscht, sondern gleich meinen ganzen Zirkel entehrt. Mein Stiefvater hatte immer richtiggelegen. Er hatte gewusst, dass ich zu nichts taugen würde, das selbstgefällige Grinsen, als ich abgeführt wurde, hatte es deutlich gezeigt.

Vergib mir, Maman. *Et Papa*, auch wenn ich dir nie begegnet bin.

Ich senkte kurz die Lider. Bis ich wieder aufsah, waren die Ratsmitglieder via Sigillenfährte – der kräftezehrenden, aber schnellsten Art des Reisens der Hexen, einer Teleportation ähnlich – verschwunden und der Zauber, der mich auf dem Stuhl hielt, verpuffte. Ich fiel zur Seite und schaffte es gerade noch, mich mit den Händen aufzufangen. Ein stechender Schmerz fuhr durch mein Handgelenk und ich stieß eine Verwünschung aus. Offenbar war auch der Schweigezauber gebrochen. Auf allen vieren sah ich auf und traf den Blick von Giulia Mescinia, die sich eben mit dem männlichen Hexenjäger unterhielt. Hinter ihnen nichts als die kahle Wand. Die zweite Jägerin war ebenfalls abgereist.

»Er ist eine Junghexe, kaum älter als Adela!«, sagte sie gerade, der Mann schüttelte jedoch den Kopf.

»Blutmagie, Giulia. Er hat sich der Blutmagie bemächtigt.«

»Das glaubst du doch selbst nicht! Wie sollte er das denn bewerkstelligt haben ohne Sigille? Der gesamte Zirkel war zugegen und niemand hat von Blut berichtet.« Giulia schob den Unterkiefer hin und her. »Würdest du nicht wollen, dass man Adela beschützt, sollte sie in dieselbe Situation geraten? Was, wenn jemand den Initiationszauber verflucht hat? Was, wenn Adela in ein paar Monaten dasselbe Schicksal ereilt, Alfredo?«

Der Mann, wenn ich den Namen richtig zuordnen konnte, Giulias Gemahl, begann zu zweifeln. Giulia legte sofort nach. »Bei Liam Atwood hat der Rat zu schnell geurteilt, lass uns nicht denselben Fehler begehen wie vor zwei Jahren.«

Es gab nicht sehr viele Hexen, die sich dem Aufspüren und Ergreifen von Dunkelhexen widmeten. Aber war es nun Segen oder Fluch, dass nun dieselben Jäger vor mir standen, die auf den Befehl des Rates hin den zu jener Zeit mächtigsten Hexer der Welt, Liam Atwood, hingerichtet hatten?

Der Mann stieß seufzend den Atem aus, öffnete eben den Mund für einen Konter, als die Luft statisch aufgeladen wurde und für Gänsehaut sorgte. Eine blaue Rauchwolke zischte wie eine Nebelschlange unter dem Gewölbe über dem Pentagramm umher, tanzte zwischen den sechs Wänden immer weiter nach unten, bis sie sich direkt über dem Boden in eine Frau verwandelte, die noch älter aussah als Florence.

Giulia und Alfredo Mescinia senkten sofort den Kopf zum Gruß. Selbst ich folgte dem Beispiel, schließlich hatte ich vor Mamans Tod die wichtigsten Verhaltensregeln gelernt und Augurinnen, die Prophetinnen der Hexenwelt, die auch jenseits des Rates agieren konnten, verdienten den höchsten Respekt.

»Aveline!«, grüßte Giulia die Augurin, und ein schon fast liebevolles Lächeln zeigte sich auf ihren Lippen, was sie direkt sympathisch werden ließ – selbst in der weißen Jägerrobe.

»Ihr dürft ihn nicht hinrichten«, krächzte die alte Augurin und Giulia verschluckte sich, weshalb sie husten musste.

»Wir können nicht gegen Calliopes Anweisung agieren«, sagte Alfredo sofort. »Wir sind an den Hohen Rat gebunden. Wo kämen wir denn hin, wenn ...«

Aveline stieß ein Schnauben aus, das eher zu einem Teenager als zu ihrer betagten Erscheinung passte, und sah zu mir. Ihre Augen strahlten schon beinahe vergnügt, schienen nicht so richtig in das von Falten und Altersflecken übersäte Gesicht zu passen.

»Ich habe das Privileg, jenseits des Hohen Rates Entscheidungen fällen zu können.« Sie legte Giulia die Hand auf die Schulter und strich sanft darüber. »Niemand wird davon erfahren. Ich nehme den

Jungen mit und verstecke ihn mit der Magie der Auguren.« Sie hob ihren rechten Arm, die dunkelblaue Robe glitt zurück und zeigte eine Sigille, die mit viel Fantasie einem Blitz glich – oder dem mathematischen Zeichen für Wurzel. Die Augurensigille, die die Macht der drei Augurinnen verband, den mächtigsten Seherinnen der Welt. Diese drei Hexen richteten unentwegt ihren Blick auf die Zukunft der Hexenwelt und konnten – zum Wohle der Magie – jenseits der Autorität des Hohen Rates agieren. »Ich werde ihn ausbilden, und wenn das, was wir gesehen haben, zutrifft, wird diese Junghexe alles verändern. Vor allem für dich, Alfredo.« Sie lächelte den Jäger an, der sogleich die Augenbrauen zusammenzog.

»Was willst du damit sagen? Hattest du eine Vision über mich?« Ich konnte regelrecht sehen, wie sehr er nach einem Blick in die Zukunft lechzte. Ich konnte es ihm nachfühlen.

»Nicht nur über dich.« Aveline machte eine Pause, in der weder Alfredo noch Giulia oder ich auch nur wagten zu atmen. Dann fuhr sie fort, ihre Stimme hallte im Ratssaal wider, jede Silbe mächtig genug für eine Prophezeiung, die sich selbst erfüllen würde. »Sebastien de Beauvais wird die Stellung aller männlichen Hexen der Welt verändern.«

Die Worte tanzten um mich herum wie Hexenfunken, strichen sanft über meine Arme, verursachten eine Gänsehaut, die ich so noch nie gespürt hatte. Sie berührten mich bis tief in mein Innerstes, zupften an einem Teil von mir, den ich bereits verkümmert geglaubt hatte. Hoffnung. Ich würde Maman stolz machen.

Erst als sich meine Wangen verkrampften, bemerkte ich, dass ich lächelte, während jedes Blinzeln Tränen aus meinen Augen schob. Ich erhob mich vom Boden und atmete das erste Mal seit dem Tod meiner Mutter richtig auf.

Aveline trat flankiert von Monsieur und Madame Mescinia zu mir. Die Augen der Augurin funkelten noch immer vergnügt.

»Ich wollte schon immer mal das Recht der Auguren nutzen, Entscheidungen des Rates zu übergehen. Im Besonderen Entscheidungen von Calliope, dieser Bissgurke!« Sie lachte, während Alfredo schockiert die Luft einsog.

»Aveline!«, tadelte Giulia, bemühte sich offenbar aber, nicht ebenfalls zu grinsen.

»Komm mit, Junge.« Aveline streckte mir die linke Hand entgegen, zögernd erhob ich meine. Begrüßungen unter Hexen sind eine Demonstration von Macht. Im Gegensatz zu normalen Menschen grüßen sich Hexen, indem sie das Handgelenk des Gegenübers ergreifen und so die Sigille berühren.

»Bei allen Hexen!« Aveline schüttelte den Kopf. »Nehmt ihm erst dieses Ding ab.« Sie deutete auf die Hämatitfessel und sofort öffnete Giulia den Verschluss. Umgehend kehrte die Magie in meinen Körper zurück, belebte jede Zelle wie Sommerregen nach einer langen Dürre.

Mit einem leisen Klackern landete die Kette mit den eingeflochtenen Hämatiten auf dem Marmorboden, wo der Stein sofort begann, die Magie des Ratssaals, all die Schutzzauber, die über ihm und insbesondere dem Pentagramm in seiner Mitte lagen, in sich aufzusaugen. Schnell bückte sich Alfredo und hob die Fessel auf, vorsichtig darauf bedacht, den weiten Ärmel der weißen Robe zwischen sich und der magiesaugenden Kette zu halten, ehe er sie in einem kleinen dunklen Samtbeutel versenkte, auf dem ein goldenes M eingestickt war.

»Das war knapp«, kommentierte Aveline trocken, ihre Hand war noch immer in meine Richtung ausgestreckt. »Calliope hätte es gespürt, wenn jemand versuchen würde, die Zauber hier zu brechen.«

Ich atmete tief durch und ging einen letzten Schritt auf sie zu, griff mit meiner Hand nach ihrem Handgelenk, während sie dasselbe bei mir tat. Kaum dass ich ihre seidig weiche, faltige Haut berührte, raste eine Welle der Magie durch meinen Körper. Avelines Macht schien grenzenlos, niemals endend.

Ich sah ihr in die viel zu jungen Augen, die sich gerade kaum merklich weiteten, ehe sie mich abrupt losließ, sodass meine Hand nach unten fiel. »Ich wusste es doch«, sagte sie noch mit einem Grinsen, ehe sie sich an die Mescinias wandte: »Ihr könnt zurück nach Rom. Euer Auftrag ist erledigt. In den Chroniken wird stehen, dass Sebastien de Beauvais am heutigen Tage hingerichtet wurde.«

Sie hob die Hand, ihre Sigille schimmerte erst leicht, leuchtete dann gleißend hell auf, ehe die Magie aus ihr herausbrach, über ihren altersfleckigen Handrücken zu den Fingern floss und auf mich zuglitt. »Sebastien de Beauvais wird in den kommenden Jahren nicht mehr existieren. Du wirst fortan Théo Miroir genannt werden.«

Ihre Magie war überwältigend, sie schlug über mir zusammen wie eine Welle. Ich sah bildlich vor mir, wie die Wogen anschließend auseinandertrieben, hier und da auf der Welt einen Funken erzeugten, um die nicht vorhandene Vergangenheit von Théo glaubhaft zu machen. Mein Handgelenk kribbelte, und begleitet von einer kühlen Brise veränderte sich auch die Sigille daran. Ich starrte auf das ureigene Zeichen meiner Magie.

Avelines Blick folgte meinem. »Nur ein kleiner Tarnzauber, damit niemand auf die Idee kommt, an deinem Namen zu zweifeln.«

Was sie als kleinen Tarnzauber abtat, ließ mich vor Ehrfurcht erschaudern. Wenn ich mich stark konzentrierte, konnte ich die zu meinem echten Namen gehörende Sigille durch die Tarnung hindurchschimmern sehen, aber niemand würde so genau hinsehen, oder?

Zufrieden nickte Aveline, verabschiedete sich von Giulia und Alfredo Mescinia, meinen … Verwandten, ehe sie mir die rechte Hand reichte. »Lass mich dir dein neues Zuhause zeigen, Théo.«

Ich griff nach ihrer Hand und gemeinsam reisten wir in blauem Nebel davon.

3

ALEX

Zwei Monate zuvor

Schon wieder eine neue Austauschschülerin. Ich hatte nie verstehen können, warum das Grimm-Gymnasium oder gar Falkhausen für Außenstehende so reizvoll war, aber ständig tauchten neue Gesichter auf und wurden direkt neben mich gesetzt, weil es der einzig freie Platz im Klassenzimmer war.

Unser Mathelehrer, Herr Reeder, stellte die Neue als Ela aus Rom vor. Während der Stunde zupfte sie ständig an dem Armband an ihrem linken Handgelenk herum, ein eindeutiges Zeichen von Nervosität. So ging es allen Neuen, aber spätestens in der Pause, wenn unsere Schulsprecherin Patricia oder die Clique um die Geschwister Chris und Noah Brand sie in ihren erlesenen Club aufnehmen würden, wäre das vorbei. Das Schema hatte sich in den vergangenen Jahren nicht geändert und daher ersparte ich uns beiden Zeit und erklärte ihr nach Ende der Stunde, dass sie sich von mir fern- und sich wohl besser an die Hyänen halten sollte.

Im Gegensatz zu allen anderen war sie jedoch nicht erpicht darauf, sich der tonangebenden Gruppe anzuschließen. Im Gegenteil. Sie verfolgte mich praktisch auf dem Weg zu meinem Spind. Daher versuchte ich es weiter: »Mit Strebern wie mir will keiner etwas zu tun haben. Es sei denn, jemand will meine Notizen oder Hausaufgaben. Und Menschen wie ich gehören niemals zu dieser einen Clique, die sich für besser hält als die anderen, deren Mitglieder hübscher sind, sich teure Kleider leisten und an Ausflügen teilnehmen können, ohne den Förderverein anzuschreiben …« Ich deutete zum blauen Sofa unter der Galerie der ersten Etage, das direkt vor dem Schullogo mit den Märchenfiguren stand und auf dem Chris und Noah Brand samt ihrer Clique herumlungerten. Beide waren nach den neuesten Trends gekleidet und trugen die dunklen Haare top gestylt.

Ela starrte ebenfalls hinüber. Ich konnte nicht sagen, ob ihr Blick an Chris hängen blieb oder ob sie wie ich verfolgte, wie Noah aufsprang und den armen Paul einholte, der mit gesenktem Kopf durchs Atrium geschlichen war. Noah legte ihm den Arm um die Schulter, als wären sie beste Kumpels. Ela konnte ja nicht wissen, dass Paul in diesem Moment um irgendwelche Hausaufgaben oder andere Lösungen *gebeten* wurde.

Zu allem Unglück lösten sich Patricia, unsere Schülersprecherin, und Lea aus der Gruppe um das blaue Sofa und kamen auf uns zu. Zeit für mich, zum Physikraum zu gehen. Ela überraschte mich aber erneut, als sie die Hilfe der beiden ablehnte und lieber von mir herumgeführt werden wollte. Unentwegt suchte ich in ihrem Gesicht nach einer Lüge, nach einem Zeichen, dass sie nur pflichtschuldig an meiner Seite bleiben wollte. Doch ich erkannte nicht die kleinste Mikroexpression. Nur pure, erfrischende Ehrlichkeit.

Es war verwirrend, mich nicht mehr allein zwischen lachenden Mitschülern und plaudernden Mitschülerinnen durch die Gänge zu schlängeln, aber ich bemühte mich, Ela in Kurzversion alles Wissenswerte so objektiv wie möglich weiterzugeben. Sie war zwar nicht direkt auf Patricias Angebot eingegangen, schien sich jedoch sehr für die Familie Brand zu interessieren. Sie wollte dabei ganz offensichtlich unauffällig vorgehen, doch niemand konnte seine Mikroexpressionen kontrollieren. Ich verfolgte, was sie bei all den weiteren von mir heruntergeratterten Namen empfand.

Die zahlreichen Gefühlsregungen – von tiefem Unglauben bis hin zu … Angst? –, die sich rasend schnell auf ihrem Gesicht abwechselten, als ich ihr die Namen von Mara Rothschild und Tristan Atwood nannte, konnte ich gar nicht alle erfassen.

»Atwood?«, flüsterte sie mit noch immer sorgenvoll geweiteten Augen.

Ich nickte, was sie natürlich nicht sehen konnte, weil sie noch immer zu Tristan und Mara sah, die seit Jahren unzertrennlich waren. »Atwood, genau. Er hat den Namen seines Stiefvaters behalten. Er ist Chris' und Noahs Stiefbruder.«

Tristan verbrachte viel Zeit mit Mara, deren Kopf seit ein paar Jahren mit Strähnen in allen Farben des Regenbogens leuchtete, sodass sie kaum mehr dem strohblonden Mädchen glich, mit dem ich täglich zur Grundschule gelaufen war. Ich sah die beiden immer wieder gemeinsam von der Schule zu Mara gehen oder wie Tristan Stunden später das Haus der Rothschilds verließ. Bei den Stiefgeschwistern, die zu Hause auf ihn warteten, wunderte mich das gar nicht, aber das behielt ich für mich. Ich wollte niemandem meine Meinung aufzwingen, auch wenn ich immer wieder mitbekam, wie Tristan von den beiden herumgeschubst und blöd angemacht wurde.

Während der Physikstunde feuerte Tristan immer wieder finstere Blicke in unsere – oder wohl eher Elas – Richtung ab, was sie bemerkte, weil sie sich ständig zu ihm und Mara umdrehte. Ihr Interesse ihm gegenüber war ihr deutlich anzusehen.

Der Unterschied zwischen Tristan und seinen Stiefgeschwistern könnte nicht größer sein. Die dunklen Haare von Chris und Noah Brand waren perfekt gestylt, beide sahen sich erschreckend ähnlich, auch wenn Noah als jüngerer Bruder noch letzte Überreste kindlicher, weicher Züge besaß, wo Chris' Gesicht inzwischen kantig und konturiert war.

Tristan hingegen war blond wie Mara vor ihren Regenbogenhaaren, trug die Haare nicht kurz, aber auch nicht wirklich lang und in seinem Gesicht stand stets dieser ablehnende Ausdruck – außer wenn er Mara ansah. Auch sein Charakter war das genaue Gegenteil seiner Stiefgeschwister. Tristan grüßte freundlich, falls ich ihn mal in unserer Straße sah, wohingegen Chris und Noah vermutlich nicht einmal wussten, dass ich existierte.

Die Mittagspause verbrachte ich zum ersten Mal seit meinem Wechsel in die weiterführende Schule nicht allein. Ela erzählte von ihrer Hypersomie, einem stark ausgeprägten Geruchssinn, der Gesprächsthema wurde, weil sie tatsächlich mein Apfelshampoo riechen konnte. Sofort fühlte ich mich etwas … erleichtert, nicht mehr die Einzige mit einer *Besonderheit* zu sein, wie es meine Eltern immer so hübsch umschrieben, über die mir dann direkt herausrutschte, dass sie sich ständig stritten.

»Wie kannst du das so locker sehen?«, fragte Ela mich ehrlich interessiert.

»Das hängt damit zusammen, weshalb ich normalerweise meist allein sitze«, begann ich. »Laut den meisten Psychologen, zu denen ich als Kind geschleppt wurde, bin ich wohl so was wie ein Genie mit erheblichem Defizit in Sachen Emotionen und Empathie. Meinen Eltern wäre es andersrum wohl lieber, vielleicht würde ich ihnen dann weniger Gründe liefern, sich zu streiten.« Ich erwähnte nicht, dass wir dann vielleicht auch eine echte Familie wären, ein *Wir* und kein *Sie und Ich*.

»Lass dich von niemandem schlecht machen oder dir so was einreden«, sagte sie, ohne zu zögern. Nicht das geringste Anzeichen einer Lüge blitzte auf ihren Zügen auf.

Um das Thema zu wechseln, kam ich auf ihr Interesse an Tristan zurück und ich erfuhr, dass sich Elas Familie offenbar in ihre Partnerwahl einmischten. Das war so was von letztes Jahrtausend, dass die passende Erwiderung in meinen Gehirnwindungen stecken blieb. Ich war aber offensichtlich nicht allein mit einer speziellen Beziehung zu meinen Eltern gesegnet. Was hatten wir doch für ein Glück!

4

Théo

Sechs Jahre zuvor

Aveline bewohnte als Augurin natürlich den magisch streng geschützten Augurenturm, weshalb sie mich nicht bei sich wohnen lassen konnte, mir aber die Aufnahme in dem laut ihr elitärsten Hexeninternat der Welt ermöglichte.

Für Untalentierte war die *École élitaire* – der Tarnzauber an dem massiven Eisentor am Ende der Serpentinen gab den magisch unbegabten Menschen tatsächlich vor, der Name sei *Eliteschule* – ein total versnobter Laden, um den die Bewohner des Dorfes am Fuß des Hügels, auf dem das Internat stand, einen weiten Bogen machten.

Und sie hatten recht. Wer hier keinen Namen besaß, wurde nicht beachtet. Sebastien de Beauvais hätte vielleicht für Aufmerksamkeit sorgen können – Théo Miroir jedoch wurde behandelt wie etwas, das dem Putzzauber im Maison de Beauvais entkommen und in meiner Kammer Zuflucht gefunden hatte.

Laut Aveline nahm das Internat auch verwaiste Junghexen auf, aber derzeit war ich der einzige Schüler ohne großen Namen und fühlte mich fast so allein wie in all der Zeit seit Mamans Tod. Statt Freundschaften zu schließen und mit den anderen Junghexen Spaß zu haben, lernte ich. Die Bibliothek war vollgestopft mit Grimoires aller Fachrichtungen. Ich versuchte mich in Tarnzaubern, dem Brauen von Toniken und Tränken, untersuchte magiechemische Verbindungen und ließ die gleichaltrigen Hexen schnell hinter mir, was mich nicht gerade beliebter machte.

Mein Lichtblick am Ende des Lerntunnels waren Avelines wöchentliche Besuche.

Pünktlich um acht Uhr an jedem Freitagabend schwebte sie als blaue Rauchwolke unter der Decke meines Zimmers umher und materialisierte sich mit einem Lächeln, das mich an meine Mutter erinnerte. Voller Zuneigung, obgleich es Augurinnen nicht möglich war, starke Gefühle zu entwickeln, weil Emotionen Entscheidungen beeinflussten, die Augurinnen zum Wohle aller treffen mussten. Sie schaffte es aber dennoch, mir das Gefühl zu vermitteln, geliebt zu werden.

»Und das hast du alles in der vergangenen Woche gelernt?«, fragte sie mich und die zahlreichen Fältchen rund um ihren Mund vertieften sich. Jedoch nicht vom Lächeln. Der Stolz, mit dem sie meine Vorführung des Gelernten kommentiert hatte, wich nun einem sorgenvollen Ausdruck.

»Ich hatte sehr viel Zeit«, entgegnete ich knapp, das Zwicken in meiner Brust war neu und alles andere als angenehm. Hatte ich sie irgendwie … enttäuscht?

»Wenn ich gewollt hätte, dass du die ganze Zeit nur lernst, hätte ich dich in eine einsame Waldhütte gesteckt.« Sie trat auf mich zu und griff an meinen Oberarm, drückte ihn sanft, ehe sie mit ihrem pergamentgleichen Handrücken sanft über meine Wange fuhr. »Ich habe dich hierhergebracht, damit du Umgang mit Gleichaltrigen hast, damit du …«

Ich trat entschlossen zurück und biss die Zähne fest zusammen. Das unangenehme Gefühl in der Brust wurde zu einer Enge, die mir das Atmen schwer machte. Ich sah auf meine Hände hinab, die ich vor meinem Bauch ineinander verhakt hatte.

»Das war keine Rüge, Se… Théo«, sagte sie mit so sanfter Stimme, dass ich wieder aufsah. Das Lächeln auf ihren Lippen war echt. Sie musste durcheinander sein, wenn sie mich beinahe bei meinem echten Namen genannt hatte. »Es war eine Hoffnung. Emotionale Verbindungen sind so wichtig für Heranwachsende, die Erfahrungen sind … unbezahlbar.« Ihre Augen trübten sich, sie sah durch mich hindurch in eine andere Zeit, eine andere Welt und entließ einen langen Atemzug.

»Ich werde nicht jünger, Théo«, wechselte sie das Thema. Ich wollte etwas einwenden, doch sie schüttelte den Kopf und hob die Hand. »Sieh mich an.« Ihre von Altersflecken übersäte Hand deutete auf ihr faltiges Gesicht. »Ich mache keinen Hehl daraus, wie die Jahrzehnte an mir nagen, habe Verjüngungszauber stets abgelehnt. Irgendwann werde ich nicht mehr da sein können.«

Ich schluckte, Tränen stiegen mir in die Augen und ich dachte an Maman. An die letzte Erinnerung an sie. Weiß wie Schnee hatte sie auf ihrem Bett gelegen, ehe der Zirkel ihr die letzte Ehre erwiesen hatte.

Aveline berührte ein weiteres Mal meine Wange. »Ich bin so stolz auf dich, Théo. Wenn du mich aber wahrhaft glücklich machen willst, steck deine Nase nicht nur in die Grimoires und Hexenkessel.« Sie stupste mir gegen die Nasenspitze und lockte damit ein schwaches Grinsen hervor.

»Ich werde mein Bestes versuchen, Aveline.« Und das war nicht nur so dahergesagt. Sie nickte, aber ihr aufgesetztes Lächeln und das zu wohlwollende Nicken verrieten mir, dass sie mehr wusste und dieses Wissen nicht gerade für mich sprach.

Natürlich behielt sie recht. Nach mehrmaligen Versuchen, mich beim Essen zu Gleichaltrigen zu setzen und mit ihnen in Kontakt zu treten, gab ich auf. Einzig die jüngeren Junghexen reagierten nicht mit der arroganten Ablehnung, mit der mir die Gleichaltrigen begegneten. Émmanuels Freude war so ansteckend, dass ich stets noch mehr Hexenfunken im Raum tanzen ließ, sie zu Bildern und Geschichten formte …

Als ich Aveline bei ihrem nächsten Besuch davon berichtete, strahlten ihre Augen und die Enge um meine Brust, die ich zuletzt gespürt hatte, verschwand.

Natürlich führte ich ihr dennoch meine neuesten magischen Kniffe vor und Aveline schmunzelte nachsichtig, als ich damit angab, dass ich in der Prüfung Bestnoten erzielt hatte.

Die Monate vergingen, die Jahreszeiten wechselten und ich sog immer mehr Wissen in mich auf und langweilte mich immer mehr während des Unterrichts. Die Kleinen waren nicht mehr so leicht zu beeindrucken, aber gefährlichere Zauber wie Feuerwerke verbot man mir direkt nach meiner ersten Vorführung. Aveline drängte mich jede Woche, weiter zu versuchen, auf Gleichaltrige zuzugehen, und ich tat ihr den Gefallen – auch wenn ich ein Scheitern zutiefst hasste.

5

Théo

Vier Jahre zuvor

»Hast du in der vergangenen Nacht tatsächlich den Schutzzauber der Schule gebrochen?« Aveline bemühte sich sichtlich um einen ernsthaften Gesichtsausdruck, aber in ihren Augen konnte ich lesen wie in einem Buch. Und darin lag eher Respekt als Vorwurf.

Ich versuchte, nicht zu grinsen, doch es gelang mir nicht. »Es war eine … Herausforderung.« Das war keine wirkliche Entschuldigung, aber die Wahrheit. »Aveline, es ist so langweilig hier. Ich will eine Aufgabe, nicht die belanglosen Zauber im Unterricht. All das kann ich im Schlaf.«

Aveline kniff ihre Augen leicht zusammen, ihre Lippen waren so fest zusammengepresst, dass sie zwischen den Falten beinahe untergingen. Jetzt machte ich mir doch Sorgen. War ich zu weit gegangen, indem ich mich von den technikaffinen Gleichaltrigen in der *École secondaire,* der weiterführenden Schule unten im Dorf, hatte inspirieren lassen? Meine Mitschülerin Louise hatte gehört, wie Untalentierte der Schule für Nichtmagiebegabte damit angegeben hatten, irgendeine Firewall ihrer Schule gehackt zu haben, um bei irgendwelchen Tests zu schummeln. Unsere Prüfungen waren anderer Natur. Die Firewall jener Schule aber war wie der mächtige Zauber, der das magische Internat zur *École élitaire* machte – inklusive Metallschild am einzigen Tor, das durch die hohe Mauer führte, die das Gelände umgab. Die Mauer war das Fundament der kuppelartigen Schutzblase, die uns alle vor Eindringlingen magischer Natur schützte, und viel mächtiger als eine Firewall.

»Théo«, setzte Aveline an und benutzte meinen Tarnnamen, den ich nun schon seit zwei Jahren trug und auf den ich trotz all der Zeit oft nicht beim ersten Mal hörte. Wie immer versicherte ich mich mit einem tiefen Blick auf mein Handgelenk, das die Sigille von Sebastien de Beauvais noch unter der Tarnung lag. »Den Schutzzauber zu brechen ist keine Herausforderung, sondern gefährlich.« Sie nahm meine Hand. Ich spürte, wie ihre zitterte. Bei jedem Besuch hier kam sie mir um Jahrzehnte gealtert vor. Ich schluckte. Im Internat ging das Gerücht um, dass Aveline schwer krank war und sich weigerte, sich mit Magie heilen zu lassen, wie sie sich ihr Leben lang geweigert hatte, mit Schönheitszaubern zu arbeiten wie fast alle anderen Hexen, die ich kannte.

»Als wir gerufen wurden, war mir klar, dass du dahinterstecken musst. Nur du schaffst es, einen Zauber zu brechen, den die Macht aller drei Augurinnen gewirkt hat. Ich muss jetzt auch gleich zu Panya und Yui, um ihn zu erneuern. Das war unnötig, Théo. Und das weißt du. Auf diese Art beweisen weise Hexen nicht, was sie können. Sie bringen niemanden wissentlich in Gefahr. Ich dachte, das hätte ich dich gelehrt.«

Nun konnte ich ihr nicht mehr in die Augen sehen, betrachtete stattdessen meine Hände in ihren. »Es tut mir leid, wenn ich dich enttäuscht habe«, flüsterte ich. Die Tränen, die ich nicht fließen lassen wollte, legten sich auf meine Stimmbänder.

»Du wirst mich nie enttäuschen, Sebastien.« Mein wahrer Name gab mir sofort ein Gefühl von Geborgenheit, während sie meine Hand drückte und ich es wagte, wieder in ihr Gesicht zu sehen. »All meine Hoffnung für die Zukunft begleitet dich. Es …«

Sie konnte den Satz nicht beenden. Eine Sirene ging los. Zumindest die magische Version einer Sirene. Hexenwind brauste in mein Internatszimmer, fegte über das Bett und wischte zahlreiche alte Schriftrollen von meinem Schreibtisch. Das begleitende schrille Heulen ging durch Mark und Bein. »Für heute ist keine Übung geplant gewesen.« Sosehr ich auch in meinen Gedanken suchte, nein, für heute war keines der regelmäßigen Fluchttrainings für den Fall eines Dunkelhexenangriffs angesetzt.

Aveline schloss kurz die Lider, darunter huschten ihre Augen wild hin und her. Ich hielt sie fest, während sie in ihre Vision eintauchte. Als sie mich wieder ansah, lag Angst darin, vielleicht sogar ein Hauch Trauer. Tränen glitzerten in ihren Augen, verteilten sich sofort in die zahlreichen Furchen, die ihr sonst so humorvolles Wesen bis zu ihren Schläfen gezogen hatte.

»Was hast du gesehen?«, fragte ich, sah mich hektisch um, überlegte, wo ich sie hinbringen könnte, wo sie am besten geschützt war.

»Geh in die Haupthalle, wie es das Procedere vorsieht. Der Angriff ist echt«, wies sie mich an, die Stimme streng wie in unseren gemeinsamen Übungsstunden. »Panya, Yui und ich werden die Schule verteidigen, bis der Rat und die Jäger eintreffen.«

»Pass auf dich auf!«, rief ich noch, aber Aveline war bereits zu einer blauen Rauchsäule geworden und verschwunden, um an der Seite der anderen beiden Augurinnen meinen verdammten Fehler auszubaden. Ich hatte den Schutzzauber gebrochen und das Internat damit zu einem leichten Ziel gemacht. Wofür? Um mich zu beweisen? Um anzugeben? *Merde*!

Schnell schloss ich meine Augen, stellte mir die Haupthalle vor und visualisierte das Zeichen für die Sigillenfährte, der magischen Variante des Beamens aus Science-Fiction-Filmen, die sogleich aus meinen Händen herausbrach und mich mit einem Gefühl des freien Falls an mein Ziel brachte.

Sie waren hier.

In rote Roben gekleidete Hexen. Dunkelmagier. Bluthexen. Es gab einige Begriffe für die Abtrünnigen, zahlreiche Geschichten über ihre grausamen Zauber und blutigen Rituale. Und offenbar entsprachen sie der Wahrheit.

Die Haupthalle des Internats, der einer gigantischen Bahnhofshalle gleichende Vorbau des Unterrichtstrakts, über dem sich die Wohnräume befanden, lag teils in Trümmern um mich herum. Staub hing in der Luft, sodass ich das mir gegenüberliegende Ende der Halle kaum noch sehen konnte. Meine Mitschüler hüllten sich in Abwehrzauber, bläulich schimmernde Blasen um ihre Körper, auf die unentwegt rote Flüche prasselten.

Die älteren Schüler wirkten dahinter ebenfalls Angriffszauber, schossen Blitze oder Feuer auf die unzähligen Dunkelhexen, deren Abwehr so stark war, dass sie nicht einmal zusammenzuckten, wenn sie getroffen wurden.

Ich wirkte die Sigille für Schutz, und noch während sich die magische Blase um mich herum verdichtete, suchte ich nach meinem ersten Ziel und den besten Möglichkeiten für einen Angriff. Wie ein grellweißer Laserstrahl glitt die Magie aus mir heraus, brannte ein Loch in die Verteidigung des Dunkelhexers, der gerade Sophies Schutzblase zum Bersten gebracht hatte. Er brach zusammen, mein Zauber schoss weiter, prallte dann am Schutz der Bluthexe hinter ihm ab. Ich bündelte die Magie weiter, versuchte, insbesondere die kleinen Junghexen zu schützen, die dicht in die Ecke gedrängt von zwei Lehrern verteidigt wurden.

Dann tauchten die verflochtenen Rauchsäulen über uns auf, zischten durch die Verteidigungszauber der Dunkelhexen, ehe sie sich mitten im Saal materialisierten. Aus dem roten Rauch wurde Yui, das Gelb wurde zu Panya, das dunkle Blau zu Aveline. Von purer Macht umhüllt bauten sie sich wie ein mächtiger Schutzschild zwischen uns und den Dunkelhexen auf.

Diese richteten nun ihre Aufmerksamkeit auf die Augurinnen. Dunkle Magie kroch nebelartig über den Boden, glitt an dem Schild der Augurinnen hinauf wie etwas Lebendiges, das nach einem Leck suchte. Doch keine der Augurinnen achtete darauf, weil unablässig rote Blitze auf die Schutzbarriere zuschossen. Ich meinerseits versuchte, den Rauch aufzuhalten, der offenbar sein Ziel erreicht hatte und in die weißblaue Schutzblase hineinkroch.

Mein Warnschrei ging in den Rufen meiner Mitschüler, den noch immer herabbröckelnden Teilen der hohen Decke und dem Zerbersten der Barriere unter.

Der nächste Angriff der Dunkelmagier traf ungehindert sein Ziel. Aveline wurde nach hinten geschleudert, ich stürzte hinterher. Endlich kamen der Rat und die Jäger in ihren weißen Roben an, stellten sich den Bluthexen entgegen, die nun deutlich in der Unterzahl waren. Ich ignorierte die nur noch seltenen Treffer, vermutlich Querschläger, auf dem Schutzkreis, den ich um mich und Aveline gezogen hatte.

Sie lag auf dem Boden, ihr alter Körper vollkommen verdreht. Und doch öffnete sie die Augen und sah mich direkt an. Nun lag nur noch die Trauer darin, die ich kurz nach ihrer Vision hatte aufblitzen sehen.

Tränen verschleierten meine Sicht, ich blinzelte sie schnell weg. »Du hast es gewusst, oder?« Meine Stimme war nicht mehr als ein von Trauer gebrochenes Krächzen. Ich trug die Schuld. Ich musste es wiedergutmachen. Ich visualisierte die Sigille für HEILUNG, griff nach Avelines Hand, doch noch ehe ich den Zauber wirken konnte, entzog meine Mentorin sie mir.

»Nein!«, brüllte ich, wollte nachgreifen, doch ihr harter Blick ließ mich innehalten.

»Meine Zeit ist gekommen, Sebastien.« Mein echter Name klang nun vollkommen falsch für mich, wie ein Synonym für ihren Untergang. »Mit meinem Tod wird der Zauber, den ich einst gewirkt habe, um dich zu beschützen, mit mir vergehen und du kannst deine Bestimmung annehmen.« Tränen glänzten in ihren immer trüber werdenden Augen, ich wischte meine unentwegt mit dem Ärmel weg, aber sie kamen immer wieder. »Du bist der Eine, der die Welt verändern wird, Sebastien de Beauvais. Glaub an dich und deine Stärken.«

Sie lächelte mich an, während ich ihre Hand ergriff und sie umklammerte, mich an ihr festhielt. An der einzigen Person, die immer an mich geglaubt hatte, die mein Leben gerettet und mich all die Zeit beschützt und gelehrt hatte.

Ihr Lächeln lag noch um ihre Lippen, als das Leben aus ihrem Körper wich.

Meine Verzweiflung entlud sich in einem Schrei, der begleitet von einer Magiewelle auf die Mörder meiner Mentorin zuschoss und ihre Barrieren hinwegfegte. Die Jäger hatten ein leichtes Spiel, trafen die Eindringlinge, die nun um ihr Leben fürchteten und binnen Sekunden mit Sigillenfährten verschwanden.

Panya und Yui knieten sich neben Avelines leblosen Körper und neigten den Kopf zu einem letzten Gruß. »Bewahre das Erbe. Bewahre die Tradition«, flüsterten sie beide, ehe sie die Hände auf Avelines Körper legten und er einfach verschwand.

Dann richteten sie ihren Blick auf mich. Ich saß noch immer in der Hocke, erstarrt vor Entsetzen. Aveline war tot. Und ich trug die Schuld daran!

»Es tut mir so entsetzlich leid, hätte ich geahnt, dass …«, stammelte ich eine Entschuldigung, die aber nicht entfernt ehrlich klang. Ich hatte das Risiko gekannt, mich aber dennoch beweisen wollen.

Yui hob die Hand, ihre rote Robe glitt zu ihrem Ellbogen und legte die Augurensigille frei. »Aveline wusste, welche Folgen ihr Eingreifen in die Entscheidung des Rates damals hatte, Sebastien.«

Die Erkenntnis traf mich wie ein Fluch der Dunkelhexen zuvor und ich verlor das Gleichgewicht. Ich stützte mich mit den Handflächen auf dem Schutt der herabgefallenen Teile der Decke ab und hieß den Schmerz willkommen, mit dem die Marmorsplitter in meine Haut eindrangen. Sie kannte meinen wahren Namen. Wie versprochen, war Avelines Zauber mit ihr vergangen.

Nun würde mich der Rat hinrichten. Ich hatte die Strafe verdient. Ich war schuld an Avelines Tod!

»Sie wusste aber auch, welche Zukunft dir bevorsteht«, sprach nun Panya und fixierte mich mit ihren dunklen Augen, ehe sie den rechten Ärmel ihrer goldgelben Robe nach oben schob, wo auf der dunklen Haut die Augurensigille matt aufleuchtete.

Ich wartete auf eine Erklärung, auf einen Blick in die Zukunft ohne irgendwelche ominösen Ausschmückungen, wie es die Propheten zur Angewohnheit hatten, doch in dem Moment erklangen Schritte neben uns. Ich folgte dem Geräusch und hob das Kinn, um meinem Schicksal ins Gesicht zu sehen, das in Gestalt der Ratsvorsitzenden Calliope und zwei jüngeren Jägerinnen zu mir trat. Die beiden konnten höchstens in meinem Alter sein. Wie früh waren sie zu Jägerinnen berufen worden?

»Erhebt euch«, befahl Calliope und ich folgte ihrem Befehl sofort, ehe sie mich von oben bis unten musterte. Immer mehr Hexen richteten ihre Aufmerksamkeit auf uns, nachdem die Verletzten mit Heilzaubern versorgt worden waren. Die Ratsvorsitzende blinzelte mich an, was in ihrem sonst so emotionslosen Gesicht einem lauten Schrei gleichkam. »Sebastien de Beauvais. Wie kann das sein?« Ich konnte noch immer absolut nichts aus ihrer Miene lesen, während sie mit ihrem leicht geneigten Kopf aussah, als würde sie in mein Gehirn gleiten und alle gewünschten Informationen heraussaugen wie einen Milchshake durch einen Strohhalm.

»Aveline ist tot«, sagte Yui in die allumfassende Stille hinein, in der alle auf eine Reaktion der Ratsvorsitzenden warteten. Die umstehenden Hexen keuchten auf, ich hörte ein Wimmern, das direkt aus meinem Inneren stammen könnte. Aveline war nicht nur für mich eine Mentorin, sie war offenbar auch bei anderen sehr beliebt gewesen. Yui erhob sich nun ebenfalls, klopfte sich dann den Staub von der roten Robe, die denen unserer Angreifer erschreckend ähnlich war. Ich verwarf den Gedanken, weil die jüngere der beiden Jägerinnen neben Calliope … schnüffelte. Ihre Nasenflügel bebten, dann sah sie zu der anderen Weißrobe, die der Ähnlichkeit der beiden nach ihre Schwester sein könnte.

»Ich habe nicht nach Aveline gefragt«, sagte die Ratsvorsitzende mit fester Stimme, in der weder Trauer noch etwas anderes lag. »Warum wurde der Junge vor zwei Jahren nicht wie angeordnet hingerichtet?«, drängte Calliope die Augurinnen zu einer Erklärung. Ich spürte all die Blicke meiner neugierigen Mitschüler – und der Lehrer – auf mir.

Panya stand inzwischen neben ihrer Augurenkollegin, beide wirkten, als hätten sie keinerlei Angst vor Calliope, während die beiden in weiße Uniform gekleideten Jägerinnen neben ihr die Schultern hochzogen, als könnten sie sich so vor ihrem Zorn verstecken.

»Aveline konnte nicht anders handeln und musste unser Recht nutzen, über die Anweisungen des Hohen Rates hinwegzugehen«, sagte Panya mit ebenso fester Stimme wie Calliope, deren Oberlippe tatsächlich leicht zuckte. Die erste echte Gefühlsregung, die ich je an ihr gesehen hatte – obwohl ich mir zahlreiche Aufzeichnungen von Ratssitzungen angeschaut hatte.

»Aveline musste deine Entscheidung übergehen, weil …« Yui sah zu mir, rückte mich damit wieder in den Fokus von Calliope, was für ein unangenehmes Kribbeln im Nacken sorgte. »Weil Sebastien de Beauvais vor Jahren als nächster blauer Augur bestimmt wurde.«

Die nun folgende Stille glich einem Vakuum. Mehrere Herzschläge lang hielt die magische Welt entsetzt den Atem an, der Tanz der Staubpartikel in der Luft verstummte, selbst die letzten Steinchen, die noch immer klimpernd von den zerstörten Wänden rieselten, schienen innezuhalten.

Dann zischten die ersten Stimmen: »Eine männliche Augurin?«, »Ein Junge?«, »Wie kann das sein?«

Vermutlich entglitten Calliope, der Vorsitzenden des Hohen Rates der Hexen, der ausschließlich aus Frauen bestand, zum allerersten

Mal in ihrem Leben die Gesichtszüge, was meiner Mentorin und Beschützerin sicher gefallen hätte. Nun wusste ich, warum mich Aveline damals gerettet und sie Alfredo Mescinia prophezeit hatte, dass ich die Welt für alle männlichen Hexen verändern würde.

Calliope war jetzt außerstande, meine Hinrichtung zu verlangen. Die Augurinnen – und nun auch ich – standen über der Gerichtsbarkeit des Hohen Rates. Ich glaubte, Avelines Stimme in meinem Ohr zu hören. »Die Bissgurke hat es nicht anders verdient.« Dicht gefolgt von dem alles erwärmenden Lachen meiner Mentorin, deren Platz ich einnehmen würde.

6

Sebastien

Der Augurenturm. Das magischste Bauwerk der Welt. Er besaß keinerlei Türen oder Fenster, konnte nur via Sigillenfährte betreten werden und registrierte jede ankommende Hexe. Der Augurenturm befand sich an keinem festen Ort. Er reiste mit den Ley-Linien, von einem Knotenpunkt der die Erde umspannenden Kraftlinien zum nächsten, um den Propheten unter den Hexen den bestmöglichen Blick in die Zukunft zu bieten. Wie viel hatte ich darüber gelesen, von all den Zaubern, die ihn vor den Augen der Menschen verbargen, von dem Gefühl, das er in ihnen auslöste, sollten sie der Quelle der Augurenmagie zu nahe kommen: Übelkeit, Angst, Fluchtinstinkt. Es hieß, der Augurenturm existierte, seit es Magie in der Welt gab. Und seit jenem Moment wurden immer drei Frauen bestimmt, die ihn bewohnten und ihre Magie mittels einer besonderen Sigille mit ihm teilten.

Nie zuvor war eine männliche Hexe zum Auguren bestimmt worden. Ich würde der Erste sein. Der erste Hexer, der über dem Hohen Rat stand, der Hexer, der die Welt für alle männlichen Hexen verändern würde, wie mir von Aveline prophezeit worden war, als sie mich vor zwei Jahren vor den Jägern gerettet hatte.

Mein ganzer Körper kribbelte, meine Sigille am linken Handgelenk pulsierte allein aufgrund der Macht des Augurenturms um mich herum. Die Luft in meinem Stockwerk, das ich vor zwei Tagen bezogen und in dem ich mich auf die Vereidigung zum Auguren vorbereiten sollte, prickelte vor Magie. Hier musste niemand essen, um Energie aufzutanken. Es reichte aus, innerhalb der Mauern des Turmes zu sein.

Ich trat vor den goldgerahmten Spiegel, der einst Aveline gehört hatte. Den Rest meiner Etage, einem Appartement gleich, hatte ich umgestaltet. Allein die Vorstellung, wie es auszusehen hatte, genügte und der Turm beugte sich meinen Wünschen. Die Ornamenttapete und den

Spiegel im Ankunftsbereich würde ich jedoch bei jeder Änderung beibehalten. In Erinnerung an Aveline, meine Retterin, meine Mentorin.

Trauer schnürte mir die Luft ab, wann immer ich an sie dachte. Sie hatte gewusst, welche Folgen meine Rettung für sie haben würde. Sie war bewusst in den Tod gegangen. Für mich. Eine Träne reflektierte das Deckenlicht über mir, ehe die Magie des Augurenturms über mich streichelte, mir meine Trauer nehmen wollte, wie sie alle Gefühle im Griff behielt, um den Fokus auf die seherische Gabe nicht zu verlieren. Sie strich über das altmodische weite Hemd zum Schnüren und die beigefarbene weiche Lederhose, die mir Panya besorgt hatte. Weibliche Hexen trugen altmodische, aufwendige, aber beigefarbene Kleider zu ihrem Aufnahmeritual, daher mussten wir etwas improvisieren. Ich sah auf jeden Fall aus wie aus der Zeit gefallen. Die Magie des Turms zupfte an den Schnüren über meiner Brust, ehe sie mir die Schulter tätschelte.

»Es ist okay«, sagte ich zum Turm. »Mir geht es gut. Ich will das Gefühl gar nicht verlieren. Die Trauer um Aveline wird mich für immer vor meinem eigenen Stolz schützen.« Denn der hatte Aveline getötet. Und das würde ich mir nie verzeihen.

Ein dumpfes Dröhnen, das von allen Wänden erschallte, kündigte die Ankunft von jemandem an – die Augurenturm-Version eines Klopfens. Es gab kein Treppenhaus, keine Eingangstür zu meinem privaten Wohnbereich. Ich nickte dem Gebäude zu, um Einlass zu geben, dann erschienen Panya und Yui. Sie hatten sich besonders festlich gekleidet, ihre Umhänge waren mit Goldornamenten bestickt, die Broschen zum Verschließen des Umhangs hätten der Sonne Konkurrenz gemacht.

»Bist du so weit?« Panya lächelte mich an. Ich hatte keine Ahnung, wie alt meine künftigen Kolleginnen waren, denn im Gegensatz zu Aveline nutzten sie die Möglichkeit von Verjüngungszaubern. Panyas dunkle Haut unter den mit einem goldenen Band gebändigten Locken war makellos wie ihre strahlend weißen Zähne. Yuis Alter war ebenso schwer einzuschätzen. Die rot gekleidete Augurin mit dem kinnlangen schwarzen Haar, dem Porzellanteint und den passend zu ihrer Robe blutrot geschminkten Lippen sah aus wie eine Mischung aus *Blanche-Neige* und *Petit Chaperon-Rouge,* Schneewittchen mit Rotkäppchens Umhang. Sie trat neben mich, lächelte mich im Spiegel an und hakte sich bei mir unter, während Panya auf meiner anderen Seite dasselbe tat.

»Lass uns Geschichte schreiben, Sebastien de Beauvais«, sagte Yui, ehe die beiden mich mit sich rissen und in den bis auf den letzten Platz besetzten Zeremoniensaal führten.

Kaum dass wir uns materialisiert hatten, hörte ich die ersten Buhrufe von der hohen Decke widerhallen. Sie mehrten sich, schwollen an und so manche Hexe hielt die magische Version eines Plakats zwischen ihren ausgebreiteten Händen, zerstörte damit die gediegene Atmosphäre des mit viel dunklem Holz ausgestatteten Raums.

Keine männlichen Hexen unter den Augurinnen!

Augurinnen müssen weiblich sein!

Keine Macht den Männern!

Mit jedem gelesenen Plakat machte ich mich kleiner, wollte zurückweichen, mich verstecken, am liebsten sofort verschwinden. Sie alle hassten mich.

Yui tätschelte mir den Rücken, verhinderte meinen Rückzug. »Achte nicht auf die, die so laut schimpfen«, flüsterte sie mir zu. »Achte auf die, denen du Hoffnung schenkst.« Sie deutete mit dem Kinn auf eine Gruppe männlicher Hexen, die ganz hinten, jenseits der Sitzplätze, standen. Männer besaßen keine Plätze in offiziellen Hallen der Hexen. Sie alle lächelten ehrlich, als sie mich ansahen. Unter ihnen Émmanuel, ein Junge aus dem Internat. Seine Augen leuchteten, er grinste bis zu den etwas zu großen Ohren, als wäre ich die Erfüllung all seiner Träume und Wünsche, die Hexenversion eines Superhelden. Ich erwiderte sein Lächeln und nickte ihm zu. Vielleicht hatte Yui recht. Vielleicht war ich der Wegbereiter für sie alle, jemand, der ihre Zukunft verbessern konnte.

Das wohlig warme Gefühl, das mir die Hoffnung von Émmanuel geschenkt hatte, wurde bei Calliopes Ankunft sofort ausgelöscht. Das Gesicht der Ratsvorsitzenden war emotionslos wie eh und je, dennoch war ich mir sicher, dass sie die Meinung jener Hexen auf den Rängen teilte, die mit immer mehr Plakaten und Buhrufen ihren Unmut äußerten. Aber sie war professionell genug, mit neutraler Miene zu

Panya, Yui und mir zu treten und uns kurz mit einem Nicken zu begrüßen. Dabei blieb ihr Blick einen Moment länger auf den Augurinnen hängen.

»Habt ihr alle Vorbereitungen getroffen?«, fragte sie Panya, die daraufhin nickte. Calliope presste die Lippen zusammen, als müsste sie sich ihrem Schicksal ergeben, und drehte sich dann den Hexen auf den Tribünen zu, die eigens für dieses Ritual in unseren Meditationssaal im Erdgeschoss, dem größten Raum des Augurenturms, gehext worden waren.

»Willkommen, liebe Hexengemeinde«, begann sie, ihre Stimme fegte über die aller schimpfenden und klagenden Hexen hinweg, die daraufhin verstummten und Calliope erwartungsvoll ansahen. Doch sie alle wurden enttäuscht, als die Ratsvorsitzende weitersprach: »Ich begrüße euch alle zu diesem wahrhaft historischen Ereignis.« Sie stoppte die Unmutsäußerungen mit einer Handbewegung, einer Schweigesigille, die sämtliche Einwürfe unmöglich machte. Die Hexen brüllten weiterhin ihren Zorn hinaus, die Gesichter rot vor Empörung, aber nichts davon kam bei uns an. »Ihr alle könnt – so wie ich – Zeuge werden, wie die erste männliche Hexe, ein *Hexer*«, sie betonte dieses Wort, als wäre es etwas Fremdes, das man erst austesten und im Mund mehrere Male hin und her werfen musste, »zum Auguren wird. Panya, Yui«, sie nickte den Augurinnen zu, »beginnt mit der Aufnahmezeremonie.«

Calliope setzte sich zu den anderen Ratsmitgliedern, hinter denen die Jäger in ihren weißen Roben standen. Ich erkannte die beiden Junghexen, die vermeintlichen Schwestern, wieder, die Calliope im Internat begleitet hatten. Die etwas jüngere lächelte mich freundlich an. Das warme Lächeln im Gesicht eines Mädchens, einer offenbar mächtigen weiblichen Hexe, ließ mich freier atmen und ich hielt das positive Gefühl fest zwischen meinen geballten Händen.

Panya und Yui materialisierten Pergament, Feder und Tinte und hielten sie mir entgegen. Ich ließ, wie vorgesehen, das Pergament vor mir im Raum schweben, verbarg so die Plakate der Hexen, während meine Magie die Feder in die Tinte tauchte und zeichnen ließ. *AUGUR* wurde zu *AUGR* gekürzt und legte sich wie ein schräges, schnell hingekritzeltes Zeichen für eine mathematische Wurzel auf das Hexenrad. Als das Zeichen für Feuer aus meiner Sigille floss und das schwebende Pergament entzündete, verband sich Panyas und Yuis Magie mit dem Symbol, das nun ohne Papier vor uns schwebte und grellweiß leuchtete. Ihre Magie legte sich darüber, bis die Sigille wie ein verschwommener, schlecht gezeichneter Blitz aussah, der nun zu mir schwebte.

Panya und Yui traten hinter mich, legten mir jeweils eine Hand auf die Schultern und ließen ihre Macht in mich fließen. Als sich die Augurensigille in mein rechtes Handgelenk fraß wie Säure, nahmen sie mir den Schmerz. Doch der war nur ein Teil dessen, was ich durchstehen musste. Ich schloss die Augen und ließ es zu, hieß all die Bilder und Emotionen meines bisherigen Lebens willkommen und wappnete mich für den geballten Schmerz des Verlustes, der mein Leben dominierte. Ich musste noch einmal durchleben, wie meine Mutter starb, stand an der Seite meines Stiefvaters bei ihrer Beisetzung, der von da an nur noch Hass für mich übrig hatte. Mit ihr verlor ich jegliche Zuneigung, die es in meinem Leben gegeben hatte. Bis mich Aveline gerettet hatte. Nicht nur vor dem Tod, sondern vor dem grausamen Leben, das mich sonst erwartet hätte. Und dann hatte ich auch sie verloren. Die Qual war allgegenwärtig. Denn ich trug die Schuld an ihrem Tod. Sie hatte sich für mich geopfert. Nach all den dunklen Gefühlen, die ich durchleben musste, um sie loszulassen, kamen die glücklichen Momente. Momente der Liebe, der Geborgenheit in den Armen meiner Mutter und bei den Lehrstunden mit Aveline. Ich wollte sie festhalten, das warme Gefühl behalten, zu jemandem zu gehören, etwas so Mächtiges wie Liebe zu empfinden. Doch auch diese Gefühle wurden mir entrissen, wie es das Aufnahmeritual vorsah.

Starke Emotionen sind Auguren fremd. Sie trüben den Blick auf die Zukunft, beeinflussen Entscheidungen, die für die Welt der Hexen essentiell sind. Sie beschneiden die Magie, verändern sie – weshalb sie gedämpft, wenn nicht sogar ausgelöscht werden mussten.

Mit einem lauten Zischen stieß ich den Atem aus und mit ihm die letzte Wärme beim Gedanken an die Umarmung meiner Mutter und den liebevollen Blick von Aveline.

Als ich die Lider wieder öffnete, sah ich die Welt in anderem Licht. Nach wie vor leuchteten mir zig magische Plakate mit Hasstiraden entgegen, doch sie interessierten mich nicht länger. Selbst Calliopes forschender Blick, der in mir immer den Drang geweckt hatte, sofort via Fährte zu verschwinden, sorgte nicht länger für ein schlechtes Gefühl.

Auf meinem rechten Handgelenk, direkt auf den verästelten Adern, pulsierte die blitzförmige Sigille der Auguren im Gleichtakt mit Panyas und Yuis Zeichen.

Willkommen in unserem Kreis, hörte ich Panyas Stimme in meinem Kopf.

Wir freuen uns, dass du bei uns bist. Das war Yuis Stimme. Einer der vielen Vorteile der Augurensigille: Niemand konnte uns mehr belauschen. Nicht auf Menschenart, nicht mit Magie.

Eine Junghexe, die bislang an der Seite gestanden hatte, brachte die blaue Augurenrobe zu uns. Ich starrte mit erhobenem Kopf zum Rat und den Jägern hinüber, wo die eine Junghexe noch immer begeistert dem Geschehen folgte, während Panya mir umständlich – ohne Zuhilfenahme von Magie – den schweren Stoff über die Schultern legte. Dann machte sich Yui, die der Junghexe die Verschlussbrosche abgenommen hatte, daran, den Umhang unterhalb meines Halses zu verschließen. Ich spürte einen kurzen Stich, als sie die Nadel versehentlich in meine Haut stach anstatt nur durch den Stoff. Sie schrie in unseren geteilten Gedanken auf und stammelte eine Entschuldigung nach der anderen, während Panya eine schnelle Heilsigille wirkte und meine Haut verschloss. Ich hielt, ohne mit der Wimper zu zucken, den Blick der jungen Jägerin gefangen, bis meine Sicht verschwamm, meine Gedanken zu kreisen begannen und den für die Zeremonie verwandelten Meditationssaal mit sich rissen. Ohne Schreck, ohne Furcht oder andere Emotionen entglitt mir die Welt und ich stürzte zu Boden.

Die Geräusche im Saal waren ohrenbetäubend. Ich hörte Schreie über einen möglichen Angriff, Stimmen, die lautstark kundtaten, dass es die Rache für die Blasphemie war, eine männliche Hexe zum Auguren zu berufen. Ich lag auf dem Rücken, Hexenwinde der etlichen gewirkten Zauber zerrten an meinen Haaren und der Robe. Ich konnte meinen Arm nicht heben, als wäre ich in einem Traum gefangen. Was war geschehen?

Blinzelnd hob ich die Lider und sah in die braunen Augen der jungen Jägerin, die sich direkt über mich beugte, das junge Gesicht von dunklen Locken eingerahmt. Ihre Nasenflügel bebten wie bei einem Tier, das etwas zu erschnüffeln versuchte. Eine tiefe Sorgenfalte verband ihre dichten Brauen. Noch einmal sog sie die Luft durch die Nase ein, dann weiteten sich für einen Moment ihre Augen, ehe ihr Blick zu meiner Brust glitt.

»Die Brosche!«, rief sie und sah dabei zu irgendjemandem jenseits meines von Locken gefüllten Sichtfelds.

»Was ist damit, Adela?«, fragte eindeutig Panyas Stimme.

»Sie riecht nach dunkler Magie.« Adela rümpfte die Nase.

Hände zerrten am Verschluss meines Umhangs. Ich hörte die Nadel der Brosche aufspringen, ehe der schwere Stoff über meine Schultern glitt. Meine Füße und Hände begannen zu kribbeln, als würde das Blut endlich wieder fließen können. Ich wollte mich auf die Ellbogen stützen, die Jägerin, Adela, wich schnell zurück, um mir Platz zu machen.

»Geht es dir gut?«, fragte die andere, die Adela so ähnlich sah.

»Es geht schon«, sagte ich ehrlich, setzte mich auf und massierte mir die Hände, um dieses lästige Kribbeln loszuwerden. *Was ist passiert?*, fragte ich in Gedanken meine Auguren-Kolleginnen.

Ich weiß es nicht, antwortete mir Panya in meinem Kopf. Ich sah sie über Adela und die andere Junghexe hinweg an, die offenbar meine Brosche gelöst hatte. *Adela Mescinia ist ein Ausnahmetalent, wenn es um Gerüche geht*, fuhr Panya fort, die Stirn in Falten gelegt. *Wenn sie sagt, dass sie dunkle Magie riecht, glaube ich ihr.*

Es tut mir noch immer furchtbar leid, fügte Yui unhörbar für die anderen hinzu. *Ihre Schwester Gloria hat dich dann wohl gerettet.* Yui deutete auf die etwas ältere Jägerin.

»Danke«, sagte ich zu den Mescinia-Schwestern, während ich überlegte, um wie viele Ecken sie wohl mit mir verwandt waren. Beide lächelten mich an, Adela hielt mir die Hand hin, um mir aufzuhelfen, und ich griff zu.

In genau diesem Moment überkam mich meine allererste Vision und ich sah ihren Tod.

7

Sebastien

Gegenwart

»Ich kann das nicht mehr machen«, sagte Adela mit fester Stimme, während sie in ihrem improvisierten Labor herumtigerte. Meine entfernte Cousine konnte mir nicht in die Augen sehen, verschob stattdessen in Reih und Glied stehende Glaskolben und Tiegel mit allerhand besonderen Zutaten für ihre Magiewissenschaft und rückte sie anschließend wieder an die richtige Stelle.

»Ich brauche den Trank, Ela.« Ich legte einen flehenden Unterton in meine Stimme, etwas, das mir meist half, sie zu überzeugen. Es war die logisch denkende Seite in mir, die seit der Aufnahmezeremonie überwog, nur ab und an blitzte ein Gefühl durch, das ich analysierte und abspeicherte, um es abrufen zu können. Andere können nicht sehr gut mit der emotionalen Distanz der Auguren umgehen, halten sie für Arroganz aufgrund unserer Macht. Nicht für essenziell, um objektive Urteile fällen zu können.

Adela drehte sich schnell zu mir um. Ihr zu einem hohen Pferdeschwanz zusammengefasstes dunkles Haar peitschte ihr ins Gesicht. »Vielleicht glaubst du nur, dass du ihn brauchst, weil es einfacher für dich ist, anstatt der Wahrheit ins Auge zu sehen.« Sie trat näher, ihre Sneakers quietschten auf dem spiegelglatten Estrich der Doppelgarage des Atwood-Hauses, in der sie ihr Labor hatte einrichten dürfen, damit sie nicht ständig unnötige Energie für Besuche bei ihrem Gefährten verschwendete, dem von der Magie ihrer Sigillen ausgewählten Partner. Es war ihm zu verdanken, dass die Vision, die ich vor vier Jahren hatte, nicht zur Realität geworden war. Und jetzt waren sie überglücklich – sofern ich ihre Emotionen und Gesten in Gegenwart des anderen oder bei Gesprächen über Tristan richtig interpretierte. Sie sprangen einem praktisch entgegen.

»Ich glaube nicht nur, dass ich ihn brauche, sondern weiß es. Ich habe alles versucht, Ela.« Ich hielt ihren Blick gefangen, um ihr die

Wichtigkeit dieser Tatsache zu verdeutlichen. »Verschiedene Meditationen, hartes Training, traditionelles Räucherwerk aus allen Teilen der Welt …« Ich gestikulierte mit der Hand, um dem mehr Nachdruck zu geben. »Doch nichts hilft mir – außer deinem Trank.«

Adela wiegte langsam den Kopf hin und her, sah hinab auf die Reflexionen der Deckenleuchten. Ich würde nur allzu gern in ihren Gedanken stöbern, sie beobachten, um sie in ihrer Entscheidung zu lenken. Sie schwieg so lange, dass ich kurz davor war, tatsächlich eine Sigille zu wirken, da sah sie auf und mir direkt in die Augen.

»Ich habe den Trank damals gebraut, um dein Leben zu retten, um deine Magie zu halten, nachdem deine Magie versch…« Sie schluckte hinunter, was sie ursprünglich sagen wollte. »Nachdem du vergiftet wurdest. Aber der Trank ist kein Ersatz für deine Magie, Sebastien. Er sollte dich nur retten.«

»Und er hat mich gerettet, wofür ich dir für immer dankbar sein werde.« Ich trat auf sie zu und nahm ihre Hände in meine.

»Wir haben so vieles zusammen durchgestanden. Ohne mich hättest du nie von der Vision über deinen Tod beim Walpurgisritual erfahren.« Ich bannte ihren Blick.

»Ich weiß. Dafür bin ich dir dankbar. Aber …«

»Sch!« Ich ließ sie nicht aussprechen, was sie mir seit Wochen zu sagen versuchte. Ich kannte sie gut genug, meine entfernte Cousine, die mir zusammen mit Gloria bei meiner Initiation das Leben gerettet hatte. Wobei ich auch geglaubt hatte, Gloria zu kennen – und dabei nicht gesehen hatte – oder hatte sehen wollen –, dass sie sich der Blutmagie verschrieben und den Dunkelhexen angeschlossen hatte.

Ich musste Adela auf meiner Seite behalten. Sie war mächtig, ja, aber auch ihre Macht besaß Grenzen. Vorsichtig tastete ich nach ihrer Magie.

»Nein, Sebastien!« Sie entriss mir ihre Hände und trat mehrere Schritte nach hinten, bis sie gegen den dunklen alten Holztisch stieß, den sie aus ihrem Labor in Rom geholt hatte. Ein Stößel klirrte in einer Porzellanschale. »Es sind vier Jahre vergangen, seit du diesen Trank alle paar Monate zu dir nimmst. Aber in den vergangenen Wochen kommst du wöchentlich! Ich habe die Dosis bereits erhöht, aber es scheint nicht mehr auszureichen.« Sie sah zur Seite – ein Anzeichen, dass sie ihre Worte abwägte. »Tristan und ich … Wir glauben, dass du der Grund dafür bist, dass die Auguren nicht mehr sehen, was auf der Welt geschieht. Geschehen wird. Ach, du weißt, was ich meine.« In einer schon fast genervten Geste schob sie sich eine Strähne ihres dunklen Haars hinter die Ohren.

»Ihr denkt *was*?« Mit dieser Offenbarung hatte ich wirklich nicht gerechnet und ich spürte einen winzigen Hauch von Überraschung.

»Wir sind der Überzeugung, dass deine vergiftete, blockierte Magie der Grund dafür ist, dass die Macht der Auguren insgesamt eingeschränkt ist, sodass ihr kaum mehr Visionen habt.« Sie griff hinter sich zu einer Ausgabe der *Hexen heute* und hielt sie zwischen uns hoch.

Die Laufschrift der Titelseite sprang mir in großen Lettern entgegen.

Erneuter Dunkelhexenangriff. Wieso haben die Auguren niemanden gewarnt?

»Es gibt immer wieder Zeiten, in denen Ereignisse nicht gut vorhersehbar sind«, konterte ich. »Die Zukunft ist nicht festgeschrieben, wie du und Tristan ja bewiesen habt.«

»Vielleicht ist in diesen Zeiten ja eine der Hexen nicht im Besitz ihrer vollen Macht, mit der – und weshalb – sie zum Auguren berufen wurde.« Ela hob die linke Braue, forderte mich heraus.

»Mit deinem Trank bin ich im Vollbesitz meiner Macht«, erwiderte ich.

Ela verschränkte die Arme vor der Brust. »Und wie oft willst du ihn zu dir nehmen? Du warst vor drei Tagen das letzte Mal hier, Sebastien. Drei Tage! Und nun brauchst du Nachschub?«

In mir regte sich etwas. Meine Hand zuckte zu meiner Stirn. Scham. So stark, dass mein Körper instinktiv reagierte. Schnell drängte ich das Gefühl zurück und ließ meine Hand wieder sinken. »Und wenn schon. Besondere Zeiten erfordern besondere Maßnahmen.«

Ela schnupperte in der Luft und kniff die Augen zusammen, roch weiter. Nach meiner Vision vor vier Jahren war Ela zu ihrem eigenen Schutz aus den offiziellen Registern der Hexen gelöscht worden, existierte nicht mehr, um die Dunkelhexen nicht auf sie aufmerksam zu machen. Daher hatte sie Zeit genug, ihren Geruchssinn noch weiter zu trainieren. Sie konnte nun Emotionen riechen. Emotionen, die ich nicht besaß – oder nicht besitzen *sollte*. Sie sah mich lange an, schloss dann die Lider, atmete mehrmals durch, während sie einen Entschluss fällte.

»Du musst es Panya und Yui sagen.«

»Nein!«, sagte ich schnell. Das war nicht die Entscheidung, die mir meine Intuition eingeflüstert hatte.

»Ich gebe dir noch diese eine Dosis, danach ist Schluss.« Sie ging zu einem Regal, in dem mehrere mit Korken verschlossene Glasfläschchen standen, und griff nach dem mit hellblauem Inhalt. Es war das einzige, egal wie oft ich meinen Blick über das Regalfach gleiten ließ.

Sie kehrte zu mir zurück, rümpfte dann die Nase. »Angst. Panik«, flüsterte sie und sog erneut die Luft ein.

Kälte ließ meine Fingerspitzen taub werden. Ein Schauder glitt mir den Rücken hinab.

»Das kann nicht sein.« Ich schob das Gefühl von mir. Schon wieder eine Emotion. Ich brauchte den Trank! Ich riss ihn Ela aus der Hand, löste mit zitternden Fingern den Korken und schüttete den Inhalt in meinen Mund.

Ich spürte, wie er wirkte, wie er mir mit jedem Herzschlag meine Augurenmacht zurückbrachte und sich die emotionale Distanz wie ein dicker schützender Umhang über mich legte. Ich musste sofort in den Augurenturm zurück, gemeinsam mit den anderen nach der roten Frau forschen, der Anführerin der Dunkelhexen, die sich in den vergangenen Wochen wie ein Schwert durch die Welt der Hexen geschlagen hatte. Wir mussten sie aufspüren, ehe meine Magie versiegte und die zweite Zeile unter der Headline der *Hexen heute* wahr werden würde: *Liegt es vielleicht daran, dass mit Sebastien de Beauvais ein Mann für unser aller Zukunft und Schutz berufen wurde?*

8

Sebastien

»Sag mir, dass du nach der Dosis gestern nicht schon wieder Nachschub brauchst! Sebastien!« Ela stand zusammen mit ihrem Partner Tristan an ihrem Labortisch, als ich mich im blauen Rauch materialisierte. »Ich habe dir doch gesagt, dass es der letzte Trank war!«

Tristan verschränkte die Arme vor der Brust, stellte sich kaum merklich vor Ela, was mich amüsieren würde, hätte ich Emotionen. Er war einer der Auserwählten, sehr mächtig, aber mit einem Auguren konnte er es nicht aufnehmen.

»Nein. Der Trank wirkt noch wie frisch eingenommen«, log ich. Die Wahrheit war, dass seine Wirkung schon nach dem ersten gemeinsamen Gedankentausch mit Panya und Yui nachgelassen hatte. Die ersten Bilder waren noch gestochen scharf gewesen, doch je länger wir auf den Pfaden der Zukunft gewandert waren, desto verschwommener und nebliger war die Umgebung für mich geworden. »Ich habe deine Nachricht bekommen.« Ich griff in meine Hosentasche und zog ein beschriebenes Pergament hervor, das heute Morgen auf meinem Gesicht gelandet war.

»Stimmt ja«, sagte Ela und wiederholte, was in der Botschaft stand. »Mamma und Papa machen sich Sorgen um Etienne. Sie haben seit Wochen nichts mehr von ihm gehört.«

»Und du glaubst, mein Stiefvater hätte sich ausgerechnet bei mir gemeldet?« Um meiner Ungläubigkeit mehr Nachdruck zu verleihen, hob ich eine Augenbraue.

»Er ist dein Stiefvater«, warf Tristan ein.

Ich wandte mich ihm zu. »Meine Beziehung zu meinem Stiefvater ist noch schlechter als deine zu deiner Stiefmutter Carina«, erklärte ich ihm und wartete, bis er die Verbindung gezogen hatte. Carina Brand hatte nach dem Tod ihres Gatten Liam Atwood dessen Sohn Tristan fast so märchenhaft stiefmütterlich behandelt wie mein Stiefvater mich.

Ich sprach nie über Etienne de Beauvais. Mit meiner Rettung durch Aveline hatte ich ihn, soweit es ging, aus meinen Gedanken verbannt.

Tristan lachte auf. »Carina und ich haben uns seit Chris' Rettung … arrangiert. Auch wenn ich ihr den Verrat an meinem Vater nie verzeihen werde.« Tristans Stiefmutter Carina hatte, um ihren Erstgeborenen zu schützen, Tristans Vater Liam der Dunkelmagie beschuldigt und ihn an die Hexenjäger verraten, die ihn ohne Tribunal hingerichtet hatten. Er hatte nicht das Glück gehabt, eine Aveline zu haben, die ihn rettete, und so war der zu jener Zeit mächtigste Hexer der Welt grundlos getötet worden – und Tristan hatte seinen Vater verloren.

»Dann hattest du seit damals keinen Kontakt zu ihm?« Adela zog die Brauen zusammen, während sie mit einem Essstäbchen in einem kleinen Kessel rührte, aus dem es fürchterlich stank. Er stand mitten auf dem Tisch, köchelte ohne Feuer vor sich hin.

»Nein, wie kommt ihr denn darauf?« In den vergangenen Wochen, seit Carinas Geständnis über den Verrat an ihrem Gatten Liam – und ihre Begegnung mit der roten Frau in jungen Jahren –, hatte ich mir tatsächlich Gedanken über meinen Stiefvater gemacht. Auch wenn ich es nicht wollte.

»Etienne hält Papa seit Guillaumes Tod auf dem Laufenden, erzählt immer wieder, was du so tust und wie es … dir geht. Wie Eltern halt so sind.« Ela zuckte mit den Schultern, als wäre es das Normalste der Welt. Nicht jedoch meiner Welt. Ich hatte meinen leiblichen Vater, Guillaume Mescinia, nie kennengelernt, was aber einem Einsatz der Hexenjäger geschuldet war, den er nicht überlebt hatte. Ich war zu der Zeit noch ein Säugling gewesen. Meine verwandtschaftliche Beziehung zur Familie Mescinia hatte ich erst in den vergangenen Jahren näher ergründen können. Guillaume Mescinia war ein Schwager von Elas Mutter gewesen – und ein Hexenjäger.

»Er kann gar nicht wissen, wie es mir geht, weil ich definitiv keinen Kontakt zu ihm hatte oder haben will.« Nicht, nachdem ich mir zusammengereimt hatte, dass er …

Etwas in meinem Inneren fing Flammen. Diese Hitze, sie war … Ich taumelte zurück. Wut. Es war glühend heiße Wut, die sich nun einen Weg durch meine Adern bahnte.

Ela sog die Luft ein, ihre Augen weiteten sich, dann nieste sie. »Sebastien, was ist los? Das ist Zorn.« Sie kam mir hinterher, ich rückte noch immer vor ihr und der Wut in meinem Inneren zurück, die mich überkam. »Du solltest nicht in der Lage sein, Zorn zu empfinden«, sprach sie das Offensichtliche aus. »Der Trank wirkt schon nicht mehr, oder?«

»Es ist … Etienne ist …« Wo waren die richtigen Worte, wenn man sie suchte?

»Etienne ist was?«, hakte Tristan nach. Elas aufrechte Haltung, ihre nur leicht angehobene linke Hand versetzte ihn in Alarmbereitschaft. Seine blauen Augen richteten sich auf meine Hände, während auch er sich für einen Zauber bereit machte. Dachten sie etwa, ich würde sie angreifen? Ich holte tief Luft und sprach meine Vermutung aus.

»Ich glaube, Etienne hat in der Nacht vor meiner Sigillenvergabe irgendetwas mit mir gemacht, weshalb die Jäger – deine Eltern – gekommen sind und mich mitgenommen haben.« Giulia und Alfredo Mescinia hatten sich seither zig Male bei mir entschuldigt und ich hatte ihnen verziehen. Sie hatten auf die vermeintliche Dunkelmagie nicht anders reagieren können, aber immerhin haben sie mich Aveline überlassen.

Ich sah an Elas Reaktion, dass sie mir kein Wort glaubte. Ihre Braue wanderte nach oben, ehe ihr ein Seufzer entfuhr. »Ganz gleich, was bei deiner Sigillenvergabe geschah«, sagte sie dann in einem bemüht ruhigen Ton. »Auf das Ritual zur Ernennung hatte Etienne keinen Einfluss.« Sie dachte einen Moment nach, ehe sie von Zweifeln begleitet flüsterte: »Vielleicht vertragen Männer die Augurensigille nicht.«

Ich sah, dass sie sich dafür schämte, es ausgesprochen zu haben, all das mit Füßen trat, wofür Männer seit Jahren kämpften. Ich hatte Ela immer für modern gehalten, und dann kam sie mit so was?

Weil mir die Worte fehlten, sprach Tristan es aus. »Das ist doch nicht dein Ernst, oder?«

Ela wiegte den Kopf hin und her, ihr hoher Zopf rutschte von einer zur anderen Seite. »Es tut mir leid. Natürlich glaube ich das nicht, auch wenn alles darauf hindeutet, dass …«

»Nein«, sagte Tristan entschlossen. »Es muss einen anderen Grund dafür geben.«

Ela lächelte ihren Partner an, aber so wie ihre Wangen dabei zitterten, war es ein sehr angestrengtes Lächeln.

9

ALEX

Wir machen uns Sorgen um dich, Alexandra.«

Kein gutes Zeichen. Ich inspizierte hektisch unsere Essküche, um den Grund für ihre Sorge zu finden, die sich auch deutlich auf ihrer Stirn abzeichnete. Es musste ernst sein, wenn Mama mich bei meinem vollen Namen nannte und sich meine Eltern gemeinsam mit mir in einem Raum aufhielten, ohne zu streiten, wie sie es eigentlich immer taten – meinetwegen. Der Küchenuhr nach war es schon kurz vor sieben Uhr. Papa sollte schon auf dem Weg zur Arbeit sein, die Schicht bei Biosys begann gleich.

»Warum macht ihr euch Sorgen?«, fragte ich und suchte in Mamas Gesicht nach irgendwelchen Mikroexpressionen, die mir sagen würden, wie sie sich darüber hinaus fühlte. Ich bekam gute Noten, erledigte meine Pflichten im Haushalt und versuchte mich zu verhalten wie alle anderen, damit weitere Besuche bei Psychologen ausblieben. Für den Hauch einer Sekunde weiteten sich Mamas Augen. Angst. Sie sorgte sich nicht nur, wie es Mütter immer taten.

»Du hast Angst«, sprach ich aus, was schon längst wieder aus ihren Zügen verschwunden war.

Nun huschte eine ganz andere Emotion über ihr Gesicht. Sie fühlte sich nicht wohl. Das tat in meiner Gegenwart kaum jemand. Ich wusste, was hinter meinem Rücken über mich gesagt wurde, aber bei Mama konnte ich so gut wie nie etwas erkennen, außer der bedingungslosen Liebe zu mir. Doch nun wurde immer deutlicher, dass etwas anderes überwog. Sie ließ ihren Blick über mich gleiten, ich überlegte, ob ihr das Hemd nicht gefiel, das ich geöffnet über dem weißen Shirt trug, oder ob ich mal wieder vergessen hatte, meine unzähmbaren dunklen Haare zu bändigen. Ich suchte und suchte, doch ich fand keine Erklärung.

»Lass das«, mischte sich mein Vater ein, den Mund zu einem schmalen Strich verzerrt, der akkurat gestutzte Bart über seinen Lippen bebte leicht. Er lehnte sich zurück und verschränkte die Arme vor der Brust.

»Ich kann nichts dagegen machen, und das wisst ihr auch! Ihr habt mich zu den ganzen Therapeuten geschleppt, weil ich ›empathielos‹ bin.« Ich malte Gänsefüßchen in die Luft. »Und jetzt kann ich sehen, was andere empfinden, und es ist euch auch nicht recht.«

Mama schnappte sich meine Hand, die noch immer in der Luft hing, und legte sie auf den Tisch, strich sanft mit ihren Fingern über die Haut. »Es ist nur …«

»… gruselig?«, ergänzte ich den Satz für sie. Das behaupteten immer alle, wenn ich die wahren Gefühle aufdeckte, die Menschen verbergen wollten und doch nicht konnten. Niemand konnte vor einem geschulten Blick – und den besaß ich inzwischen! – Emotionen verbergen. Mikroexpressionen ließen sich nicht kontrollieren.

Mamas Mundwinkel zuckten. »Ein bisschen. Du bist wie ein Lügendetektor. Und nicht alle kommen damit zurecht.«

»Willst du mir etwa vorwerfen, ich würde nicht mit meiner Tochter klarkommen?«, fragte Papa barsch und war ganz kurz davor, mit der flachen Hand auf das Tischset vor sich zu hauen, bremste aber noch rechtzeitig ab.

»Das habe ich doch gar nicht gesagt, Lothar.« Mama stieß ein Seufzen aus. »Ich habe nicht von dir gesprochen.«

»Dann ist es ja gut«, sagte er eingeschnappt, rückte den Stuhl schabend nach hinten und verschwand binnen Sekunden aus der Küche.

Mama sah ihm hinterher, während sie noch immer meine Hand tätschelte. Mit der anderen strich sie sich die Haare aus dem Gesicht und stieß ein leises Seufzen aus, ihre Mundwinkel sackten für den Hauch eines Augenblicks nach unten.

»Ist … alles okay bei euch?«, fragte ich sie, als sie mich wieder direkt ansah.

Sie reagierte prompt. »Natürlich, mein Schatz.« Lüge. Wer so schnell antwortete, sagte in der Regel etwas auf, fischte nicht in seinem Kopf nach der Wahrheit. Aber ich wollte sie nicht erneut ertappen.

»Deine Nächte …«, kam Mama nun doch auf ihre Sorge zu sprechen, wieder weitete Angst für den Bruchteil einer Sekunde ihre Augen.

»Was ist mit meinen Nächten?«

»Die Albträume, die du hast. Du redest im Schlaf, Schatz.«

»Ich rede?« Ich suchte in ihrem Gesicht nach einer Lüge, einer Übertreibung oder keine Ahnung was, fand aber nichts dergleichen.

»Von …« Mama fühlte sich noch unwohler als zuvor, »den Brunnenfiguren am oberen Marktplatz, die die Stadt verwüsten, von Hexen, Magie und …«, sie sah zur Seite, wo die dunkle Haarsträhne schon wieder über ihre Wange strich, suchte gezielt nach einer Erinnerung, »Wächtern?«

Ich schloss kurz die Augen, sah all das, was sie sagte, vor mir. Nur dass alles davon der Realität entsprach und Vergessenszauber aus irgendeinem verqueren Grund nicht bei mir funktionierten. »Wir … nehmen das Thema gerade im Unterricht durch und ich finde es wahnsinnig spannend«, log ich. »Ich habe ganz viel dazu gelesen und mein Unterbewusstsein verarbeitet die Informationen im Schlaf, wie es bei allen Menschen der Fall ist.«

Der unausgesprochene Vorwurf, nicht ständig so besserwisserisch zu sein, hing zwischen uns über der Theke. Mama überlegte eindeutig, ob sie noch etwas dazu sagen sollte, wechselte dann jedoch das Thema. »Triffst du dich heute wieder mit Mara und Ela?«

Sie sah mich hoffnungsvoll an. Bis die römische Austauschschülerin Adela Mescinia ans Grimm-Gymnasium gekommen war, hatte ich mich eigentlich von allen ferngehalten – ehe ich sie sowieso mit meiner *Besonderheit* vergraulte. Aber sie hatte sich nicht abschütteln lassen und irgendwie waren wir … Freundinnen geworden. Durch irgendwelche schrägen Umstände, die mit Hexen und Magie zu tun hatten – was ich Mama aber garantiert nicht erzählen würde! –, sind Mara, unsere Nachbarin von schräg gegenüber, und ich uns auch wieder nähergekommen. Damals, als ich klein war und meine *Probleme* noch nicht so gravierend waren, hatten wir uns gut verstanden.

Jetzt war mein empathisches Defizit die geringste meiner Sorgen. Denn irgendetwas anderes stimmte nicht mit mir – worüber ich ausnahmsweise sehr froh war. Denn Adela hatte mehrmals versucht, mir die Erinnerungen an die Sichtung von Magie zu nehmen, wie es bei allen Menschen gemacht wurde, die Zeuge des Übernatürlichen wurden – nur im Gegensatz zu *allen* grub mein Gehirn die gestohlenen Erinnerungen in meinen Träumen wieder aus. Zum Glück! Denn die Wahrheit war einfach zu faszinierend, um sie zu vergessen.

Ich warf einen Blick auf die Wanduhr hinter Mama. »Ich muss jetzt auch direkt los. Ich wollte mit Mara die Aufgaben für nächste Woche durchgehen.«

Mama sah kurz zur Uhr, nickte dann resigniert. Wenn sie nur wüsste, dass schräg gegenüber Hexen wohnten, die sich vom Hohen Rat der Hexen losgesagt hatten und unter ihrem von Unkraut durchwirkten Rasen hinter dem Haus eine gigantische Wächterbibliothek beherbergten! Dann würde sie nicht *mich* für *besonders* halten. Aber wenn ich Maras Mutter Tanja glauben durfte, dann hatte bisher jeder Zauber zur Löschung von Mamas Erinnerung funktioniert, ohne dass sie das Wissen wieder ausgegraben hatte. Offenbar war sie schon mehr als einmal Zeuge von Magie geworden, entweder weil Einzelgängerhexen auf der Flucht in unserer Straße aufgetaucht waren oder jemand hier rumgestöbert hatte, der die Magie gespürt hatte.

Ich fand es auf jeden Fall spannend, mehr über Magie und alles, was damit verbunden war, herauszufinden. Weshalb ich Mara täglich besuchte, um meinen Wissensdurst zu stillen.

Ich musste mehrmals klingeln und auf der obersten der fünf Stufen verharren, die zur Haustür der Rothschilds führten.

Maras bunte Haare standen in alle Richtungen ab, als sie mir endlich öffnete. Sie trug eine Jogginghose und ein weites T-Shirt, rieb sich gerade über die Augen und gähnte, was eine Begrüßung ihrerseits schwierig gestaltete.

»Guten Morgen«, sagte ich daher als Erste und schob ein Lächeln hinterher.

»O Gott, Alex. Wie viel Uhr ist es?« Die Frage ging in einem weiteren Gähnen unter.

»Nach sieben«, erwiderte ich direkt, auch wenn es erst sieben Uhr zwei war.

»Es sind Pfingstferien und wir wollten ausschlafen.« Maras Stimme klang nach einer Fünfjährigen, die Süßigkeiten wollte.

»Tanja ist doch schon zur Arbeit gefahren«, sagte ich und versicherte mich mit einem Blick über die Schulter in die Einfahrt, dass der Wagen von Maras Mutter nicht mehr dort stand. Ich hatte extra so lange gewartet, bis sie weggefahren war, um den morgendlichen Familienalltag nicht zu stören. Wie auch immer der bei Mara aussah.

»Mit *wir* meine ich Chris und mich«, sagte sie deutlich, hob die hellen Augenbrauen an und wartete, bis ich verstand.

»Oh! Chris ist hier? Gut, dann kann auch er mir Fragen beantworten.«

Mara stöhnte, trat dann aber zur Seite und ich ging an ihr vorbei, durch den kleinen Eingangsbereich, in dem zig Jacken an einer Garderobe hingen und auf einer schmalen Kommode Schlüssel und Dekokram lagen, nach links ins Wohnzimmer. Kringel, die Katze der Meissners nebenan, trat gerade durch die Schrankwand, der magischen Barriere zur Bibliothek. Als wäre dies das Normalste der Welt, sprang sie anschließend mit erhobenem Schwanz auf die Couch, wo sie sich auf einem Kissen einrollte.

»Weißt du inzwischen, wie sie von außerhalb in die vor Menschen verborgene geheime Wächterbibliothek gelangt?«, fragte ich Mara, die im Durchgang zum Wohnzimmer stehen geblieben war und wie ein Sack Mehl am weißen Strukturputz lehnte und unentwegt gähnte. Sie schüttelte den Kopf.

»Und wenn wir Kringel im Garten absetzen und sie verfolgen?«, drängte ich weiter.

»Alex«, setzte Mara an, wurde jedoch von einem leichten Windstoß unterbrochen, der an ihren bunten Haaren zupfte. Sie sah sich schnell um, ebenso wie ich. Denn inzwischen wusste ich, was eine solche Bö bedeutete, die bei geschlossenen Türen und Fenstern gar nicht existieren durfte. Jemand wirkte Magie! Auch wenn ich es nicht mit eigenen Augen sehen konnte und nur von Beschreibungen her kannte, wusste ich, dass ein weißblauer Schimmer den Luftzug begleitete.

Kurz darauf schlängelte sich auch für mich sichtbarer blauer Rauch ins Wohnzimmer, kreiste wie ein chinesischer Glücksdrache mehrmals unter der Decke, ehe er sich wie der Rüssel eines Tornados gen Boden neigte und dort Sebastien erschien.

Sebastien war ein entfernter Cousin von Ela und ein Augur, von denen es, wie mir gesagt worden war, nur drei auf der Welt gab. Er war der allererste Mann, der dieses Amt bekleidete, das nur an die mächtigsten Propheten der Hexenwelt vergeben wurde. Auf Sebastiens Schultern ruhte in der Regel ein langer blauer Umhang, der ihn als Augur auswies, was ihn irgendwie hexenmäßiger wirken ließ als alle anderen. Dazu trug er unter der Robe immer helle Klamotten aus längst vergangenen Jahrhunderten. Auch heute steckte das cremeweiße weite Hemd, das an der Brust geschnürt wurde, in einer hellbraunen Lederhose, die von einem breiten Ledergürtel gehalten wurde, der mit Bändern vorn geschlossen werden musste. Seine braunen Augen ruhten unter dichten Brauen, die inzwischen zum Teil von seinen dunklen Locken überlagert wurden. Bei unserer ersten Begegnung hatte er sie ultrakurz geschnitten gehabt. Sein Teint wirkte, als wäre er direkt vom Strandurlaub zurück, war aber ein Erbe seines italienischen Vaters.

»Dich schickt der Himmel!«, unterbrach Mara meine Musterung und gähnte erneut herzhaft.

Sebastien sah zu ihr, dann entdeckte er mich. »Guten Morgen, Alex.« Er lächelte. Im Gegensatz zu Mara schien er gut gelaunt zu sein. »Was tust du um diese Zeit schon hier? Habt ihr nicht noch Ferien?«

»Meine Rede!«, murrte Mara.

»Ich bin neugierig«, erwiderte ich wahrheitsgemäß und meine Fingerspitzen kribbelten zur Bestätigung.

Sebastien sah wieder zu Mara, legte den Kopf schräg, dann schlich sich ein Schmunzeln auf seine Lippen, ehe er sich wieder an mich wandte. »Dann werde ich dafür sorgen, deine Neugier zu stillen, damit Mara weiter*schlafen* kann. Chris wartet oben vermutlich schon auf dich.« Er zwinkerte Mara zu, die ein Danke ausstieß und schneller verschwunden war, als ich »Bis später« sagen konnte.

»Und, was möchtest du wissen?«, fragte Sebastien, kaum dass Mara aus dem Raum war. Er gestikulierte in Richtung der Eckcouch und ich machte mich auf den Weg.

»Erklär mir diese Augurensache, wie das mit den Prophezeiungen funktioniert«, sagte ich, weil mir bisher weder Ela noch Mara befriedigende Antworten darauf gegeben hatten. Zum Glück hatte ich mich schnell genug wieder umgedreht, sonst hätte ich vielleicht seine unerwartete Reaktion verpasst. Trauer oder … Schmerz huschten über sein Gesicht, die Brauen näherten sich seiner Nasenwurzel, die Mundwinkel senkten sich kaum merklich, ehe er ein gutmütiges Lächeln aufsetzte und nickte.

»Setz dich«, verlangte er und ich kam dem gern nach, nahm auf der längeren linken Seite der Couch Platz, während Sebastien sich auf der kurzen Seite niederließ. Dann erzählte er mir, wie er und seine Kolleginnen sich mittels Meditation in einen tranceähnlichen Zustand versetzten, um gemeinsam in die Zukunft zu blicken.

»Es funktioniert nicht so, wie es sollte, oder?«, fragte ich, weil während seiner Schilderung immer wieder diese Trauer auf seinem Gesicht erschien. Die jetzt durch Überraschung ersetzt wurde, die Sebastien nicht schnell genug im Griff hatte, um mir zu entgehen.

»Wie kommst du denn darauf? Die Zukunft ist ein fragiles Gebilde aus unterschiedlichen Möglichkeiten. Nur weil wir nicht alle Angriffe der Dunkelhexen vorhersehen können, heißt das nicht, dass …« Er klang Jahrzehnte älter, als er war, nämlich nur zwei Jahre älter als ich.

»Das meine ich nicht«, unterbrach ich die offenbar auswendig gelernte Erklärung. Sebastien wich kein einziges Mal meinem Blick aus, ein deutliches Zeichen für eine Lüge. Entgegen der allgemeinen Meinung halten Lügner Blickkontakt, um sich davon zu überzeugen, dass ihr Gegenüber ihnen glaubte.

»Was denn dann?« Er beugte sich nach vorn und stützte seine Ellbogen auf den Oberschenkeln ab.

Ich spiegelte die Bewegung, sodass sich vielleicht noch ein halber Meter zwischen unseren Köpfen befand. Ich roch irgendein süßes Parfum, gemischt mit Minze von Zahnpasta oder Kaugummi. Für einen Moment hingen meine Gedanken an Assoziationen des Duftes fest, ich überlegte, wo ich es schon einmal gerochen hatte, wer ebenso roch wie er. Dann spuckte mein Gehirn Lavendel aus und zeigte mir Bilder dazu, endlose Lavendelfelder irgendwo in der Provence. Keine Ahnung, woher das Wissen kam. Aber mein Kopf tat so etwas ständig. Er suchte Verbindungen, Verlinkungen, bildete neue Verknüpfungen … ich stoppte mein Gehirn schnell und antwortete Sebastien auf seine Frage.

»Ich sehe die … Trauer in deinem Gesicht, wenn du von deiner Arbeit erzählst.«

»Wie das?« Sein Blick huschte unsicher umher, als hätte er Angst, jemand könnte uns zuhören.

»Ich … bin *anders*«, gestand ich ihm, auch wenn ich es nicht gern aussprach. Vermutlich tat das niemand. »Ich kann nicht instinktiv die Gefühle anderer erfassen, wie es offenbar alle anderen tun. Aber ich habe gelernt, Mikroexpressionen zu lesen, die jeder Mensch – und offenbar auch jeder Hexer«, fügte ich stirnrunzelnd ein, während mein Kopf zwischen männliche Hexe, Magier, Hexer umherswitchte, »intuitiv macht, ganz gleich, wie sehr er seine Gefühle verbergen will.« Ich schenkte ihm ein Lächeln, weil es Mitmenschen wohlgesinnter stimmt, während man sie auf offensichtliche Fehler aufmerksam macht.

Doch entgegen meiner Erwartung schüttelte Sebastien den Kopf, lehnte sich wieder beinahe entspannt nach hinten und hob den rechten Arm, auf dem die entfernt blitzähnliche Augurensigille leuchtete.

»Diese Sigille nimmt Hexen die Emotionen, weil Gefühle die Prognosen beeinträchtigen. Was auch immer du siehst, ist nicht echt.«

Nun schüttelte ich den Kopf. »Du kannst dir das gern einreden. Ich weiß es besser.« Ich lehnte mich ebenfalls wieder nach hinten und wir lieferten uns ein Blickduell. Bisher hatte nie jemand so lange standgehalten wie er. Nicht die kürzeste Mikroexpression huschte über sein Gesicht. Beeindruckend. Absolut beeindruckend.

Wir saßen sicher länger als fünf Minuten da und starrten uns an. So lange, bis sich jemand räusperte. Weder Sebastien noch ich sahen zur Quelle des Geräuschs.

»Was genau tut ihr da?«, hörte ich Chris' Stimme. Sie klang noch leicht belegt vom Schlaf.

»Sebastien weigert sich, mir zu erzählen, warum …« Ich beugte mich wieder näher zu ihm.

Angst weitete Sebastiens Augen. Er wollte nicht, dass ich weitersprach.

»Warum … was?«, hakte Chris neugierig nach. Schritte kamen näher. Sebastien brach den Blickkontakt und lächelte in Chris' Richtung, während er sich bemüht lässig auf den Oberschenkeln abstützte.

»Warum er immer Klamotten trägt, mit denen er auf einen Kostümball gehen könnte«, log ich. Sebastiens Kopf ruckte zu mir und sein erleichterter Atemzug streifte mich.

»Na dann, viel Spaß beim Herausfinden«, sagte Chris mit einem Kopfschütteln und ging durch den kurzen Flur in Richtung Essküche, wo kurz darauf der Kaffeevollautomat Bohnen mahlte.

»Danke«, sagte Sebastien kaum hörbar über das Dröhnen des Mahlwerks, das so laut zu uns drang, als würden wir neben der Kaffeemaschine stehen.

»Das wird nicht ausreichen«, entgegnete ich und suchte wieder seinen Blick. »*Sag mir die Wahrheit:* Warum hast du … Angst, wenn es um die Prophezeiungen geht?«

Sebastien öffnete den Mund, seine Mimik wie zu einer Maske erstarrt, aus der ich rein gar nichts lesen konnte. »Es gab da einst einen … Unfall, mehrere sogar. Und seither …« Er schlug sich mit der Hand auf den Mund, hielt mit der Handfläche die Worte fest, als könnte er sie nicht auf andere Weise aufhalten. Panik flackerte in seinen Augen auf, er sah gehetzt umher und verschwand ohne Abschied in einer Säule aus blauem Rauch.

Was zur Hölle verbarg er?

10

Sebastien

Was war da eben passiert?

Taumelnd kam ich im Ankunftsbereich meiner Etage im Augurenturm an. Mir war entsetzlich schwindelig, sodass ich mich gerade noch an der alten Tapete neben Avelines Spiegel abstützen konnte, ohne zu fallen. Mir war eiskalt. Mein Atem ging stoßweise, mein bleiches Spiegelbild wirkte … gehetzt. Der Turm spürte, dass ich mich nicht wohlfühlte. Hitze ging von den Wänden aus, bahnte sich ihren Weg durch meine Hand, umhüllte mich mit einer Wärme, die einer liebevollen Umarmung nahekam. Der Mann im Spiegel entspannte sich, ein Lächeln zupfte an seinen Mundwinkeln, ehe er den Mund zu einem »Danke« öffnete.

Ich nahm die Hand von der Wand und bat den Turm um einen heißen Kakao. Der süße Duft kam mir schon entgegen, als ich in mein Esszimmer trat, auf dem kleinen Tisch mit dem gepolsterten Stuhl davor stand eine *Bol*, von der Dampf aufstieg. Während ich mich setzte und das süße Aroma meine Nerven beruhigte, hexte der Turm noch einen Klecks Sahne obendrauf.

Wenn er mir nur auch erklären könnte, was eben geschehen war! Wie hatte ich Alex – einer Außenstehenden! – beinahe die Wahrheit sagen können? Ich war ernsthaft so kurz davor gewesen, alles auszuplaudern, was ich meinen Kolleginnen, dem Rat und allen anderen seit meiner Augurenzeremonie verschwiegen hatte. Ela war die einzige Eingeweihte, weil sie mich mit dem Trank versorgte.

Alex' Gegenwart, ihre irritierende Offenheit, aber auch ihre endlose Neugier machten etwas mit mir, worauf ich offenbar keinerlei Einfluss nehmen konnte. Außerdem war es nicht gerade förderlich, dass sie in Gesichtern lesen konnte, was allen, wirklich allen, die ich kannte, entging. Nicht einmal Calliope mit ihrer Gabe, die Wahrheit zu erkennen, *sah* in diesem Ausmaß.

Ich ließ mich vom heißen Kakao beruhigen, legte mir – schlechte und ganz schlechte – Erklärungen zurecht, sollte mir Alex noch einmal dieselben Fragen stellen. Sie handelten von Angst vor der finsteren Zukunft, bevorstehenden Angriffen und Tod überall. All das begleitete einen unweigerlich, wenn man in die Zukunft sehen konnte. Der Tod stand am Ende eines jeden Weges. Aber das belastete mich nicht. Dafür wurden Auguren die Emotionen genommen. Damit wir auch den noch so finstersten Aussichten mit erforderlicher Distanz entgegensehen und sie weitergeben konnten, sollten sie für die Allgemeinheit wichtig sein.

Ein dumpfes Pochen ließ mich aus den Gedanken schrecken. Ich nickte knapp und gab die Ankunft frei. Ein leichter Windstoß begleitete die Magie von Panyas Ankunft, dem sie selbst folgte und in meine Küche stürmte.

»Wo warst du?«, verlangte sie zu wissen. Das Flurlicht spiegelte sich in ihren Augen und sie glich einer afrikanischen Rachegöttin, die sich mit beiden Händen an meinem Tisch abstützte und mich herausfordernd anfunkelte.

»Ich war in Falkhausen«, erwiderte ich und nahm einen Schluck von meinen Kakao.

»Um diese Zeit? Warum? Ist etwas vorgefallen, was du Yui und mir vorenthalten hast?«

»Nein, es war einfach ein …«, *innerer Zwang, der vermutlich meiner Sucht nach Adelas Medizin geschuldet war,* »… Besuch.«

Panya zog die dichten schwarzen Brauen zusammen, während sie sich aufrichtete und den Sitz ihres gelben Augurenumhangs kontrollierte.

»Wir erwarten dich unten im Meditationssaal. Yui fand während des Schlafs vielleicht einen neuen Ansatz, dem wir nachgehen könnten. Es ist nicht mehr lange bis zur Sommersonnenwende, und was diese finstere Bedrohung rund um das Litha-Feuer angeht, tappen wir wortwörtlich noch immer im Dunkeln.«

Ich senkte für einen Moment meine Lider, sah die letzten gemeinsam erschlossenen Visionen vor mir. In jedem Zirkel der Welt wurde zur Sommersonnenwende ein Fest gefeiert, bei dem ein magisches Feuer, das Litha-Feuer, entzündet wird. Damit teilen und erneuern alle Hexen der Welt ihre Magie. Doch anstatt des alljährlichen Funkenregens rund um das Feuer sahen wir bislang nichts als Dunkelheit, wenn es um diesen im Jahreskreis der Hexen so wichtigen Tag ging. Es glich auf erschreckende Weise den Visionen des vergangenen Walpurgisrituals.

Ich öffnete meine Augen wieder und erschrak, weil Panya sich über den Tisch vorgearbeitet hatte und ihr Gesicht fast direkt über meiner *Bol* schwebte. Sie kniff die Augen zusammen und schien jeden Millimeter meines Gesichts zu scannen.

Verbinden dich etwa besondere Gefühle *mit diesem Ort?*, sprach sie über unsere Augurensigille direkt in meinen Geist, ohne die Lippen zu bewegen. Sie legte den Kopf schief, ließ mich keine Millisekunde aus den Augen.

Das machte mich … nervös. Ich richtete mich so schnell auf, dass ich meine *Bol* streifte und sich der Rest meines Kakaos über den Tisch ergoss und in einem kleinen Strom auf meinen Umhang lief. Das Chaos lenkte Panya wenigstens von mir ab. Sie schenkte mir einen vorwurfsvollen Blick, während der Turm seine Magie wirkte, die *Bol* wieder hinstellte und die Sauerei beseitigte.

»Wir erwarten dich unten zur Meditation«, sagte sie anstatt eines Abschieds, ehe sie zu gelbem Rauch wurde und verschwand.

»Ich bin nicht nervös«, sagte ich zu meiner *Bol* vor mir, die der Turm eben wieder auffüllte. »Auguren werden nicht nervös, sie empfinden keine Angst oder … anderes. Sie werden nicht von *Gefühlen* zu einem bestimmten Ort gezogen. Es hat immer einen vollkommen logischen Grund.« Wenn ich es nur oft genug laut aussprach, würde es vielleicht wahr werden.

11

ALEX

Nachdem Sebastien urplötzlich verschwunden war, ohne meine Frage zu beantworten, und Chris und Mara nichts als ein Schulterzucken zur Erklärung für mich erübrigen konnten, beschloss ich, mir woanders Auskunft zu holen.

In den Ferien waren die Busverbindungen grauenhaft, daher holte ich mein Fahrrad aus der Holzhütte, befreite es von Staub und zig Spinnweben und pumpte Luft in die Reifen, ehe ich mich auf den Weg zu Ela machte. Natürlich erst, nachdem sie auf meine Nachricht reagiert hatte, dass sie nicht bei ihrer offiziellen Gastmutter Ingrid war, sondern bei Tristan. Das hieß, sie war wach.

Die Luft war trotz Juni noch kühl, Morgennebel hing in den kleinen Senken der Wiesen neben dem Radweg, der zum weit abseits liegenden Anwesen der Familie Brand führte. Ich erinnerte mich an die vielen Gruselgeschichten, die man sich über das in einem Waldstück verborgene Haus erzählte. Offenbar lag in all dem Tratsch doch ein Fünkchen Wahrheit. Ich folgte der geschwungenen Einfahrt. Die eingrenzenden Hecken und Bäume gaben erst im letzten Moment den Blick auf das herrschaftliche alte Gebäude frei. Ich war nie hier gewesen. Es hatte auch nie einen Grund dafür gegeben. Chris und Noah Brand hatten nicht gerade einen freundlichen oder gar guten Ruf gehabt, ihr Stiefbruder Tristan hatte bis zu Elas Ankunft nur eine einzige Kontaktperson besessen – Mara. Abgesehen davon war ich noch nie bei irgendwem außer Mara überhaupt zu Besuch gewesen. Die meisten konnten mit meiner *Besonderheit* nicht umgehen.

Ich stellte mein Fahrrad direkt in der großen Einfahrt ab und machte mich mit von der ungewohnten Anstrengung beim Fahrradfahren wabbeligen Beinen auf den Weg zum Haus. Noch ehe ich die Klingel drückte, drang ein hohes Bellen von innen zu mir und hinter der Milchglasscheibe sah ich einen hellbraunen Schatten auf und ab hüpfen. Tristans Hund Roger. Ich hatte von ihm gehört.

Nach einem lauten »Roger, aus!« öffnete Tristan dann auch die Tür und sah mich verwundert an. »Alex?«

»Ich muss zu Ela. Sie schuldet mir einen Gefallen.«

Tristan runzelte nur die Stirn, seine Haare waren noch total zerknautscht. Mit etwas Verzögerung nickte er und trat beiseite. »Sie ist in ihrem Labor in der Garage.« Er deutete zu einer weiß gestrichenen Brandschutztür am Fuß der Treppe nach oben und ich ging direkt darauf zu, drückte die schwere Metalltür auf und landete in der Kulisse für einen Film über einen irren Wissenschaftler. Die Werkbank, die sich die gesamte Stirnseite der Doppelgarage entlangzog, stand voller Tiegel und Töpfe. Von den Schienen der Garagentoröffner hingen Kräuterbüschel. Anstelle von Fahrzeugen gab es einen schweren dunkel lasierten Holztisch, auf dem Töpfe standen, die ohne Feuer vor sich hin köchelten, und eine Art Destillationsmaschine, aus der konstant eine goldschimmernde Flüssigkeit in ein Reagenzglas tropfte. Auf der anderen Garagenseite standen ein paar Klappstühle um einen Campingtisch herum verteilt. Die Luft war erfüllt von einem schweren Duft und erinnerte mich an den beißenden Weihrauch, der bei unserer Erstkommunion für einen Ohnmachtsanfall einer Mitschülerin gesorgt hatte. Ich atmete vorsichtig durch den Mund und der seltsame Duft legte sich auf meine Zunge.

»Alex?« Ela erhob sich hinter dem Tisch mit dem selbst köchelnden Topf, aus dem gerade eine Dampfwolke aufstieg. Sie pustete den Dampf beiseite, musterte den Inhalt vor sich genau und wandte sich dann lächelnd an mich. »Ich wusste nicht, dass du *sofort* vorbeikommen wolltest.«

»Ich möchte den Gefallen einfordern, den du mir schuldest, weil ich Tristans Mutter aufgespürt habe«, sagte ich ohne Umschweife. Ela umrundete den Tisch und kam mit bebenden Nasenflügeln auf mich zu. Sie witterte mich – oder besser gesagt, meine Gefühle. Ela konnte sie riechen, was auch ein Punkt auf meiner endlosen Liste an Fragen war. Aber Sebastien besaß Priorität.

Ela runzelte die Stirn und sah kurz zur Seite. »Ich weiß immer noch nicht, wie du an offenbar geheime Daten gekommen bist.«

Ich zuckte mit den Schultern. »Ich habe die Dame der Stadtverwaltung einfach um die Wahrheit gebeten, um eine Möglichkeit, es herauszufinden. Der Rest war einfach. Also, was ist jetzt mit dem Gefallen?«

Ela sah nach wie vor skeptisch aus und ich wollte schon weiter auf den Handel drängen, da glätteten sich ihre Züge. »Wir sind Freundinnen, du musst von mir nichts *einfordern*, ich gebe es dir freiwillig.« Ela grinste. »Was brauchst du?«

»Ich muss wissen, warum Sebastien Angst vor seiner Aufgabe hat.«

Darauf war Ela eindeutig nicht gefasst gewesen. Ihre Emotionen wechselten so schnell, dass ich gar nicht hinterherkam. Da war Angst, ehe ihr Blick zur Werkbank huschte, auf eine Sammlung an Fläschchen, die entweder uralt waren oder einfach nur für den magischen Charme eine schon fast antike Optik hatten. Dann wechselten sich Sorge und Ärger so schnell ab, dass ich nachhakte, ehe sie sich eine Lüge zurechtlegen konnte.

»Du weißt etwas darüber. Ich kann es sehen. Du hast Angst, machst dir Sorgen und bist auch … genervt?«

Ela seufzte resigniert. »Ich habe alle anderen immer für überempfindlich gehalten, weil sie sich ärgern, wenn ich sie mit ihren wahren Emotionen konfrontiere, die ich gerochen habe. Es ist aber tatsächlich … nervig.« Ihr Lachen hallte von den kahlen Garagenwänden wider. »Es ist … sein Geheimnis, ich kann …« Sie war unentschlossen, das war ihr deutlich anzusehen.

»Bitte, sag mir die Wahrheit!« Ich legte einen hoffentlich flehenden Unterton in meine Stimme und hoffte, dass er nicht so quengelnd klang wie die Kinder an der Kasse, die Süßigkeiten von ihren Eltern wollten.

Aber ich war schließlich wegen einer Erklärung hergekommen.

Ela stieß den Atem lautstark aus. »Sebastiens Kindheit war nicht einfach«, begann sie, während sie irgendwelche Schrauben an dem Destillationsgerät nachjustierte, vielleicht um mir eine potenzielle Lüge vorzuenthalten. »Er hat seinen leiblichen Vater nie kennengelernt und seine Mutter ist sehr früh gestorben, sodass er bei Etienne, seinem Stiefvater, aufwuchs. Aufgrund irgendeiner … Komplikation wurde er direkt nach seiner Initiation vor den Rat geführt und sollte umgehend hingerichtet wer…«

»Was? Er sollte getötet werden? Ohne … Gerichtsverhandlung?« Das bestätigte meine bisherige Vermutung, dass die Hexengemeinschaft offenbar noch in längst vergangenen Zeiten feststeckte.

Ela verzog die vollen Lippen. »Es ist nicht üblich, ohne Tribunal, ohne Zeugenbefragungen und allem, was auch in Gerichtsverhandlungen von Unwissenden passiert, ein Urteil zu fällen. Aber die Ratsvorsitzende Calliope sah eine zu große Gefahr und befahl meinen Eltern, die Hinrichtung durchzuführen.«

Ich stieß einen erstickten Laut aus. »Und deine Eltern machen alles, was man ihnen sagt?«

»Sie unterstehen dem Rat, sie mussten es tun – doch zum Glück kam es nicht so weit. Die ehemalige Augurin Aveline mischte sich ein und nahm Sebastien mit. Sie tarnte ihn mit ihrer schier grenzenlosen Macht und alle hielten Sebastien für tot. Bis zu dem Tag, an dem Aveline starb und ihr Zauber gebrochen wurde, wie es nach dem Tod einer Hexe immer der Fall ist.«

»Was dieser Ratsvorsitzenden sicher nicht gefallen hat.«

Ela stieß ein freudloses Lachen aus, griff nach einem hölzernen Löffel und rührte in ihrem Hexenkessel, aus dem inzwischen ein echt widerlicher Geruch aufstieg. Ich hatte vergessen, nur durch den Mund zu atmen.

»Sie konnte jedoch nichts unternehmen, weil Sebastien zum Nachfolger von Aveline bestimmt wurde und Auguren über dem Rat stehen. Damals habe ich ihn kennengelernt. Bei seiner Berufungszeremonie ist etwas schiefgelaufen und er wurde … ihm ging es nicht gut«, umschiffte sie, was sie eigentlich sagen wollte. »Seither habe ich mich der Magiewissenschaft verschrieben.«

»Erzähl mir alles!«, erinnerte ich sie. »Bei Sebastien ist gleich bei zwei wichtigen Ritualen etwas *schiefgelaufen*?« Das war doch garantiert kein Zufall.

Ela zuckte mit den Schultern, wollte es abtun, aber ich konnte in ihrem Gesicht sehen, dass es nicht so war.

»Ist da noch mehr? Die Wahrheit bitte!« Ich hielt sie mit meinem Blick gefangen.

»Davor gab es einen Dunkelhexenangriff auf das Internat, in das Aveline ihn gesteckt hat, und mehrere Falschmeldungen, denen er nachgegangen und nicht immer ganz unbeschadet davongekommen ist.«

»Und du findest das nicht … alarmierend?«

Ela stieß die Luft in einem langen Atemzug aus, der den inzwischen pinkfarbenen Rauch über dem Kessel herumwirbelte.

»Eigentlich schon«, gestand sie mir und offenbar auch sich selbst ein, Verwunderung blitzte auf ihrem Gesicht auf. »Aber die Sache ist schwierig. Vor Sebastien war die Welt der Hexen anders strukturiert. Männer hatten keine offiziellen Positionen inne, durften weder Zirkel leiten noch für den Hohen Rat kandidieren. Sie hatten nicht einmal einen Sitzplatz im Zuschauerteil der Ratshalle.« Abscheu huschte über ihr Gesicht, ehe sie den Kopf schüttelte und sich wieder daran erinnerte, ihr Gebräu nebenbei umzurühren. »Noch heute wird in offiziellen Dekreten nur von *Hexen* gesprochen, nicht von *Hexen und Hexern.* Letzteres ist eine sehr moderne Wortschöpfung, weil Sebastien den Männern der Hexenwelt den Weg geebnet hat. Sie haben sich emanzipiert, dafür gesorgt, dass auch ihr Geschlecht im Rat vertreten wird, und so weiter.«

»Aber das ist doch … gut. Die Frauen ohne Magie mussten weit länger als nur ein paar Jahre für dieselben Rechte kämpfen und müssen es noch heute«, warf ich ein. »Die Mehrzahl fast aller Substantive ist männlich.« Meine Gedanken huschten davon, griffen nach den zigtausend Beispielen, in denen im alltäglichen Sprachgebrauch immer die männliche Mehrzahl genannt wurde.

Polizisten haben die Demonstranten überwältigt.

Die Lokalpolitiker debattieren über die Sanierung des Rathauses.

Zahlreiche Reporter lauern dem lokalen Fußballstar auf.

Schauspieler, Ärzte, Lehrer, Anwälte, Richter – auf die Schnelle fiel mir nur *Nonnen* als geläufige weibliche Mehrzahl ein – aus logischen Gründen – und tatsächlich Hexen. Weil Hexen immer weiblich waren, was zumindest die landläufige Meinung anging.

»Alex?«, rief Ela und schnippte mit den Fingern, vermutlich sagte sie meinen Namen nicht zum ersten Mal.

Ich beendete den Strom an Substantiven, den ich nach einem weiteren weiblichen Plural durchsuchte, und richtete meine Aufmerksamkeit wieder auf Ela.

»Nicht allen gefällt, dass Männer mitmischen«, sagte Ela mit ernstem Gesicht. »Wie auch immer Sebastien vergiftet wurde – seiner Aufnahmezeremonie gingen unzählige Demonstrationen von Gegnerinnen voraus.«

»Er wurde *vergiftet?*«, rief ich viel zu laut, sodass Ela zusammenzuckte und ihr Kochlöffel klappernd in den Kessel fiel, wo er auf Nimmerwiedersehen verschwand.

Sie sah mich lange an, die Brauen nach unten gezogen. »Seither kann Sebastien nicht über seine ganze Magie verfügen, sie ist irgendwie blockiert und er ist auf einen Trank angewiesen, der jedoch immer weniger wirkt.«

»Und deshalb hat er Angst, seiner Aufgabe nicht gewachsen zu sein«, schloss ich daraus und Ela bestätigte mit einem Nicken.

»Und niemand weiß, wer ihn vergiftet hat? Wenn wir das herausfinden, dann …«

»Wir? Nein, nein.« Ela schüttelte heftig den Kopf. »Sich als Mensch in die Hexenpolitik einzumischen, ist keine gute Idee.«

»Aber ich bin anders.« Dieses Mal klang es weit weniger negativ als beim letzten Mal, als ich es ausgesprochen hatte.

»Das stimmt.« Elas Mundwinkel zuckten. »Du bist besonders. Und meine Freundin. Gleich zwei Gründe, dich nicht in die Nähe anderer Hexen zu lassen.«

Und das meinte sie ihrem sturen Ausdruck nach leider todernst.

12

Sebastien

Merde! Fluchend kehrte ich in meine Etage des Augurenturms zurück, spürte die Wut wie Feuer durch die Adern brennen. Sie sollte ebenso wenig existieren wie die undurchdringliche Mauer, auf die ich während der gemeinsamen Meditation und dem Blick in die Zukunft gestoßen war. Mein Bewusstsein war mit dem von Panya und Yui verbunden gewesen. Wir hatten uns speziell auf das Litha-Feuer konzentriert und waren gemeinsam gegen diese Wand geprallt. Begleitet von dem leider sehr realen Schmerz eines Aufpralls. In meinem Kopf hämmerte es noch immer, Panya hatte die heutige Sitzung für beendet erklärt und verlangt, dass *wir* uns etwas entspannten. Dabei hatte sie jedoch nur mich angesehen. Auch wenn sie nie eine dieser Hexen gewesen war, die sich offen gegen einen Mann unter den Auguren ausgesprochen hatte, war ich mir sicher, heute Zweifel an mir und meinen Fähigkeiten gesehen zu haben.

Der Turm umgarnte mich, plötzlich duftete es überall nach beruhigendem Lavendel.

»Ich fürchte, das wird nicht ausreichen«, seufzte ich. Der Turm erwartete eine Anweisung, es fühlte sich an, als würde er den Atem anhalten, um bloß nicht zu verpassen, was mir helfen könnte. Ich wollte ihn gerade um einen heißen Kakao bitten, da flammte Magie auf. Als das blauweiße Leuchten verebbte, schwebte eine kleine Notiz zu Boden. Schneller als der Turm mir den Zettel reichen konnte, hob ich ihn auf.

Komm schnell zu mir ins Labor.
Ela

Hatte sie etwa eine Lösung für mein Problem gefunden? Ehe ich auch nur an mein Ziel denken konnte, hatte ich mich bereits in Rauch aufgelöst und stand in der Garage der Familie Brand.

»Hast du ein Heilmittel für meine Magielosigk…« Das letzte Wort blieb mir im Hals stecken, als ich Alex entdeckte. *Merde!* Wie konnte ich sie bei meiner Anreise übersehen haben? All diese Gefühle verwirrten meinen Geist. Hexen checkten intuitiv, ob sich Menschen in der Nähe aufhielten, die nicht unbedingt Zeuge davon werden sollten, wie jemand aus dem Nichts erschien. Aber Alex schien in einer Art magischem toten Winkel gestanden zu haben. Wie sollte ich ihr jetzt erklären, was ich eben beinahe ausgesprochen hatte?

»Mach dir keine Sorgen, sie weiß Bescheid«, sagte Ela und ich sog erstickt die Luft ein. Schreck. Angst. Mir wurde eiskalt. Die Gefühle lähmten mich.

»Ich werde niemandem etwas sagen, versprochen«, fügte Alex hinzu. Ich starrte sie an, das dunkelhaarige Mädchen, das bei einer magischen Anreise nicht zu erspüren war, das Mädchen, das mit ihrer besonderen Art dafür sorgte, dass ich ihr einfach alles erzählen wollte.

Ich glaubte ihr.

»Dann wäre das ja geklärt.« Ela klatschte in die Hände. »Damit ich hier weitermachen kann, brauche ich Ruhe. Daher wirst *du* Alex' Fragen weiter beantworten.« Ela sah nicht in meine Richtung, entging so dem hilflosen Blick, den ich wie einen Anker auf sie werfen wollte. Stattdessen drehte sie an einer der Schrauben am Destilliergerät und jeder Tropfen, der nun in den Auffangkolben fiel, ließ das gesamte Destillat aufleuchten. »Tristan bringt euch gleich eine Picknickdecke und etwas zu essen.« Sie sah demonstrativ auf die alte Bahnhofsuhr an der Wand, die ein Uhr Nachmittag zeigte. »Es ist schon nach Mittag, Alex hat sicher Hunger.« Ich hörte ihr Schmunzeln, obwohl sie sich hinter dem Gerät versteckte.

Ehe ich nachhaken konnte, was das bedeutete, betrat Tristan die Garage, eine karierte Decke und einen großen geflochtenen Korb mit Klappdeckeln an jeder Seite in den Händen.

»Ich war noch nie picknicken«, sagte Alex und ihr Gesicht erhellte sich regelrecht, was mich irgendwie zufrieden machte.

Alex nahm Tristan die zusammengefaltete Decke ab, mir reichte er den Korb, der gefühlt eine Tonne wog. »Was ist da alles drin?«, fragte ich und nutzte etwas Magie, um ihn leichter zu machen.

»Lasst euch überraschen«, sang Ela schon fast und irritierte mich damit.

»Wo sollen wir picknicken?«, fragte ich Alex. »Ich kenne mich hier nicht aus.«

»Keine Ahnung. Ich war doch noch nie …«

»Hinter dem Schlosspark gibt es eine schöne Wiese mit einer großen Eiche, die perfekten Schatten wirft«, unterbrach Tristan sie, schob mich dabei zum Garagentor, wo er meinen Augurenumhang löste. »Ohne den fällst du etwas weniger auf«, erklärte er, musterte dann jedoch meine Alltagskleidung und zog die Brauen zusammen. »Zumindest ein bisschen weniger«, schob er nach. »Die Wiese gehörte früher den Falks, ehe alles in den Besitz der Stadt überging. Den Weg durch den Wald kennst du, oder?«

Er sah zu Alex, die zur Bestätigung nickte.

»Dann … Lass uns gehen?« Unsicherheit war ebenfalls etwas, was ich nicht gewohnt war. Sie gefiel mir nicht. Vor meiner Berufung war ich arrogant gewesen, selbstgefällig, kein Stück unsicher. Als Augur sollte man sich gar nicht unsicher fühlen *können.* Und doch war da dieses Grummeln im Bauch, diese bedrohliche Vorahnung, dass ich es vermasseln könnte, als ich meinen Arm anhob, damit Alex sich unterhaken konnte.

Sie zögerte. Es war eindeutig, dass sie ebenfalls unsicher war, was mich wieder etwas beruhigte. Letztendlich legte sie ihre Hand auf meinen Unterarm. Tristan öffnete mit der Fernbedienung das Garagentor auf der Seite mit den Stühlen. Ela schrie, dass er sie nur bis zu den an der Führungsschiene baumelnden Kräutern öffnen durfte, und wir mussten gebückt nach draußen treten.

Anschließend betraten wir in angenehmer Stille den Pfad durch das Wäldchen, das sich bis zu Schloss Falk und dem darunter liegenden Schlosspark zog.

Natürlich fragte mir Alex schon unterwegs Löcher in den Bauch, war sich sicher, dass die »Anschläge auf mich«, von denen Ela ihr erzählt hatte, kein Zufall waren. Dem stimmte ich zu. Aber ich wollte nicht noch einmal auflaufen und meinen Stiefvater ins Spiel bringen wie bei Ela.

Inzwischen kämpften wir uns durch das Gestrüpp am Fuß der halb zerfallenen ehemaligen hinteren Befestigungsmauer von Schloss Falk, die im Gegensatz zur dem Schlosspark zugewandten Seite offenbar niemand pflegte.

»Wie funktioniert das mit den Visionen?«, fragte Alex gerade, als ich den Ast eines Busches zur Seite gedrückt hatte, um sie durchzulassen. Sie schob sich mit der Picknickdecke vor der Brust an mir vorbei. So eng, dass ich ihr Shampoo riechen konnte. Sie roch nach Äpfeln und … Zimt, eine Mischung, die ich eher von Weihnachten kannte, die aber für mich keinerlei emotionale Assoziationen wecken sollte. Dennoch kribbelte es in meinem Bauch, als würden jeden Moment tausend Schmetterlinge herausplatzen.

»Sebastien?«, holte mich Alex aus der Erstarrung. Sie war schon an der nächsten Biegung angekommen und ich hielt noch immer wie ein Idiot den Ast hoch. Ich eilte zu ihr und sah den Hügel, auf dem wir standen, hinab.

»Die Wiese ist wirklich schön«, stimmte ich Tristans Aussage zu. Vor uns führte ein schmaler Trampelpfad hinab zu einer mit Wildblumen übersäten Wiese, die offensichtlich früher zu Schloss Falk gehörte. Eine bröckelnde Steintreppe führte hoch zu einer dunklen Tür in der Schlossmauer, von der aus ein Maschendrahtzaun die Wiese einrahmte, der aber schon bessere Zeiten gesehen hatte. Die Betonpfeiler, die wir entlanggingen, waren spröde und wirkten, als würden sie bei Berührung oder dem nächsten Sturm zusammenbrechen.

»Meinst du, man darf die Wiese überhaupt betreten?«, fragte Alex und sah sich um, als würde jeden Moment die Polizei auftauchen und uns verhaften.

»Tristan hat doch gesagt, dass die Wiese der Stadt gehört«, versuchte ich sie zu beruhigen. »Offenbar kennt auch Ela die Wiese, also waren die beiden auch schon hier.« Allein der Gedanke, dass wir nicht dort hinabsteigen und uns zwischen den Mohn- und Kornblumen in den Schatten der wirklich beachtlichen Eiche setzen würden, beunruhigte mich.

»Okay«, sprach sie sich selbst Mut zu, nickte kurz und ging den Trampelpfad entlang nach unten.

Wenig später saßen wir im Schatten der Eiche auf der ausgebreiteten Picknickdecke und sahen auf das im leichten Wind sanft wogende grüne Meer mit den blauen und roten Sprenkeln.

»Danke«, sagte Alex in die einträchtige Stille hinein, in der wir die Umgebung auf uns wirken ließen.

»Wofür?«, fragte ich und wandte mich ihr zu.

»Für mein allererstes Picknick.« Sie grinste so breit, dass rund um ihre Augen Lachfältchen erschienen.

»Dann sollte ich mich wohl auch bei dir bedanken«, erwiderte ich, stützte mich nach hinten auf den Händen ab und betrachtete Alex' Haare, die immer wieder über ihre Wange strichen.

»Wofür?«, fragte sie, nachdem sie die Strähne eingefangen und hinters Ohr gesteckt hatte.

»Für mein allererstes Picknick«, wiederholte ich leise und spiegelte ihr Lächeln. Mir war trotz Schatten entsetzlich warm, und als ich versuchte, ohne Magie den Picknickkorb auf die Decke zu ziehen, kippte ich ihn stattdessen um. Nun brannten meine Wangen. Scham. Die Gewissheit traf mich mit voller Wucht.

»Gott, der wiegt ja Tonnen«, rief Alex aus, als sie versuchte, ihn wieder aufzustellen. »Und den hast du den ganzen Weg hierhergeschleppt? Haben Ela und Tristan da Goldbarren reingepackt oder was?«

Ich dankte Alex in Gedanken, dass sie über meine offensichtliche Blamage hinwegsah. »Das werden wir gleich herausfinden«, sagte ich dann, hob den Korb mit einem Leuchten meiner Sigille an und ließ ihn zwischen uns wieder sinken.

Ohne uns irgendwie abzusprechen, öffnete jeder von uns eine Seite des Korbs. Ich beobachtete sie, anstatt hineinzusehen, betrachtete, wie sich erst Furchen auf ihrer Stirn abzeichneten, ehe sich ihre Augenbrauen hoben. Irgendwas faszinierte mich an dem Mienenspiel.

»Da ist nichts drin.« Ich sah endlich auch hinein und konnte das Flechtwerk am Boden sehen.

Furchtlos, wie Alex offenbar war, griff sie dennoch hinein. Ela musste einen Zauber über den Inhalt gelegt haben, vielleicht, damit wir nicht schon unterwegs hineinsahen, weil der Korb so verdammt schwer war, dass ich ihn nur mit Magie tragen konnte. Falls es sich um einen einfachen Verbergungszauber handelte, würde man den Inhalt nur anfassen müssen, um ihn sichtbar zu machen. Daher griff ich ebenfalls hinein, tastete mich die einzelnen Erhebungen der geflochtenen Weide entlang, bis ich etwas Warmes, Weiches ertastete. Ich erstarrte vollkommen, wagte es nicht, mich auch nur einen Millimeter zu bewegen, während mein Herz Sonderschichten einlegte und meine Hand zu kribbeln begann.

Wie in Zeitlupe hob Alex ihren Kopf und sah mich an. Eine noch nie gespürte Energie raste durch meinen Körper hindurch, als ich meine Finger über ihre gleiten ließ. Alex' Augen weiteten sich, sie zog die Unterlippe zwischen die Zähne, was bei mir endgültig für einen Aussetzer sorgte. Die positive Energie, dieser Rausch wogte über mich hinweg, überschwemmte den Damm, der seit der Aufnahmezeremonie rund um meine Emotionen lag, und ich fühlte einfach *alles*.

Sorge, dass etwas bei mir ganz und gar falschlief.

Angst, dass ich meine Aufgabe verlieren könnte und alle Hexer der Welt enttäuschte.

Doch beides ging in dem Gefühl unter, das wie eine Welle einfach alles unter sich begrub, die aus dem zarten Kribbeln in meinem Bauch entstanden war, die meine Finger zittern und meinen Atem beben ließ und dafür sorgte, dass ich mich immer weiter über den Korb beugte, der zwischen Alex und mir stand.

Ich versank in ihren graugrünen Augen, ertrank inmitten der leuchtenden hellbraunen Korona, die am äußeren Rand ihrer Iriden lag und die ich erst aus der Nähe erkennen konnte. Sie starrte mich vollkommen reglos an, versuchte wie immer, anhand meiner Mimik die Gefühle zu lesen, wurde aber offenbar nicht schlau aus ihnen. Und dennoch kam auch sie näher, wie unter einem Bann, von dem ich nicht wusste, wie man ihn je brechen könnte.

Oder warum man es überhaupt wollen sollte.

Die Welt um uns herum verblasste immer weiter. Das Säuseln des Windes in den Ästen hoch über uns verstummte, als ich ihren Atem auf meinen Lippen spürte, woraufhin eine neue Welle purer Hitze durch meine Adern jagte und mich zeitgleich erschaudern ließ. Ich schloss die Augen, um das Gefühl, die Berührung unserer Lippen schon erahnen zu können, für immer abzuspeichern.

13

ALEX

Ich hatte sehr viel über Romantik gelesen und doch hatte mich der Ausdruck, der auf Sebastiens Gesicht lag, vollkommen überrumpelt. Mir war bewusst, dass es Hexen gab, ich wurde – sogar eben noch – Zeuge davon, dass Magie existierte. Und doch stellte ein einziges Aufblitzen seiner dunklen Augen, das kaum merkbare Absenken seiner Lider und das Heben seines Adamsapfels eine Magie dar, die ich nie für möglich gehalten hätte.

Instinktiv, ohne jegliche Angst oder Sorge, etwas falsch zu machen, näherten sich unsere Gesichter. Dann nahm ich mir selbst jegliche Möglichkeit, Sebastiens Gefühle anhand seiner Mimik zu lesen, indem ich die Augen schloss.

Es war keine wirkliche Berührung, glich eher einer Vorahnung davon, und doch entsprach die Wirkung der einer Detonation. Überall in meinem Körper passierte es. Funkenschläge wie bei elektrostatischen Entladungen, Gänsehaut und Hitze zugleich, mein Puls raste wie unter einer Panikattacke, und doch fühlte es sich gut an. Anders. Berauschend.

Sein Atem strömte von seinen Lippen zu meinen, streifte mich. Wie konnte sich Luft wie eine Berührung anfühlen, meinen Atem beschleunigen und meinen Puls rasen lassen? Ich griff nach seiner Hand, die wie meine noch immer im Korb lag, und krallte mich an ihr fest, als würde ich ohne den Kontakt den Halt zur Welt verlieren.

Mein Atem ging in hektischen Stößen, während wir noch immer wenige Millimeter voneinander entfernt verharrten, gebannt von dem Gefühlsrausch, der meine Welt völlig aus den Angeln hob. Ich wollte mehr, wollte auch den letzten Rest Distanz zwischen uns vernichten, rückte instinktiv näher … und stieß dabei den Picknickkorb um.

Eine wahre Kaskade an Getränken, Süßkram, Teilchen vom Bäcker und deftiges Fingerfood ergoss sich über die Picknickdecke.

Mit einem Laut, von dem ich nicht einmal gewusst hatte, dazu fähig zu sein, wich ich entsetzt zurück. Das war das schwere Gewicht des Korbs gewesen. Ela musste den Inhalt irgendwie unsichtbar gehext oder winzig klein gezaubert haben, denn so viel konnte einfach nicht in dem kleinen Korb gewesen sein!

Fragend sah ich zu Sebastien. Sein Brustkorb hob und senkte sich mindestens so schnell wie meiner. Weil er seinen schweren Augurenumhang nicht trug, konnte ich unter dem weiten Ausschnitt des altertümlichen Hemds seine Brustmuskulatur sehen. Keuchend ließ er sich nach hinten fallen und stützte sich auf den Unterarmen ab. Dabei ließ er mich keine Sekunde aus den Augen, ebenso wenig wie ich ihn.

»Das war … unerwartet«, sagte er, noch immer um Atem ringend. Ich suchte nach Mikroexpressionen, nach Abscheu, Reue, Sorge … Doch ich fand keine einzige verborgene Emotion. Das breite Lächeln spiegelte sich im Glanz seiner dunklen Augen wider, die geröteten Wangen zeugten von derselben Hitze, die auch mich vollkommen überrumpelt hatte. Der Blick auf seine Lippen jagte ein Kribbeln durch meinen Körper.

»Unerwartet gut oder unerwartet schlecht?«, fragte ich und legte mich auf den Rücken. Ich musste das Chaos in meinem Inneren sortieren und blinzelte ein paar Mal gen Himmel, während ich tief durchatmete. Um seine Reaktionen besser sehen zu können, rollte ich mich auf die Seite, stützte meinen Kopf auf dem angewinkelten Arm ab und beobachtete Sebastien.

»Das fragst du ernsthaft?« Der Schock blieb länger als nur ein paar Millisekunden.

»Sonst würde ich doch nicht fragen.« Er brachte mich durcheinander, was mir nicht gefiel.

Dann dämmerte ihm offenbar, dass ich *besonders* war.

»Es war … einfach unglaublich gut. Zumindest für mich.« Seine Unsicherheit sorgte für ein Abbrechen des Blickkontakts.

»Für mich auch«, sagte ich leise, sodass es beinahe im Rascheln der Blätter über uns unterging. Ich rollte mich wieder auf den Rücken und sah nach oben, hätte schwören können, dass ich Sebastiens

Lippen noch immer auf meinen spürte, obwohl wir uns nicht einmal geküsst hatten! Wie konnte das sein? Es war …

»Was grinst du so?«, fragte er und ich sah hinüber, auf das amüsierte Funkeln in seinen Augen.

»Es war magisch«, sprach ich das Ende meiner Gedanken aus und ein breites Lächeln verwandelte Sebastiens Gesicht in puren Sonnenschein.

Dann knurrte mein Magen. Also wühlten wir uns durch den schier unendlichen Vorrat, den Ela mittels Magie in den Korb gepackt hatte. Immer wieder warf ich Sebastien verstohlene Blicke zu, sah dann schnell weg, wenn er ebenfalls hinsah, weil mein Puls sich jedes Mal wieder beschleunigte, meine Fingerspitzen zu kribbeln begannen, als wäre es das erste Mal. Ich war mir nicht sicher, ob ich mit dieser Reaktion umgehen konnte, und nutzte meine Chance, ihn weiter mit meinen Fragen zu löchern. Vielleicht war eine Ablenkung ganz gut, um das Chaos in meinem Inneren zu sortieren, die umherflatternden Gedanken in meinem Kopf zur Ruhe kommen zu lassen.

»Du hast vorhin meine Frage nicht beantwortet«, sagte ich, ehe ich einen Schluck Mineralwasser trank.

Sebastien runzelte die Stirn, sein Blick huschte zur Seite, ein Zeichen, dass er in seinem Kopf nach meiner Frage suchte.

»Ich wollte wissen, wie das mit den Visionen abläuft«, erklärte ich. »Musst du nur an die Zukunft denken und siehst quasi ein Video vor dir, oder …«

Sebastien lachte auf. Es klang nicht echt. »Schön wär's. Früher, teils sogar noch vor meiner Sigillenvergabe, hatte ich Träume. Erst während meiner Zeit im Internat habe ich mir zusammengereimt, dass es nicht immer nur Träume, sondern mögliche Versionen der Zukunft waren.« Er nahm einen Schluck aus seiner Colaflasche und stieß anschließend ein Seufzen aus, ehe er fortfuhr. »Seit meiner Berufung zum Auguren jedoch habe ich nicht mehr geträumt und hatte auch nur eine einzige ›spontane Vision‹, wie wir sie nennen.« Sebastien zog ein Bein an den Körper und stützte sich darauf ab. Er starrte über die Wiese hinweg in die Ferne und erzählte mir, wie er das erste Mal nach seiner Initiation in Elas Gesicht gesehen und ihren Tod beim Walpurgisritual vorhergesehen hatte. Jenes Ritual lag erst ein paar Wochen zurück und war ursprünglich der Grund für Elas Anwesenheit in Falkhausen gewesen. Sie hätte dort sterben sollen, aber die Vision von damals war glücklicherweise nicht eingetroffen. Trauer haftete sich an seine Züge, die in mir den Wunsch weckten, sie ihm abzunehmen.

»Erst mit Elas geheimem Elixier überkamen mich wieder Visionen, wenn auch nur neblig verschwommen. Wenn ich mich gemeinsam mit Panya und Yui zur Meditation zurückziehe, ist es einfacher. Unsere geteilte Magie baut eine Brücke in die Zukunft. Und doch ist da seit einigen Wochen ein … Hindernis. Der Nebel hat sich immer weiter verfestigt, wurde zu einer Mauer, durch die mir auch Panya und Yui nicht helfen können. Im Gegenteil. Ihnen versperrt sich die Sicht ebenfalls, egal wie sehr wir uns in die Zukunft fallen lassen.«

»Zeig mir, wie es geht. Wie man sich … entspannt.« Ich musste ihm diese Trauer nehmen, die sogar mich schmerzte. Er sah zu mir, seine Brauen wanderten nach oben.

»Brauchst du … Entspannung?«

»Vielleicht?« Ich bemühte mich um ein Lächeln, es sah aber garantiert so verkrampft aus, wie es sich anfühlte.

»Okay«, sagte er gedehnt und wies mich an, mich auf den Rücken zu legen und die Augen zu schließen. »Und jetzt lass deine Sinne treiben. Höre, fühle, rieche.«

Abgeschnitten von meinem wichtigsten Sinn, begann mein Hirn von selbst, sich auf alles andere zu konzentrieren. Das Rascheln über uns war auf einmal viel lauter, das Krächzen der Krähen, die schon seit Jahren für Ärger bei den Anwohnern des Parks sorgten, übertönte beinahe alles. Was mein Gehirn zum Anlass nahm, mich an die Zeitungsberichte über die Umsiedlung zu erinnern, dann an die zahlreichen Forderungen zur Ausrottung. Es war eine furchtbar lange Debatte gewesen, und weil ansonsten hier nicht viel geschah, war es wochenlang Topthema. Aber entweder hatte ich das Ergebnis verpasst oder die Maßnahmen waren umsonst gewesen, wenn ich das grausam laute Krächzen so hörte.

»Alex!«, zischte Sebastien. »Du bist irgendwo anders.«

Ertappt schob ich die Zeitungsberichte aus meinem Kopf und konzentrierte mich auf das Fühlen. Meine Hände lagen seitlich am

Körper, ich krümmte die Finger und spürte das weiche Vlies unter mir, das weiche Polster der Grashalme unter der Decke. Ob unter uns wohl schon tausend Ameisen versuchten, durch sie hindurchzukommen? Die Decke war an der Unterseite beschichtet, damit keine Feuchtigkeit hindurchdringen konnte, aber…

»Alex!«

Ich verdrehte unter den gesenkten Lidern die Augen.

»Das habe ich gesehen.« Der Aussage folgte ein Stöhnen.

»Schon gut! Ich versuche es ja.«

Riechen. Ich versuchte mich auf meinen Geruchssinn zu konzentrieren, roch aber nur das Essen auf der Picknickdecke und dachte unwillkürlich an Insekten, die allesamt viel besser riechen konnten als ich und daher sicher bald in Schwärmen hierherkommen und …

»Du bist nicht fokussiert genug.« Sebastien legte seine Hand auf meine. Alle Nervenenden konzentrierten sich auf die unerwartete Berührung, ich hörte nichts mehr, roch nichts mehr, fühlte nur noch jene Stelle, an der unsere Hände Kontakt hatten. Vermutlich lief auch mein gesamtes Blut in meinen rechten Arm. Er kribbelte zuerst, dann pochte er und ich krümmte die Finger unter Sebastiens Hand.

Noch während er ein langes Seufzen ausstieß, setzte ich mich schnell auf. »Du lenkst mich ab.«

Zum Dank erhielt ich ein schallendes Lachen. »Ich glaube eher, du denkst zu viel.« Er strich mir eine verirrte Haarsträhne hinters Ohr, was mich wieder vollkommen ablenkte und meine Synapsen verknoten ließ. Gott, das war ja peinlich!

»Jeder entspannt sich anders. Es ist für viele schwer, all die aufkommenden Gedanken auszublenden und Raum für mehr zu schaffen«, sagte er mit sanfter Stimme. »Das ist Übungssache.«

»Für heute haben wir genug geübt«, beschloss ich und schnappte mir ein Quarkbällchen aus einer der zahlreichen Tüten um uns herum. Ich versuchte angestrengt, nicht an die Ameisen zu denken, die sich über den herabrieselnden Zucker freuen würden. Es war unmöglich und ich erschauderte bei dem Bild einer gigantischen Ameisenkolonne mit Zucker auf dem Rücken.

»Ist dir kalt?«, fragte Sebastien und hob bereits seine linke Hand, an der seine Sigille schwach zu leuchten begann. »Es ist schon spät. Vielleicht sollten wir gehen?«

Ich hatte gar nicht bemerkt, dass sich die Sonne inzwischen irgendwo hinter Schloss Falk gesenkt hatte, das nun einen gigantischen Schatten auf unsere Wiese warf. Jetzt fröstelte es mich tatsächlich. Eigentlich wollte ich nicht gehen, aber auf Mückenstiche hatte ich noch weniger Lust.

Sebastien beobachtete, wie ich begann, die einzelnen Sachen in den Korb zu packen. Nach weniger als der Hälfte quoll oben schon alles heraus.

»Würdest du bitte …« Ich wedelte mit der Hand in der Luft, um Magie anzudeuten.

Er lächelte und die leuchtende Magie erhellte sein Gesicht. Den Rest packten wir gemeinsam in den Korb, steckten sogar noch die Picknickdecke dazu und ich sah mich, bereit zum Aufbruch, ein letztes Mal um, ob wir auch nichts übersehen hatten. Ein Windstoß fegte über die Wiese, beugte die hübschen Kornblumen und den Klatschmohn nach unten. Sebastien ließ den Korb fallen und griff nach meiner Hand.

Nur wenige Meter von uns entfernt erschienen Noah, Chris' Bruder und Tristans Stiefbruder, und Gloria, Elas Schwester, aus dem Nichts. Nach meinem letzten Kenntnisstand gehörten beide zu den bösen Hexen, die diese ominöse rot gekleidete Frau um sich scharte. Gloria hob gerade die Hand. Was für jeden Menschen nach einem freundlichen Gruß aussah, alarmierte Sebastien sichtlich. Er spannte sich an, raunte mir ein »Halt dich fest« zu und ich krallte mich mit aller Kraft an seine Hand in meiner.

Dann wurde mir der Boden unter den Füßen weggerissen. Mein Schrei endete abrupt, als wir den Schallwellen entkamen und mit dem Gefühl, mich ständig um die eigene Achse zu drehen, davonrauschten.

14

Sebastien

Es existierte nur noch ein einziger Gedanke: Ich muss Alex beschützen. Ich handelte vollkommen instinktiv, hielt ihre Hand fest und dematerialisierte sie mit mir, ohne ein konkretes Ziel vor Augen.

Sicherheit. Ich wollte sie einfach nur in Sicherheit wissen, musste Alex vor Gloria und Noah beschützen.

Wir materialisierten uns im Eingangsbereich meiner Etage des Augurenturms, dem tatsächlich am besten geschützten Ort der Welt. Noch während wir uns von Rauch in unsere Gestalt zurückverwandelten, überlegte ich fieberhaft, wo ich Alex hinbringen könnte. Ich erwog sogar kurz, sie in das neben dem Turm Zweitheiligste der Hexenwelt zu bringen – den Ratssaal –, weil die Magie des Turms es Menschen unmöglich machte, hier zu verweilen. Alex würde jeden Moment furchtbar übel werden, sie würde panische Angst bekommen und den Drang verspüren, schnell davonrennen zu wollen. Wir mussten von hier verschwinden. Aber Calliope würde nicht erfreut sein, wenn ich eine der obersten Regeln brach: einen Menschen in ihren Ratssaal zu bringen.

»Halt dich weiter an mir fest, dir wird gleich schwindelig oder sogar übel werden«, warnte ich Alex vor und kam zu dem Schluss, dass wir in der römischen Villa von Adelas Familie vorerst am besten unterkommen würden. »Wir reisen gleich weiter, der Turm teilt bereits seine Energie mit mir.« Ich spürte schon, wie mein Zuhause das große Energiedefizit einer Reise mit einer weiteren Person auffüllte.

Als hätte ich mit der Wand gesprochen – die hier in meinem Zuhause vermutlich noch eher auf meine Anweisung eingegangen wäre –, ließ Alex meine Hand los und machte ein paar taumelnde Schritte durch den Flur, um die weiterführenden Räume einsehen zu können. Ich ging ihr sofort nach, um sie zu stützen, sollte ihr Kreislauf versagen, weil der Zauber des Turms erst verzögert einsetzte.

»Wo sind wir?«, fragte sie laut, während ich ihr ansehen konnte, dass sie eigentlich um Erlaubnis bitten wollte, mein Studierzimmer zu betreten, vor dessen Durchgang sie verharrte und nervös auf den Fußballen wippte.

»Geht es dir … gut?«, fragte ich vollkommen irritiert. Der Schutzzauber des Turms sorgte schon dafür, dass Menschen, die sich dem Turm auch nur auf hundert Meter näherten, den Drang verspürten, sofort abzuhauen.

»Mein Magen fühlt sich nach dieser interessanten Art zu reisen an, als hätte ich gerade mehrere Runden im Freefall-Tower hinter mir, und meine Beine sind noch etwas zittrig, aber ansonsten geht es mir gut. Ist das hier deine … Wohnung?«

Ich konnte sie nur entsetzt anstarren, verstand nicht, dass sie nur die Nachwirkungen der Reise spürte.

»Nicht deine Wohnung?« Sie wich mit aufgerissenen Augen vom Durchgang zurück. »Sind wir etwa irgendwo eingebrochen?«

Ich schüttelte träge den Kopf, blinzelte sie mehrmals an, wartete, ob die Magie des Turms vielleicht etwas länger bräuchte, wenn man direkt im Inneren war – schließlich hatte ich nie jemand Unmagischen mit hierhergebracht und es getestet.

Der typische Lufthauch, mit dem mich der Turm immer begrüßte, strich über meinen Nacken. Zu meiner Überraschung tanzten daraufhin auch Alex' dunkle Haare und sie sah sich hektisch um, weil sie – wie ich – die sanfte Berührung einer unsichtbaren Hand spürte.

»Wer war das?« Ihre Augen waren vor Schreck geweitet.

Ich räusperte mich, weil ich meiner Stimme nicht traute. »*Das* war die Begrüßung des Augurenturms, meinem Zuhause. Und offenbar heißt er dich willkommen, obwohl er Menschen schon auf große Entfernung davonjagen sollte.« Der letzte Teil war vor allem an den Turm gerichtet und daher schwang ein drohender Unterton mit, was mein Zuhause konsequent ignorierte.

Mit einem weiteren Lufthauch verbreitete der Turm den süßen Geruch heißen Kakaos in der Luft. Alex schnupperte und folgte instinktiv dem Duft in meine Küche, wo auf dem Tisch zwei *Bols* standen, aus denen Dampf aufstieg. Offenbar war der Turm in Gastgeberlaune, denn plötzlich standen auch *zwei* Stühle an meinem kleinen Tisch, und noch während Alex fragte, ob ich den Kakao gehext hatte, erschien so viel Schlagsahne auf dem Kakao wie noch nie. Zur Krönung garnierte der nächste Windhauch die Sahne noch mit kleinen Schokosplittern.

»Ist das dein Ernst?«, fragte ich in den Raum.

»Das macht der Turm?«, wollte Alex wissen und ich nickte. »Du bekommst wohl nicht sehr oft Gäste«, sagte sie dann trocken, rückte sich den Stuhl zurecht und setzte sich an meinen Tisch. Eine der *Bols* glitt zu ihr und sie legte ihre schmalen Finger darum und kostete. Das entzückte Seufzen brachte nicht nur mich, sondern offenbar auch den Turm um den Verstand, denn im nächsten Moment standen noch Servierplatten mit dampfenden Croissants, gefüllten Eclairs, mundgroßen Pfannkuchen und Schokoladensoße auf dem Tisch.

»Das reicht!«, rief ich und der Wind schoss so schnell davon und durch irgendein Schlüsselloch hindurch, dass es wie ein Wimmern klang. »Tut mir leid«, entschuldigte ich mich und ließ mich langsam ebenfalls auf meinen Stuhl sinken.

»Du hast nicht nur selten Besuch, sondern unterhältst dich auch mit deinem … Appartement?«, stellte Alex fest und senkte ganz schnell den Kopf und schlürfte Sahne aus der *Bol*, verschluckte sich dabei aber offenbar an einem unterdrückten Lachen.

Am liebsten hätte ich dem Turm vorgeworfen, dass er dafür sorgte, dass sie mich für vollkommen verrückt hielt. Aber ein Streit mit einem Gebäude würde es vermutlich noch schlimmer machen, also gab ich auf und genoss ebenfalls das Angebot an Leckereien.

»Auguren koexistieren mit dem Turm«, erklärte ich nach einem Biss von dem leckeren Eclair. »Er lädt unsere Magie auf, gibt uns alles, was wir brauchen, beschützt uns, indem er niemanden ungefragt hereinlässt und Menschen ein so ungutes Gefühl macht, dass sie schnellstmöglich wegkommen wollen.«

»Letzteres hat ja sehr gut funktioniert«, sagte Alex, während sie einen Minipfannkuchen in die kleine Schale mit Schokoladensoße tauchte, die sich sofort wieder auffüllte. Der Turm schien ihre sarkastische Seite zu wecken. »Wollten uns Noah und Elas Schwester eben … angreifen?«, wechselte sie das Thema so unvermittelt, dass ich einen Moment brauchte, um zu antworten.

»Ich weiß es nicht, aber ich … wollte nichts riskieren«, gab ich ehrlich zu.

»Musst du es nicht irgendwem melden, dass wir sie gesehen haben?«

»Das sollte ich vermutlich.« Ich rieb mir die Schläfen. In Alex' Nähe konnte ich mich schlecht konzentrieren, alles, was mir eigentlich in Fleisch und Blut übergegangen war, wurde von ihrer Präsenz überlagert.

»Dann geh. Ich warte solang auf dich.« Sie deutete mit dem Kinn auf den gut gefüllten Tisch. »Ich werde weder verhungern noch verdursten, nicht wahr … Turm?«

Der Turm spielte mit ihren Haaren und Alex lachte. Sie lachte viel zu selten. Plötzlich hatte ich das Gefühl, dass jemand meinen Brustkorb zusammendrückte. Eifersucht? Ich sollte rein gar nichts empfinden und plötzlich war ich eifersüchtig auf ein Gebäude? Ich sollte dringend Abstand zwischen mich und Alex bringen, presste ein »Bin gleich wieder da!« hervor und rannte in mein Studierzimmer, wo ich eine Botschaft an den Rat notierte und sie via Transfersigille absandte.

Als ich in die Küche zurückkehrte, war Alex verschwunden. Panik ergriff Besitz von mir. »Alex?«, rief ich, meine Stimme klang viel zu hoch.

»Ich bin hier! In deinem Schlafzimmer.«

Ich war schon losgerannt, stoppte aber bei der Erwähnung meines Schlafzimmers. Es war … Wir hatten uns nicht einmal geküsst und doch übermannte mich nun kribbelnde Vorfreude, nur weil ich ein Mädchen in meinem Schlafzimmer hatte? Meine entblockierten Gefühle drehten vollkommen durch.

Ich atmete mehrmals tief durch, ehe ich mein Schlafzimmer betrat. Alex stand neben dem verspiegelten Schrank an der Wand und sah auf den altmodischen Lehnensessel hinab, auf dem ein blauer Umhang lag. Hatte Ela ihn hergeschickt?

Ich starrte ihn so lange an, bis Alex ihn an sich nahm und zu mir brachte. »Du fühlst dich unwohl ohne ihn, oder?«

»Es ist …«

»Du brauchst es mir nicht erklären. Ich habe gesehen, wie entsetzt du warst, als Tristan ihn dir ausgezogen hat.« Sie war eine erstaunliche Beobachterin. »Los, zieh ihn an.« Sie trat näher, ignorierte das Knistern und Prickeln in der Luft, das es mir unmöglich machte, mich zu rühren, und legte mir den Umhang über die Schultern. Anschließend suchte sie nach einem Verschluss und ich lächelte, hob die Hand und die Magie tat, was sie immer tat, zupfte den Umhang zurecht, schloss die Brosche und der Stoff schmiegte sich an mich.

»Kann ich mir die anderen Zimmer ansehen?«, fragte Alex, verließ dabei aber bereits den Raum, ohne auf eine Erlaubnis zu warten. Ich wollte ihr gerade hinterher, als sich mein Umhang immer noch enger um mich schlang. Ich hatte Mühe, Luft zu holen, schaffte es nicht mehr, den Brustkorb zu dehnen. »Alex!«, wollte ich rufen, doch mir entwich nur ein leiser zischender Laut, der mich auch noch den letzten Rest Sauerstoff in der Lunge kostete. Ich sank auf die Knie, stützte mich am Sessel ab. Meine Lunge brannte bereits, verlangte nach Atemluft. Meine Bauchmuskulatur kontrahierte im Rhythmus meines Herzschlags. Ich hob die Hand, sandte Magie durch meine Adern, zu meiner Sigille und dem Augurenzeichen, beide leuchteten auf. Mein Gehirn arbeitete schon auf Sparflamme, wirkte den Zauber für BEFREIEN, doch die Magie zupfte nur an meinem Umhang und verflog. Ich versuchte es mit ENTKLEIDEN, spürte einen kühlen Luftzug, als mein Hemd verschwand, der Umhang aber noch fest um meinem Körper lag, mich immer mehr einengte. Ich stürzte zu Boden, kam auf der Seite auf. Mein Kopf dröhnte, doch das war mein geringstes Problem.

Ich sandte NACKT über meine Augurensigille nach außen, spürte noch, wie ein Hauch kalte Luft meine entblößte Haut an den Beinen streifte, ehe ich das Bewusstsein verlor.

15

ALEX

Ich hörte ein lautes Rumpeln und rief: »Sebastien? Alles okay?« Ich erhielt keine Antwort.

Stattdessen rauschte ein Windstoß durch den büroähnlichen Raum mit den hölzernen Bücherregalen, die sich unter dem Gewicht zahlreicher uralt aussehender Bücher bogen, fegte ein paar alte Pergamente von dem schweren Holzschreibtisch und schubste mich in Richtung Tür.

»Was soll das?«, beschwerte ich mich, doch natürlich gab mir Sebastiens Zuhause keine Antwort, sondern drängte mich weiter auf den Flur hinaus, schob mich in Richtung Schlafzimmer. In dem Moment, in dem ich es einsehen konnte, rannte ich von selbst. Sebastien lag neben dem Sessel auf dem Boden. Offenbar nackt bis auf den Augurenumhang, der ihn jedoch größtenteils bedeckte.

Ich fiel neben ihm auf die Knie und tastete nach seinem Puls. Er war da, schlug aber so langsam, dass ich ihn beinahe nicht gespürt hätte.

»Hilfe!«, schrie ich, während ich an ihm rüttelte und ihm in die Wange kniff. Ich schrie immer lauter, bis meine Stimme heiser wurde – und doch hörte mich niemand. Auch der Turm war nervös, Wind zerrte wieder und wieder an Sebastiens Umhang. Es erwies sich natürlich als ebenso wirkungslos wie mein Geschrei. Eine starke Böe schob eine Flasche Mineralwasser auf dem hölzernen Nachttisch rumpelnd voran. Ich sprang auf, schnappte sie und goss den Inhalt über Sebastiens Gesicht. Leider lag er noch immer so gut wie nackt auf dem Boden, nun kräuselten sich die dunklen Haare zu Locken und seine Wimpern klebten aneinander. Er war schön, wenn er so dalag, entspannt, wie ich ihn selten sah, von alledem befreit, was ihn sonst immer zu verfolgen schien. Der Turm zupfte an meiner Hose. Im ersten Moment unterstellte ich ihm, er würde wollen, dass ich mich ebenfalls auszog, dann verstand ich jedoch, dass ich aufstehen sollte. Natürlich! Ich rannte aus dem Schlafzimmer und suchte das Appartement nach einem Ausgang ab. Einer Wohnungstür, einer Feuertreppe, irgendetwas. Doch es gab nichts davon. Weder Türen noch Fenster, wie ich erst beim Durchsuchen der Etage feststellte. Ich konnte also nicht einmal aus einem Fenster brüllen oder vielleicht hinausklettern, um Hilfe zu holen.

Der Turm machte meine Aufgabe, einen Weg hier raus zu suchen, auch nicht leichter. Ständig fuhr mir ein kühler Windstoß wie eiskalter Atem in den Nacken, glitt über meine Arme hinab zu meinen Händen und hinterließ eine Spur aus Gänsehaut, ehe er wieder an meiner Hose zupfte. Mein Gesicht und Dekolleté waren sicher schon mit hektischen Flecken übersät, daher fuhr ich den Turm an: »Ich werde mich nicht ausziehen!«

Doch noch ehe ich eine zweite Runde durch die Wohnung starten konnte, falls ich irgendwas übersehen hatte, spürte ich ein Piken wie von elektrostatischer Aufladung. Intuitiv sah ich mich im Schlafzimmer um. Sebastien lag reglos da wie zuvor. Der Turm hatte ihn jedoch inzwischen wieder getrocknet.

»Warst du das?«, beschwerte ich mich und rieb mir über den Oberschenkel. Dabei spürte ich mein Handy in der Hosentasche. »Wolltest du mir sagen, ich kann mein Handy benutzen?«, fragte ich und meine Haare wurden durchgepustet.

»Wird es hier überhaupt funktionieren?«, fragte ich, während ich es aus der Tasche zog und auf den Empfangsbalken sah. Weder WLAN noch anderweitiges Netz. »Mara hat erzählt, Magie und Technik vertragen sich nicht.« Ich ließ es gerade begleitet von einem Seufzen sinken, da flimmerte etwas an der Wand, direkt unter der Zimmerdecke.

Anschließend floss ein hellblaues Leuchten die Wände hinab, als hätte man Farbe darüber gegossen. Oder als würde die Magie daran hinabfließen und das freilegen, was unter ihr verborgen lag. Kahle, unregelmäßige Mauersteine in unterschiedlichen Grautönen kamen zum Vorschein. Neben Sebastiens Schrank schälte sich ein Rundbogenfenster ohne Glas aus der magischen Tarnung, der Boden unter meinen Füßen – und dem fast nackten Sebastien – verwandelte sich von dem flauschigen Teppichboden in von zahlreichen Füßen abgeriebenen Stein. Die Magie versickerte unter uns und mein Handy vibrierte, als eine Nachricht von Ela einging, die gefolgt von einem zwinkernden Emoji wissen wollte, wie mein Picknick lief.

Ich drückte auf Anrufen und Ela nahm beim ersten Klingeln ab. »Wie ist es gelaufen? Habt ihr euch gek…«

»Sebastien ist zusammengebrochen!«, brüllte ich ins Handy.

»Seid ihr noch auf der Wiese hinterm Schlosspark?«

»Nein, wir sind in … seinem Zuhause?« Es klang wie eine Frage. »In diesem Turm. Wir sind … in seinem Rauch gereist?« Auch das klang nicht gerade nach einer Erklärung.

»Wir kommen sofort! Sorg dafür, dass der Turm uns reinlässt.«

Mein »Und wie soll ich das anstellen?« ging bereits im Tuten des beendeten Anrufs unter.

Nur wenige Sekunden später erklang ein gedämpftes Dröhnen von allen Seiten, als existierte jenseits der dicken Mauern eine gigantische Kirchturmglocke, die angeschlagen wurde. Und noch mal. Und noch mal. Ich sah mich überall um, suchte nach der Quelle. »Was ist das?«, fragte ich den Turm und verließ meinen Platz an Sebastiens Seite, um mich umzusehen. Mein Handy in der Hand vibrierte, eine Nachricht von Ela.

Sag dem Turm, dass er uns reinlassen soll.

»Ähm … Lass sie rein«, sagte ich und direkt neben mir in dem kurzen Stück Flur ploppten Ela und Tristan aus dem Nichts auf und ich ließ vor Schreck mein Handy fallen. Es landete mit einem knirschenden Geräusch auf dem kahlen Steinboden. Schnell bückte ich mich und hob es auf. Es war noch ganz. Offenbar hatte die Schutzhülle das Schlimmste verhindert.

»Wo ist er?«, fragte Ela, noch während sie sich an der Wand abstützte, als wäre ihr schwindelig. Ihr Magen stieß ein schon fast furchterregendes Knurren aus.

»Schlafzimmer«, sagte ich und schon rannte sie los, blieb auf der Schwelle zum Schlafzimmer jedoch stehen.

»Was ist?«, fragte Tristan, der ihr gefolgt war und in sie hineinprallte, bis er sah, was vermutlich auch Ela irritierte. »Warum ist er … nackt?« Seine Stimme klang viel zu amüsiert und das Schmunzeln auf

Elas Lippen, als sie sich zu mir umdrehte, sagte mir auch deutlich, was sie dachte.

Meine Wangen wurden heiß, während ich stammelte: »Ich habe keine Ahnung. Ich war in seinem … Büro, als ich ein Rumpeln gehört und ihn so aufgefunden habe.«

Tristan erstickte beinahe an seinem Lachen, wofür ich ihn am liebsten getreten hätte, während Ela bereits neben Sebastien in die Hocke ging und ihn untersuchte. Sie rollte ihn auf den Rücken. Der untere Saum des Umhangs lag nun wie ein Lendenschurz über seinem Unterleib und ich widerstand dem Drang, ihn festzuhalten, damit er nicht wegrutschte und Sebastien vollkommen entblößt im Turm lag, lediglich die Schultern von ein wenig blauem Stoff bedeckt. Ela legte ihrem Cousin mit zusammengezogenen Brauen die Hand auf die muskulöse Brust. Ihre Sigille leuchtete auf und Magie floss über ihre Fingerspitzen hinab in Sebastien, sickerte dort in die Haut ein und verblasste ergebnislos. Ela probierte es mit zwei weiteren Zaubern, doch nichts passierte.

»Ruf Mara an, sie soll mit Chris herkommen und den Codex clarus mitbringen«, wies sie Tristan an, der sofort zum Handy griff und den Raum verließ, während Ela weitere Zauber versuchte und Sebastien letzten Endes sogar Flüssigkeit aus einer kleinen gläsernen Ampulle in den Mund tropfte.

»Was ist das?«, fragte ich, als Ela angespannt auf die Wirkung wartete.

»Das ist das Heilmittel, das seine Magie erhält«, erklärte Ela. »Doch offenbar ist es … zu spät.«

Das inzwischen bekannte Dröhnen erklang und ganz automatisch erlaubte ich dem Turm, Mara reinzulassen. Ihre und Chris' Stimmen drangen vom Flur her zu uns, während der Turm seine Magie wieder wirken ließ, die kahlen Mauersteine zu cremeweißem Putz verwandelte, das Fenster verschwand und unter Sebastien wieder Teppichboden statt Stein war.

»Der Turm scheint dich zu mögen«, sagte Ela gedankenverloren, während sie weitere Tropfen der Flüssigkeit in Sebastiens Mund träufelte.

Ich zuckte mit den Schultern. »Sebastien hat sich erst mal beschwert, weil der Turm mich als Menschen eigentlich abschrecken sollte.«

»Warum hat er dich eigentlich mit hierhergenom…«

»Wir haben den Codex clarus.« Mara stürmte in das Schlafzimmer und quiekte, als sie Sebastien sah. »Was habt ihr hier für Spielchen gespielt?« Sie starrte mich an, eine Braue herausfordernd angehoben. Chris schob sie zur Seite und prustete los. »Rollenspiele?«

Als Mara meine vermutlich tomatenroten Wangen sah, stieß sie ihrem Freund den Ellbogen in die Seite, woraufhin dieser sich das Lachen verkniff und sich mit Tristan unterhielt.

Ich saß nutzlos daneben, während meine Freunde einen Zauber nach dem anderen ausprobierten, um Sebastien zu wecken. Der Turm versorgte sie mit Essen und kalorienreichem Trinken, um das Energiedefizit, das bei Sigillenfährten entstand, auszugleichen – wie mir Ela neben den Versuchen her mitteilte.

All ihre Bemühungen blieben erfolglos.

»Können wir nicht Sebastiens Kolleginnen benachrichtigen, damit sie uns helfen?«, fragte ich, während sich aktuell Mara abmühte, verschiedene Zauber auszutesten, dabei sogar Chris' Hand hielt, damit seine Magie ihr blauweiß leuchtend bei ihren Versuchen half. Die beiden waren einer kurzen Erklärung zufolge auf magische Weise verpartnert und konnten ihre Magie so gegenseitig stärken.

»Wenn wir sie rufen, muss Sebastien berichten, was geschehen ist, und …« Sie sah mich mit einem durchdringenden Blick an, »er hat nicht nur Gesetze gebrochen, indem er dich hierhergebracht hat. Sein Zustand würde weitere Fragen nach sich ziehen und wir müssten erklären, dass er seine Magie nur noch beschränkt einsetzen kann.«

Ich erwiderte nichts, sondern nickte nur.

»Was ist denn überhaupt passiert?«, wollte Tristan nun wissen und ich erzählte, dass wir eben noch ganz altmodisch zu Fuß zu Ela und Tristan zurückgehen wollten, als Noah und Gloria aufgetaucht sind.

»Warum hast du uns das nicht gleich gesagt?«, fragte Tristan entsetzt. Auch Chris und Mara traten nun von Sebastien weg und zu uns.

»Weil niemand gefragt hat und sie uns nichts getan haben. Wir waren schon weg, bevor sie auch nur hexen konnten.«

»Kein Wunder, dass er automatisch hierhergereist ist, zum sichersten Ort der Welt«, murmelte Ela. »Was ist dann passiert?«

Ich erzählte ihnen, wie der Turm mich begrüßt statt davongejagt hat und wie ich durch Sebastiens Studierzimmer gestreift bin, nachdem er seinen Umhang wieder angelegt hatte. Weil Chris ein Auflachen erstickte und als Räuspern tarnte, erklärte ich, dass er den Umhang über seine Kleidung angezogen hatte, ehe ich aus dem Raum gegangen war.

»Warum hat er den Umhang extra aus Falkhausen gehext? Fühlt er sich *nackt* ohne ihn?«, fragte Tristan und schon wieder räusperte sich jemand, und das als Hüsteln getarnte Lachen war eindeutig. Schön, wenn sie hier Witze reißen konnten.

»Er lag bereits hier auf dem Sessel.« Ich deutete mit dem Kinn auf den gepolsterten Sessel, hinter dem zuvor noch das Fenster gewesen war.

»Zieh ihn aus«, verlangte Ela von Tristan.

»Wie bitte?«, riefen Tristan und ich zeitgleich.

»Ich habe den Umhang kurz vor deinem Anruf noch auf der Werkbank gesehen, wo Tristan ihn hingelegt hat, nachdem er ihn Sebastien ausgezogen hat. Das«, sie gestikulierte zu Sebastien, »ist mit ziemlicher Sicherheit nicht *sein* Umhang.«

Weil Tristan keine Anstalten machte, den Umhang zu lösen, ließ ich mich neben Sebastien fallen und öffnete die Verschlussklammer, der Umhang glitt von seinen Schultern und entblößte noch mehr gebräunte Haut und die definierten Muskeln darunter. Ich schluckte, hob auf einen leichten Stups des Turms hin meine Hand und strich Sebastien sanft eine Strähne von der Stirn, die von meiner Mineralwasserattacke noch dort klebte. Mein Herz klopfte so laut, dass ich mir sicher war, die anderen würden es hören. In meinen Ohren ähnelte es dem Dröhnen einer ankommenden Hexe. Intuitiv griff ich nach Sebastiens eiskalter Hand, die neben seinem nackten Oberkörper ruhte, und drückte sie fest, während ich zu zählen begann.

Eins. Ich hatte vermutlich noch nie so sehr gehofft, dass jemand die Augen aufschlug.

Zwei. Wo war der Umhang hergekommen?

Drei. Warum hatte sich Sebastien darunter entblößt?

Vier. Ich hatte die Luft angehalten, mein Körper schrie so langsam nach Sauerstoff, doch ich konnte nicht atmen.

Fünf. Sebastiens Finger zuckten und ich ließ vor Schreck seine Hand fallen.

Sechs. Sein Brustkorb weitete sich und er sog keuchend Luft ein.

Sieben. Er schlug die Augen auf und in seinem Blick lag nackte Panik.

16

Sebastien

Ich hatte schon vor meiner Sigillenvergabe Visionen gehabt. Meistens hatte ich eine der unzähligen Zukunftsversionen geträumt oder Elemente der Gegenwart gesehen, etwas, das gerade irgendwo anders auf der Welt geschah. Nachdem ich das Augurenzeichen erhalten hatte, kam noch die Vergangenheit dazu, Momentaufnahmen, die so wichtig waren, dass sie den Auguren nicht entgehen durften und sich in unsere Erinnerungen, Träume oder gezielten Visionen drängten.

Während dieses aufgezwungenen Schlafs sah ich einen magischen Kampf. Ich konnte nicht erkennen, wo er stattfand oder gegen wen Noah Brand und Gloria Mescinia kämpften. Sie standen Rücken an Rücken, verteidigten sich gegen die Flüche und magischen Angriffe, die von überallher auf sie zuschossen. Von allen Seiten glommen leuchtende Zauber auf, die an roten Schutzbarrieren abprallten, während sich Gloria und Noah gegenseitig Taktiken und Kniffe zuriefen. Noah wurde getroffen und ging mit einem Schrei zu Boden. Gloria übernahm die Verteidigung, ihrem bleichen Gesicht nach am Ende ihrer Kräfte. Sie rief Noah zu, jetzt wäre der perfekte Zeitpunkt, »sich zu lösen«. Er solle vor ihr verschwinden, ehe es zu spät sei. Ich wartete gespannt, ob mir meine Vision auch sagen würde, wie ihre Pläne aussahen, hielt den Atem an, weil es das entscheidende Detail war, auf das wir vielleicht so lange gewartet und darauf hingearbeitet hatten. »Wir müssen zu …«

Die Vision endete so abrupt, dass mir schwindelig wurde. Mein Herz trommelte gegen meine Brust. Wie in den unzähligen Träumen, die ich aus meiner Kindheit und Jugend kannte, dauerte es, bis ich wieder Kontrolle über meinen Körper gewann. Zunächst kribbelten meine Hände, als wäre ich von Eiseskälte ins Warme gewechselt, dann zuckten meine Finger unkontrolliert und meine Hand fiel auf weichen Teppich. Mein Herz pochte immer schneller, während sich mein Oberkörper krümmte, bis sich mein Brustkorb weitete und ich endlich den befreienden Atemzug tat, der mich in die Realität führte. Sauerstoff strömte durch meinen Körper und ich schlug die Augen auf.

In meinem Schlafzimmer standen Ela, Tristan, Mara und Chris und starrten mich an. Neben mir auf dem Boden saß Alex, deren Gesicht so bleich war wie nie zuvor.

Ich setzte mich auf, sobald ich die Kraft dazu fand, und stützte mich auf den Händen ab. Alex wich hastig zurück. Eine sanfte Brise des Turms strich um meinen Körper und ließ mich schaudern. Mit Entsetzen begriff ich, warum es so kühl war. »Warum bin ich nackt?«

»Genau das wollten wir von dir wissen«, sagte Ela. Ihre Mundwinkel zuckten, während Tristan, Mara und Chris sich das Lachen nicht verkneifen konnten. Ich sah zu Alex neben mir.

»Was ist passiert?«, fragte ich und hoffte auf eine vernünftige Antwort.

»Ich war nicht mehr im Raum, als du umgekippt bist«, sagte sie. »Aber ich vermute, dass du den Umhang ausziehen wolltest. Als wir ihn geöffnet haben, hast du wieder Luft bekommen.«

Ich schloss die Augen und dachte an den beschriebenen Moment zurück. Alex hatte die richtigen Schlüsse gezogen. Mein Umhang … Irgendwas war mit meinem Umhang gewesen. Ich hatte mich nicht mit Magie entkleiden können. Ich musste mich wieder anziehen, doch meine Sigille gab nur ein flackerndes Licht von sich und ich verzog das Gesicht.

»Sebastien?« Alex legte ihre warmen Finger auf meine Hand, was einen Energiestoß durch meine Adern jagte. Sie schreckte zurück, als meine Sigille gleißend hell aufleuchtete. Im nächsten Moment spürte ich das Gewicht von Kleidung auf meiner Haut. Erleichtert atmete ich tief durch und erhob mich langsam, ehe ich Alex die Hand reichte, um auch ihr aufzuhelfen.

Sie ignorierte die Geste und kam von selbst auf die Beine.

»Habt ihr das gesehen?«, fragte Chris und sah von einem Gesicht zum nächsten.

»Wie Sebastiens Sigille aufgeleuchtet hat, als Alex ihn berührte?«, bestätigte Mara.

»Denkt ihr dasselbe wie ich?«, brachte Ela ein.

»Wenn du den Rückschluss ziehst, dass wir eben Zeuge von Magie wurden, die nur von füreinander bestimmten Hexen gewirkt werden kann, dann ja.« Tristan starrte wie die anderen zwischen Alex und mir hin und her.

Ich riss die Augen auf. »Das ist unmöglich! Ich habe keine …« Die Worte wollten nicht aus meinem Mund, ich konnte die Lüge nicht aussprechen, konnte nicht sagen, dass ich keinerlei Gefühle für Alex hegte. Denn es wäre nicht die Wahrheit. »Alex ist keine Hexe«, sagte ich stattdessen.

»Das dachten wir bei Mara auch«, warf Chris trocken ein, schnappte nach Maras Hand, zog sie näher und beide zeigten mir die Einheitssigille, die Mara vor ein paar Wochen unwissentlich gezeichnet und die sie vor dem Tod bewahrt hatte. Sie schmiegte sich an Chris, was mir einen Stich versetzte.

»Von was zur Hölle sprecht ihr«, wollte Alex wissen. Ihr Blick huschte umher, als suchte sie nach einem Fluchtweg.

»Es wäre logisch.« Ich rieb mir die Schläfe. »Der Turm weist sie nicht ab. Vergessenszauber wirken nicht. Ich konnte sie nicht bei dir im Labor sehen, als ich angereist bin.« Ich zählte die Punkte an den Fingern ab.

»Würde mich bitte jemand einweihen?« Alex' Ungeduld war in jeder Silbe zu hören. »Sagt mir die Wahrheit!«, verlangte sie dann.

Mara ging wie ferngesteuert auf sie zu und sagte ihr direkt ins Gesicht: »Du bist eine Hexe.«

Während Alex das offenbar noch verdauen musste, klatschte Ela in die Hände. »Wir werden sie initiieren!«

Es war die einzig logische Erklärung. Alex und mich verband etwas. Wenngleich ich mir verbot, uns als vorherbestimmte Liebende zu sehen, konnte ich die aufgezählten Tatsachen nicht ignorieren. Alex hatte meine Energie aufgeladen. Mit einer einfachen Berührung. Ansonsten schenkte mir hier mein Zuhause Kraft und lud meine Magie auf, nicht … eine nicht initiierte Hexe.

17

ALEX

Du bist eine Hexe.« Maras Worte wirbelten in meinem Kopf umher, ich versuchte ihre Tragweite zu begreifen, spürte eine Wärme in der Brust, die ich als Hoffnung identifizierte. Ich könnte vollkommen dazugehören, genau so sein wie sie. Die ganze Aufmerksamkeit danach war mir aber fast zu viel. Alle wirbelten herum, Mara zerrte mich in die Küche, wo sich der Turm ganz offensichtlich zierte, alles für die Sigillenvergabe vorzubereiten. Er weigerte sich schlichtweg, pustete immer wieder die Kerzen aus, die Sebastien dann selbst auf seinem Küchentisch aufgestellt hatte, und entriss mir immer wieder das Pergament, auf das ich versuchte, meinen Namen zu schreiben.

ALEXANDRA FOSTER.

Wie von Ela angeleitet, kürzte ich die doppelten Buchstaben, musste jedoch immer wieder von vorn beginnen, weil entweder das Pergament beim Absetzen der Schreibfeder davonflog oder die Kerzen plötzlich zu Stichflammen wurden, die Funken um sich warfen und das Blatt ankokelten.

Es war mühselig, doch mit vereinten Kräften schafften wir es und unter meinem vollen Namen stand die gekürzte Version.

ALEXNDRFOST

Darunter fand sich ein für Außenstehende vermutlich wildes Gekrakel aus Dreiecken und Geraden.

»Die erste Hürde ist geschafft«, munterte mich Ela auf und klang dabei so erleichtert, dass ich lächeln musste. »Jetzt kannst du das Pergament anzünden und in die Schale werfen«, wies sie mich an. »Konzentrier dich dabei auf die Magie in deinem Blut, die nach außen dringen soll.«

Ich atmete tief durch, folgte der Aufforderung und schloss die Augen, als ich das vor sich hin kokelnde Blatt in die Schale vor mir warf. Magie! Ich war eine Hexe und würde gleich zaubern können wie meine Freunde.

Freunde. Ich tastete das Wort ab, das ich so nie für möglich gehalten hatte. Und doch …

Magie! Ich musste mich auf meine Magie konzentrieren. Ich presste die Augen so fest zu, dass ich den Druck meiner Lider spüren konnte. Dabei wartete ich auf den Schmerz, den Mara mir irgendwann beschrieben hatte. Ich war nie großartig verletzt gewesen, Verbrennungen oder gar Verätzungen kannte ich nur in der Theorie. Daher konnte ich keinen Vergleich ziehen und ging vom Schlimmsten aus.

Ich war mir sicher, dass sich meine Synapsen bald verkrampften – oder ich meine Augen nie wieder wurde öffnen können, dennoch wartete ich brav weiter auf das Einbrennen der Sigille.

Doch nichts geschah und Enttäuschung fraß sich durch meine Eingeweide.

18

Sebastien

Ich war noch nie Zeuge einer von einem Gebäude sabotierten Initiation gewesen. Mit vereinten Kräften schafften wir es dann jedoch, das Ritual durchzuführen. Alex entzündete das Pergament und warf es in die bereitstehende Schale.

Ich hielt den Atem an wie alle im Raum. Unsere Blicke waren auf das brennende Pergament gerichtet. Die Flammen fraßen sich Stück für Stück durch das alte Papier bis zur Sigille – und anschließend weiter, bis nur noch verbrannte Fetzen in der Schale lagen. Die Sigille war nicht aufgestiegen und hatte sich auch nicht auf die Innenseite von Alex' Handgelenk gelegt. Ein Windstoß fegte die letzten Rauchschwaden davon, als würde der Turm schnauben und uns damit sagen, dass er es vorher gewusst habe.

»Das ist … Der Turm hat die Magie aufgehalten«, rief Ela und schlug vor, die Sigillenvergabe woanders erneut durchzuführen. Ich jedoch war mir sicher, dass uns der Turm lediglich vor unnötiger Arbeit hatte bewahren wollen.

»Es wird auch nirgendwo anders funktionieren«, sagte ich, und zur Bestätigung spürte ich einen Luftzug im Nacken.

»Aber wie kann es dann sein, dass Alex dich … geheilt hat, deine Magie verstärkt hat, wenn sie keine Hexe ist?«

Wenn ich darauf nur eine Antwort hätte! Ihre Berührung hatte dieselbe Wirkung auf mich gehabt wie Elas Elixier. Wenn nicht sogar stärker. Es war unmöglich und doch Fakt. Ich würde darüber nachdenken und die Optionen durchgehen, sobald ich die Ruhe dazu hätte.

Jetzt war ich abgelenkt. Der Traum ging mir nicht aus dem Kopf. Jedes Mal, wenn ich die Augen schloss, sah ich Gloria und Noah im Kampf, und ich war kurz davor, den anderen davon zu berichten. Doch das Problem an solchen Träumen war, die Bilder zu deuten –

und ob sie gerade geschahen, bereits geschehen waren oder noch geschehen würden. Oder ob sie lediglich Wunschgedanken entsprangen, ausgespuckt von meinem mit Sauerstoff unterversorgten Hirn.

Noch ehe ich einen Entschluss fassen konnte, ging der Alarm im Turm los.

»Was ist das?«, brüllte Alex über den Lärm hinweg.

»Die Auguren werden gerufen. Vielleicht ein Anschlag von Dunkelhexen«, erklärte ich ihr schnell. »Ich muss los. Bringt Alex zurück nach Falkhausen und passt auf sie auf!«, bat ich Ela. Erst als sie nickte, löste ich mich in Rauch auf und folgte dem Alarm.

Ich war seit über vier Jahren nicht mehr hier gewesen. Nun materialisierte ich mich im Atrium, dem marmornen Empfangsbereich des magischen Internats. Fast genau an der Stelle, an der ich damals beim Angriff der Dunkelhexen stand, die nur durch meinen Egoismus und den Drang, mir etwas beweisen zu müssen, hatten eindringen können.

Rot glühende Flüche trafen auf Schutzzauber der Lehrer, die ihrerseits konterten. Kurz nach mir reisten in einer gelben und roten Rauchwolke Panya und Yui an, ehe die Jäger via Sigillenfährte ankamen und der Hexenwind Staub durch die Luft wirbelte. Zeitgleich verschwanden die ersten Dunkelhexen. Sie zogen sich zurück, eine nach der anderen.

Was übrig blieb, glich einem Déjà-vu. Für einen Moment gaukelte mir mein Gehirn vor, Avelines Tod noch einmal zu sehen und durchleben zu müssen, dann wurde mir klar, dass dieses Gefühl, die Situation bereits erlebt zu haben, nicht von meiner eigenen Vergangenheit herrührte, sondern der heutigen Vision, während der Umhang mich eingeschnürt hatte. Ich trat zwischen zwei Jägern hindurch, sodass ich freie Sicht auf die letzten beiden Dunkelhexen hatte, die inzwischen komplett eingekreist waren, sich Rücken an Rücken gegen die Angriffe wehrten: Noah und Gloria. Ihre Stimmen konnte ich nicht hören, lediglich sehen, wie sich ihre Lippen bewegten. Mein Kopf legte die Worte aus dem prophetischen Traum darüber.

»Jetzt ist der perfekte Moment, sich zu lösen«, sagte Gloria zu dem verwundeten Noah. »Verschwinde, ehe es zu spät ist. Wir müssen zu …« Hier hatte meine Vision geendet. Anhand von Glorias Lippenbewegung jedoch war eindeutig, wessen Namen sie nannte, ehe erst Noah, dann sie via Sigillenfährte verschwanden. »Sebastien.«

Die Dunkelhexen hinterließen Chaos und Verwüstung: ein zerstörtes Internat, verwundete Lehrer und verstörte Junghexen. Und das unsägliche Gefühl, ich hätte etwas dagegen unternehmen können, wenn ich dem prophetischen Traum geglaubt hätte, wie es mein Job war.

Doch stattdessen hatte mich die Angst kontrolliert. Angst davor, meiner Gabe nicht mehr vertrauen zu können. Angst davor, von meinen Kolleginnen verstoßen zu werden. Angst, die ich überhaupt nicht empfinden können *sollte*.

Und das war nicht nur mir bewusst. Zwei Augenpaare fingen meinen Blick ein, und obwohl keine Wut oder Ähnliches darin lag, konnte ich den direkten Vorwurf in ihnen sehen.

19

Sebastien

Wir haben deine Nachricht über die Sichtung von Gloria und Noah erhalten«, sagte Panya mit regloser Miene, nachdem sie, Yui und ich uns im Kreis im Meditationssaal auf die Polster am Boden gesetzt hatten. Jedes ihrer Worte hallte in dem schmucklosen holzvertäfelten Raum wider, dessen Wände jenseits der schwachen Lichtkegel der Kerzen lagen, die rund um uns im Kreis aufgestellt waren. Ihr Flackern zeichnete ein Spiel aus Licht und Schatten auf Panyas dunkle Wangen. »Weil du offenbar unabkömmlich warst, haben wir zu zweit versucht, Einblick in jenen Moment zu erhalten.« Sie ließ unausgesprochen, dass meine Anwesenheit und die genauen Bilder aus meiner Erinnerung den Versuch erleichtert hätten, von dort aus in die Zukunft der beiden zu blicken, die aufgrund ihrer Angehörigkeit zu den Dunkelhexen mit den Schatten, die diese über unser aller Zukunft warfen, verschwammen. Vielleicht hätten wir zu dritt den heutigen Angriff verhindern können, seinen Zeitpunkt deuten und nicht – wie ich allein – als Hirngespinst und Wunschvorstellung abgetan. Ich wappnete mich für den Vorwurf, doch Yui übernahm das Wort und überraschte mich.

»Stattdessen haben wir, egal wie sehr wir uns auf die beiden konzentriert haben, immer nur dieses untalentierte Mädchen gesehen: Alexandra Foster. Sie und *dich*. Sie konnte nicht nur der Abwehrmagie des Turms widerstehen – im Gegenteil: Er hat ihr geholfen, dich zu retten.« Sie machte eine lange Pause und ich hielt den Atem an. Sie wussten also, dass ich die Regeln gebrochen und sie in mein Zuhause, das Allerheiligste der Hexenwelt, gebracht hatte. Nun hatte ich keine Ahnung, in welche Richtung dieses Gespräch führen würde. Die Anspannung in meinem Inneren wuchs mit jedem Herzschlag weiter an. »Etwas an diesem Mädchen ist sonderbar«, sagte sie dann. Nicht negativ behaftet, eine bloße Feststellung.

»Darüber hinaus konnten wir nicht herausfinden, wer den Umhang in deinem Zimmer deponiert hat. Der Turm weigert sich, es uns zu zeigen.«

Ich riss instinktiv die Augen auf, versuchte Worte zu formen, aus denen nicht der bloße Schock sprach. Vor lauter Angst, die ich nicht empfinden sollte. Wer besaß die Macht, den Turm zu manipulieren, die älteste Magie, die es gab?

»Wir gehen davon aus, dass der Turm es uns nicht zeigen *will*«, sprach Panya nun wieder weiter. »Er hat seinen eigenen Willen und sieht etwas in dem Mädchen, was uns bislang verborgen geblieben ist. Daher halten wir es für das Beste, wenn du vorübergehend eine Unterkunft in Falkhausen suchst und vor Ort bist, um sie zu überwachen. Sie ist dir offenbar sehr zugetan. Das wird hilfreich sein, wenn es um die Entschlüsselung ihrer Rolle in der Zukunft der Hexenwelt geht.«

»Ihr … werft mich raus?«, stammelte ich, während ich die Geschichte der Auguren durchging und feststellen musste, dass ich nicht nur der erste männliche Augur war, sondern auch der erste Augur, der *suspendiert* wurde.

»Etwas Mächtiges ist im Gange und wir müssen unsere Ressourcen gut nutzen«, sagte Yui und schenkte mir ein vermutlich freundliches Lächeln, das dennoch einem Schlag ins Gesicht gleichkam. *Sie* mussten ihre Ressourcen nutzen, wollten nicht, dass meine schwankende Magie die nächsten großen Visionen beeinflusste.

»Na dann«, gab ich schon beinahe kindisch trotzig von mir, ehe ich ohne Verabschiedung verschwand. Mein Augurenumhang blieb im Turm zurück.

»Sie haben dich suspendiert?«, fragte Ela wenig später mit Entsetzen in der Stimme, nachdem ich ihr, Tristan, Chris, Mara und Alex alles erzählt hatte. Wir saßen auf den alten Gartenstühlen in der einen Garagenhälfte der Brands, die nicht vollends von Elas provisorischem Labor in Beschlag genommen war. Auf dem Campingtisch zwischen uns lagen Berge von Süßigkeitenpapierchen. Die anderen hatten tonnenweise Kalorien zu sich nehmen müssen, um das Energiedefizit der Sigillenfährten zum und vom Turm weg auszugleichen. Da sie Alex hatten mitnehmen müssen, die offenbar allerhand Theorien kannte, was bei der Fährte schieflaufen konnte, hatte ihnen der Turm sogar noch etwas Energie geschenkt, um überhaupt so schnell wieder reisen zu können. Mein Magen knurrte angesichts der Süßigkeiten vor mir.

»Du musst ebenfalls essen«, riet Ela, und aus Gewohnheit schüttelte ich den Kopf.

»Ich beziehe meine Energie aus der Verbindung zum Turm und den Ley-Lin…« Ein weiteres Magenknurren deutete daraufhin, dass es nicht länger stimmte, und ich griff widerstrebend zu. Während ich die Karamellbonbons kaute, fragte Alex:

»Und was machen wir jetzt? Gibt es einen … Plan, wie man in solchen Fällen vorgeht?«

»Schön wär's«, sagte Tristan, schob sich die Haare aus dem Gesicht und griff nach Elas Hand.

Ich starrte auf die verschränkten Finger, ehe mein Blick weiterglitt und an der Berührung von Chris und Mara hängen blieb. Aus Mangel an Stühlen hatte Mara auf Chris' Schoß Platz genommen und schmiegte sich nun an ihn, während er seine Arme um sie legte und gedankenlos Kreise auf ihren Oberschenkel zeichnete.

Ich wünschte mir in diesem Moment nichts sehnlicher, als Alex ebenso im Arm zu halten, ihre Nähe zu genießen. Allein bei der bloßen Vorstellung beschleunigte sich mein Puls. Meine Finger, die eben noch ruhig auf der Lehne des Gartenstuhls lagen, zuckten wie von selbst zu Alex' Hand, die krampfhaft um die Armstütze neben mir gekrallt war.

Sehnsucht. Ich spürte sie so überdeutlich, als hätte man mich damit übergossen.

Alex bewegte sich und ich spürte ihren Blick auf mir, sah nach oben und tauchte in die Dunkelheit ihrer Augen ein. Ihre Pupillen waren so stark geweitet, dass die Iriden kaum mehr zu erkennen waren. Ein Zeichen tiefer Zuneigung, die mich elektrisierte.

Bis uns Mara mit mehrmaligem Räuspern aus der Trance löste, könnten Stunden vergangen sein. Stunden, die ich liebend gern einfach nur dagesessen und Alex' Gegenwart genossen hätte. Nur allzu gern gespürt hätte, wie unsichtbare Energien zwischen unseren nur wenige Zentimeter entfernten Händen pulsierten und mich in einen Rauschzustand versetzten, den ich nur von den bewusstseinserweiternden Tränken zu anvisierten großen Prophezeiungen kannte. Nur viel mächtiger und viel besser.

»Wir sollten bei uns zu Hause in der Wächterbibliothek suchen«, schlug Mara vor. »Vielleicht gibt es in Hortensias Tagebüchern auch Einträge zu dir.«

Hortensia Rothschild war eine prophetisch überaus begabte Hexe gewesen, die letztendlich von ihren immer noch stärkeren Tränken, die ihr bei ihren Visionen helfen sollten, dahingerafft worden war. Welch Ironie, ausgerechnet in meinem Fall auf eine Vision von ihr zu hoffen. Schließlich war ich auch auf immer höhere Dosen von Elas Elixier angewiesen, um überhaupt noch funktionieren zu können. Die zahlreichen gefüllten Fläschchen und Flakons auf der alten Werkbank zogen meinen Blick an und der Drang wurde schier übermächtig, unter ihnen nach meinem Heilmittel zu suchen, um die verfluchte Blockade, die sich wie ein starkes Band immer enger um meine Brust schnürte, zumindest vorübergehend loszuwerden. Ich war kurz davor, aufzustehen und dem Verlangen nachzugeben, da legte Alex ihre Hand sanft auf meine. Das Drängen ebbte ab, ging in meinem immer schnelleren Herzschlag unter, den ihre Wärme auslöste.

»Wir können Mamas Wagen nehmen«, schlug Chris vor und stand mit Mara auf den Armen auf, woraufhin sie einen quietschenden Laut ausstieß, sich dann umwandte und ihn küsste, nachdem sie das Gleichgewicht wiedergefunden hatte.

Ich schluckte, sah zu Alex neben mir und kehrte meine Handfläche nach oben, um meine Finger mit ihren zu verschränken. Ein Lächeln zeigte sich auf ihren Lippen und es gab nichts Schöneres. Die Tränke, die hinter ihr das Garagenlicht reflektierten, waren nicht länger das Zentrum meiner Gedanken. Ich spiegelte ihr Lächeln bei der Erkenntnis, dass unsere Verbindung weit mehr war als alles, was ich je erlebt oder gesehen hatte. So unmöglich wie die Existenz einer einsamen wunderschönen Blume, die sich durch den Asphalt einer Betonwüste geschoben hatte und allen Widerständen trotzte.

»Von uns hat niemand einen Führerschein«, zerstörte Alex das flauschige Gefühl, das mich umgab, und erntete doch nur Schulterzucken. Als wäre *das* ein Problem.

20

ALEX

Seit mehreren Tagen verbrachten wir jede freie Minute bei Mara zu Hause. Meine Freunde durchsuchten die Wächterbibliothek und brachten mir allerhand potenziell hilfreiche Bücher ins Wohnzimmer, weil ich der Magieprüfung der Bibliothek nicht standhielt und sie mich einfach nicht einlassen wollte. Jeder außer mir tauchte in die Schrankwand ein wie in ein Hologramm und verschwand, während ich Dutzende Male gegen die Regalbretter gelaufen war, dabei eine Dekovase zerstört, beinahe den Fernseher umgeworfen und letztendlich aufgegeben hatte. Wie könnte die Bibliothek mich auch durchlassen? Schließlich war ich keine Hexe. Sondern anders. *Besonders.* Selbst in dieser schrägen, magischen Welt, in der ich mich nun befand. Mit jedem Betreten und Verlassen von Mara, ihrer Mutter oder den anderen wurde mir das immer weiter bewusst. Ich war selbst unter besonderen Menschen *besonders.* Das Gefühl legte sich wie ein schaler Geschmack auf meine Zunge und ließ sich weder mit Kaffee noch mit Cola vertreiben. Daher konzentrierte ich mich auf das, was ich am besten konnte. Aufmerksam lesen, Schlüsse ziehen, eine Lösung finden.

Selbst in der Schule trug ich heute eins der Tagebücher von Maras Urahnin Hortensia bei mir und versteckte es unter meinen Blöcken und Heften. Keiner der Lehrer achtete auf mich, keiner ging davon aus, dass ich etwas anderes tat, als gewissenhaft wie immer dem Unterricht zu folgen. Ein Vorteil, wenn man als Streberin galt.

Nach der Schule erledigte ich schnell meine Hausaufgaben und überbrückte mit dem nächsten Tagebuch die Zeit, bis auch meine Freunde mit ihren Aufgaben fertig waren. Sebastien war für die Mittagszeit zum Rat gerufen worden, um Bericht zu erstatten, anschließend würden wir uns alle wieder auf den neuesten Stand bringen.

Mit Hortensias Buch bewaffnet ging ich in die Küche und kochte Wasser auf. Ich tastete mehr nach Tasse und Teebeutel, als dass ich sie suchte, machte eigentlich alles blind, während meine Blicke über die Sütterlinschrift huschten, die mit jeder gelesenen Zeile schneller zu entziffern gewesen war. Ich unterbrach nur, um das siedende Wasser nicht versehentlich neben die Tasse zu schütten, ging dann mit dampfender Tasse in der einen und vom Daumen offen gehaltenem Tagebuch in der anderen Hand zum Tresen, der Wohnzimmer und Küche trennte, um mich auf den Barhocker zu setzen.

Da glitt mein Blick über einen Eintrag, der meinen Puls beschleunigte und bei dem mich das Gefühl überkam, das Ziel meiner Reise erreicht zu haben, das Ziel unserer Suche:

Der Eine, der die Sieben um sich vereint, wird die Welt in ein neues Zeitalter führen.

Die Tasse entglitt mir wenige Zentimeter über dem Tresen, kippte um und ich entkam gerade noch so dem heißen Tee, der sich wie ein kleiner Wasserfall auf den Boden ergoss, dabei aber glücklicherweise Mamas Dekofigürchen, Vasen und allerhand Kram verschonte.

Ich musste sofort die anderen informieren.

Handy. Wo war mein verdammtes Handy?

Ich ließ das Tagebuch auf dem Tresen liegen, rannte in den Flur und die Treppe nach oben in mein Zimmer. Ich fand das Handy noch ausgeschaltet in meinem Rucksack und wäre vor Ungeduld beinahe gestorben, während es endlich hochfuhr.

Schnell tippte ich eine Nachricht und sendete sie an die von Maras Humor zeugende Gruppe namens *Hexenverschwörung*, in der Ela, Tristan, Chris, Mara und ich waren. Sebastien besaß kein Handy, weil er für gewöhnlich in seinem Zuhause sowieso keinen Empfang hatte und sich auch nicht an eins gewöhnen wollte, während er vorübergehend in einem Hotelzimmer im *Falkhausener Hof* einquartiert war. Er verließ sich darauf, dass man ihn in wichtigen Fällen per magischer Botschaft wie sonst auch erreichen könnte oder er alternativ den Wunsch, von jemandem gesprochen zu werden, spüren würde, wie es früher immer der Fall war. Er wollte nicht einsehen, dass seine Fähigkeiten eingeschränkt waren, hatte Ela im Gruppenchat geschrieben. Ich hatte ihn instinktiv verteidigen wollen, aber meine Antwort dann wieder gelöscht, dass er einfach, wie alle immer vorbeteten, auf sein Bauchgefühl hörte. Darüber zu diskutieren brachte einfach nichts, ich hatte es versucht. Im Gegensatz zu den anderen vertraute ich auf seine Intuition. Es war eine trotz der kurzen Zeit, die wir uns kannten, tief verwurzelte Gewissheit wie die Tatsache, dass ich besonders war. In ihrem Umfang unmöglich, mit Worten zu beschreiben. Es war ein mächtiges Gefühl, einer der unzähligen verwirrenden Zustände, wenn ich auch nur an Sebastien dachte, und eskalierte dann jedes Mal, wenn er in der Nähe war.

Ich starrte auf mein Handydisplay, bis es schwarz wurde und statt einer Antwort mein Spiegelbild zeigte. Die anderen waren offenbar noch nicht mit ihren Hausaufgaben fertig und achteten nicht auf Nachrichten. Die Ungeduld wuchs mit jeder Minute und ich beschloss, rüber zu Mara zu gehen und ihr direkt mitzuteilen, dass ich mir ganz sicher war, etwas Wichtiges entdeckt zu haben.

Mit dem Handy in der Hand durchquerte ich mein Zimmer und blieb mitten in der Bewegung stehen, als eine komplett in rot gehüllte Frau auftauchte, die im Türrahmen stand, als wäre sie schon immer dort gewesen. Unter der Kapuze konnte ich nur volle blutrote Lippen und einen schmalen Kiefer erkennen. Aber das, was ich einsehen konnte, war schlicht perfekt und ich ordnete dem bislang für mich so abstrakten Begriff *Porzellanteint* ihr Bild zu.

Erst im zweiten Moment nahm ich die Alarmsignale meines Körpers wahr: Mein Atem ging schneller, mein Herz arbeitete auf Hochtouren, mein Blick schärfte sich und zig Beschreibungen der Frau aus verschiedenen Erzählungen und Berichten der anderen rasten durch meinen Kopf.

Die rote Frau, die Elas Blut geraubt hatte.

Die rote Frau, die im Tausch für die Magie von Chris' Mutter Carina sein Leben gefordert hatte.

Die rote Frau, die laut den anderen die Anführerin der bösen Hexen war, zu denen Gloria und Noah gehörten – die Chris verschleppt hatten, um einen dunklen Fluch wirken zu lassen.

Ihre Mundwinkel hoben sich und ihre roten Lippen formten ein breites Lächeln, das in etwa so echt wirkte, wie wenn ich es versuchte.

»Hallo, Alexandra Foster«, grüßte sie mich.

»Hallo … rote Frau«, ignorierte ich jeglichen Instinkt, aufzuschreien. Ich war keine Hexe. Sie konnte mir mittels Magie nichts anhaben, keine Hexe konnte das, das versicherten mir die anderen immer wieder. Bei mir funktionierten ja nicht einmal Vergessenszauber.

Sie starrte mich aus dem Dunkel unter der Kapuze, in dem ihre Augen verborgen waren, an. Ich konnte es spüren, ein leichtes Brennen, wo immer ihr Blick mich streifte.

»Ich habe seit mehreren Jahrhunderten niemanden mehr wie dich getroffen.« Ihre Stimme war so ruhig, als würde sie über das Wetter sprechen, und doch feuerten sämtliche Synapsen in meinem Gehirn, versuchten, eine Erklärung für das Gesagte zu finden. Erfolglos. Ich blieb ständig an der Erkenntnis hängen, dass sie laut ihrer Aussage mehrere Hundert Jahre alt war und doch so jung aussah, nicht älter als dreißig vielleicht. Wie alt waren denn Carina oder Maras Mutter Tanja?

»Wie schade, dass ich dich nicht studieren kann«, zog sie mich aus meinem Gedankenstrom, zuckte mit den Schultern und hob die Hand, die sogleich von einem roten Leuchten umhüllt wurde, mit dem sie ein Symbol zwischen uns in die Luft zeichnete: ein X, das oben mit zwei Linien geschlossen war, sodass es einem Quadrat mit zwei schrägen Beinen glich.

ᛟ

Ich sah durch das rote Leuchten des ungefähr einen Meter hohen Zeichens hindurch, wie das Lächeln der roten Frau immer breiter wurde, ihre weißen Zähne zum Vorschein kamen und ein Lachen durch den Raum hallte, das mir eine Gänsehaut bescherte. Dann war sie verschwunden. Das Symbol hing noch immer in der Luft. Ich hielt mein Handy darauf und machte ein Foto davon, falls es jeden Moment verschwinden würde, und schickte es in unseren Gruppenchat, ehe ich das Handy einsteckte und näher trat. Es war faszinierend, wie dreidimensional das Symbol wirkte. Nicht wie eine bloße Projektion, sondern etwas, das tatsächlich existierte, etwas, das man anfassen konnte. Meine Beine trugen mich noch näher, meine Hand glitt wie von selbst auf das X mit Dach zu. Ich konnte nicht widerstehen, musste testen, ob meine Finger hindurchgleiten würden wie bei den Projektionen von Sebastien, wenn er seine Erklärungen mit Bildern untermalte.

Ich berührte das Rot am rechten unteren Ende. Ein leises Zischen erklang. Das Symbol löste sich von der Stelle ausgehend auf, zerfiel zu Asche, die hinabregnete und sich noch vor dem Auftreffen auf dem ovalen Teppich unter meinen Füßen in Luft auflöste. Ich beobachtete all das in Zeitlupe, während ich neben den sich auflösenden Partikeln zu Boden sank.

21

Sebastien

Direkt nach dem Bericht vor dem Hohen Rat der Hexen wollte ich zurück nach Falkhausen, doch Giulia, Elas Mutter, bat mich um einen Moment.

»Hast du inzwischen etwas von Etienne gehört?«, fragte sie mich und ich sah deutlich die Sorge in ihren Augen.

»Nein«, erwiderte ich eindeutig zu barsch. »Ich hatte seit Jahren keinen Kontakt zu ihm, egal was er euch weismachen wollte.« Wut auf ihn, auf den Menschen, der mir nach dem Tod meiner Mutter das Leben zur Hölle gemacht hatte, floss in jedes einzelne Wort.

Giulia wich instinktiv vor meinem Ton zurück, ehe die Erkenntnis in ihre Augen schlich und sie weitete. Sie sagte nichts dazu, aber ich war mir sicher, dass sie ihrem Mann, allen Jägern oder sogar dem Rat und den Auguren von der emotionalen Reaktion berichten würde, die durch meine Augurensigille eigentlich unterdrückt werden sollte.

Sie hob die Hand, um mich zu berühren. Ein warmer, mütterlicher Ausdruck lag auf ihrem Gesicht. Ihr Mund war bereits geöffnet, als ich einen starken Ruck in meiner Brust spürte. Sofort tauchte ein Bild von Alex in meinem Kopf auf, die einen langen Atemzug wie ein Seufzen ausstieß, ehe sie die Augen schloss. Sie lag … auf einem grünen Teppich?

»Wenn du mich jetzt entschuldigen würdest«, presste ich hervor, während ich mich schon in Rauch auflöste.

Sekunden später stand ich über Alex, die mitten in einem Zimmer auf dem kleinen Oval des Langflorteppichs lag und selig schlief. Es war ganz offensichtlich ihr Zimmer. Auf dem kleinen Schreibtisch unter dem Fenster lagen etliche Bücher, ihre Schultasche lehnte gegen geöffnete Schubladen – und hier roch es überall nach ihr. Nach Äpfeln, fruchtig und süß. Süßer, je näher ich ihr kam, darüber ein Hauch Zimt. Ich kniete mich neben sie, suchte nach einer Verletzung, ließ meine Hand in wenigen Zentimetern Abstand über ihren Körper gleiten, um Magie zu erspüren. Doch da war nichts. Sanft rüttelte ich an ihrer Schulter und das warme Seufzen, das sie daraufhin ausstieß, schoss wie Feuer durch meine Adern. Ich berührte sie erneut. Dann gähnte sie herzhaft und hob flatternd die Lider.

Ich saß neben ihr in der Hocke und Wärme legte sich über mich. Die ersten Sonnenstrahlen eines neuen Tages voller Möglichkeiten.

»Sebastien?« Ihre Stimme war noch rau vom Schlaf, hallte jedoch umso intensiver in mir nach. Zusammen mit dem Blick auf ihre volle Lippen regte sich in mir die Frage, ob sie ebenso klingen würde, wenn wir uns so lange küssten, bis wir außer Atem waren. Ich sprang mit einem Satz auf. Hitze schoss in meine Wangen.

Alex vergrub ihr Gesicht in den Händen und rieb sich über die Augen, ehe sie sich aufsetzte und benommen umsah.

»Was ist passiert?«, fragten wir im selben Moment.

Alex sah von mir zur Tür und wieder zurück. »Ich … ich bin mir nicht sicher?« Es war eher eine Frage denn eine Antwort. Ihr Blick huschte zur Seite, als versuchte sie sich an etwas zu erinnern. Dann gähnte sie erneut, was mich zu einem Schluss kommen ließ:

»Du hast schon wieder die halbe Nacht über Hortensias Bücher verbracht, oder?«

Sie presste die Lippen zusammen und klimperte unschuldig mit den Wimpern. Ihr Blick war noch immer leicht verhangen, was in mir Bilder hervorbrachte, die mein gesamtes Blut im Unterleib sammelten.

»Und hast«, stieß ich mit brüchiger Stimme aus und zwang mich, nicht daran zu denken, ob Alex mich ebenso ansehen würde, wenn wir … Ich räusperte mich, ehe ich fortfuhr. »Hast du überhaupt schon etwas zu Mittag gegessen?«

Die letzten Tage hatte sie nur etwas zu sich genommen, wenn ihr Magen lautstark Nahrung gefordert hatte. Wie jetzt gerade. Sie stürzte sich so sehr in die Recherche, dass sie alles andere vergaß.

»Ich habe einen Vorschlag«, begann ich und reichte ihr die Hand. Wieder einmal nahm sie sie nicht an, sondern erhob sich ohne meine Hilfe. Fast hätte ich die Augen verdreht. »Aufgrund des Feiertags letzte Woche ist erst heute Markttag, ich habe heute Morgen gesehen, wie die Stände aufgebaut wurden. Wir gehen jetzt einkaufen, danach kochen wir – ganz ohne Magie. Sich so auf etwas zu versteifen ist kontraproduktiv, glaub mir, ich kenne das. Je mehr ich versuche, etwas Bestimmtes zu sehen, desto unschärfer wird es. Manchmal muss man Abstand nehmen.«

Unschlüssig blieb Alex stehen, ließ sich meinen Vorschlag durch den Kopf gehen, ehe sie nickte.

»In Ordnung. Soll ich den anderen noch schreiben, was wir vorhaben oder dass sie sich melden sollen?« Ohne meine Antwort abzuwarten, schüttelte sie den Kopf. »Wenn sie mit den Hausaufgaben fertig sind, werden sie sich sicher melden.«

»Perfekt«, erwiderte ich und wollte mich bereits zur Tür umdrehen. Mein Blick blieb an Alex' zerwühltem Bett hängen und meine Drehung geriet ins Stocken, als plötzlich wieder diese Bilder in meinem Kopf auftauchten, die nichts mit Essen zu tun hatten. Ich schluckte mehrmals, blinzelte dann und ging mit schnellen Schritten zur Zimmertür und weiter eine Treppe nach unten. Mein Herz klopfte schneller als bei meiner Verhaftung nach meiner Initiation.

»Mehr als einen Gemüseeintopf bringe ich aber nicht zustande«, warnte Alex mich wenig später, ehe wir das Haus durch die dunkelgrüne Tür verließen. Ihr Verhalten war anders, ich konnte leider nicht genau ausmachen, woran es lag. Doch sie studierte nicht ständig mein Gesicht, als suchte sie dort nach Antworten.

»Das ist mehr, als ich ohne Magie schaffe«, erwiderte ich und brachte sie damit zum Lächeln, was inzwischen dieselbe Wirkung hatte wie ein warmes Bad nach einem kalten Tag.

Wir verließen das Wohngebiet und gingen die Mittelstraße entlang, an Supermärkten, Apotheken, Cafés und Bekleidungsgeschäften vorbei in Richtung Marktplatz. Unsere Schritte glichen sich einander an und ich war mir sicher, dass sogar unsere Herzen im selben Rhythmus schlugen. Immer wieder streiften sich unsere Finger kurz, aber ich wagte es nicht, nach Alex' Hand zu greifen. Ich hätte blind neben ihr stehen können und doch gewusst, dass sie es war. Nicht nur wegen ihres süßen Apfeldufts, sondern auf einer tieferen Ebene. Diese unsichtbare Spannung zwischen uns, die Magie glich und doch einen ganz anderen Ursprung hatte, würde ich immer zuordnen können.

Auf dem Marktplatz angekommen, mussten wir feststellen, dass die meisten Stände bereits leer geräumt waren und die Standbetreiber gerade die letzten grünen Kisten mit den Waren in ihre Lieferwagen räumten. Wir hatten Glück, dass ein Gemüsehändler noch nicht ganz so weit war, und orderten schnell Möhren, Kartoffeln und Blumenkohl. Der Händler packte alles in eine Papiertüte und legte noch einen glänzenden roten Apfel »als Nachtisch« dazu.

Aus Mangel an Geld, das ich bislang nie benötigt hatte, bezahlte Alex und dankte dem Händler. Er wünschte uns einen schönen Tag und machte sich dann ebenfalls daran, die Auslage zu leeren und den Stand abzubauen. Ich trug die Einkäufe zurück zu Alex, die dann in Arbeitsmodus verfiel und mir Befehle gab, was ich machen musste.

Und es gefiel mir.

22

Alex

So gelöst und … normal hatte ich Sebastien noch nie gesehen. Er hatte seit seinem Auftauchen kein einziges Mal Magie gewirkt. Ich hatte ihm dann auch verboten, die Petersilie aus dem Garten herzuhexen, ihn stattdessen mit einem Messer bewaffnet nach draußen geschickt, wo er erschreckend lange gebraucht hatte und anschließend mit Schnittlauch statt Petersilie ankam, weshalb ich ihn erneut zur Hintertür schob. Er beschwerte sich lautstark. Das Grinsen, das sich dabei jedoch auf seinen Lippen zeigte, strafte seine Worte Lügen. In seiner Gegenwart fühlte ich mich so wunderbar normal, als existierte meine Besonderheit nicht.

Bis er wieder ins Haus kam – dieses Mal tatsächlich mit einem Bund Petersilie in der Hand –, waren die Kartoffeln und Möhren bereits geschält und der Blumenkohl geschnitten sowie auch die Zwiebeln, die ich aus dem Keller geholt hatte und die mir mal wieder die Tränen in die Augen trieben, so gut wie fertig.

»Ich kann nicht mit ansehen, wenn du weinst«, sagte er und bot an, die Zwiebel mit einem »klitzekleinen Zauber« zu schneiden, ohne dass ich meine »Tränen dafür opfern müsste«.

»Es ist eine ganz natürliche Reaktion«, entgegnete ich und leierte mein Wissen über die Zerstörung der Zwiebelzellen und das Austreten der reizenden Substanz herunter, bis ich mit dem Schneiden fertig war und die letzte Reizung der Augen endete, als ich das Küchenfenster ankippte.

Während alles im Topf vor sich hin köchelte, beseitigte ich das Chaos in der Küche und wusch den Apfel.

»Der ist für das Dessert«, sagte Sebastien mit besserwisserischer Stimme und schnappte ihn vom Teller weg, noch ehe ich ihn mit dem Messer teilen konnte.

»Der Eintopf braucht noch ewig und ich habe Hunger«, entgegnete ich und holte mir den Apfel zurück, teilte ihn in vier Stücke, entkernte ihn und schüttete Zimt darüber.

Sebastien sah beinahe angewidert auf die nun braunen Apfelstücke hinab. Ich hob den Teller ein wenig an und schwenkte ihn hin und her, bis sich der würzig-süße Geruch zwischen uns ausbreitete, während ich erklärte: »Das schmeckt wie Weihnachten, vertrau mir.«

Er nahm in Zeitlupe ein Stück Zimtapfel und biss einen viel zu kleinen Happen davon ab. Ich ließ ihn keine Sekunde aus den Augen, während ich mein Stück zur Hälfte in den Mund schob und die süß-würzige Kombination mit einem Hauch Schärfe Bilder von Bratäpfeln, Zimtsternen und jede Menge anderer Köstlichkeiten in mein Bewusstsein strömen ließ. »Zimt wird in der traditionellen Chinesischen Medizin verwendet. Es wirkt desinfizierend, durchblutungsfördernd, beruhigend und stimmungsaufhellend«, ratterte ich mein Wissen herunter.

Währenddessen konnte ich förmlich sehen, wie Sebastiens Geschmacksknospen explodierten. Er tastete seinen Bissen ab, kaute und senkte halb die Lider, während er den Rest des Stücks in den Mund schob. Es bereitete mir eine sehr schräge Form von Freude, ihm dabei zuzusehen, wie er den Nachtisch vor dem Essen genoss und ein Lächeln seine Lippen zierte. Ohne jegliche Analyse spürte ich einfach, wie glücklich er war – und wie mein Brustkorb dabei zu zerspringen drohte.

Wir teilten uns auch die zweite Hälfte des Apfels, und weil ich anschließend wie immer die Zimtreste mit dem Finger vom Teller sammelte, tat Sebastien es mir nach.

Ich stellte den Teller in die Spülmaschine, und als ich mich wieder umdrehte, stand Sebastien so dicht vor mir, dass meine Finger ihn streiften. Eigentlich hätte ich instinktiv zurückweichen sollen, aber … ich wollte es gar nicht. Seine Nähe war noch besser als Zimtäpfel.

»Hat es dir geschmeckt?«, fragte ich und meine Stimme klang nach erkälteter Krähe.

Er nickte langsam. »Meine Stimmung hat sich auf jeden Fall aufgehellt«, begann er. »Ich habe aber noch einen ergänzenden Punkt zur Wirkung von Zimt.« Seine Stimme war mit einem Mal viel tiefer, vibrierte bis in meinen Bauch hinein und sorgte dort für einen riesen Tumult. Sebastien machte es nicht besser, als er noch näher kam, so nah, dass zwischen uns kaum mehr Platz war als zwischen mir und der Küchenzeile im Rücken, gegen die ich lehnte. Unsere Gesichter waren einander so nah, dass ich seinen Apfel-Zimt-Atem riechen konnte.

Ich musste mich erst räuspern, um überhaupt fragen zu können: »Welcher Punkt?« Es war ein heiseres Fiepsen, das ich so noch nie aus meinem Mund gehört hatte.

Er biss sich kurz auf die Unterlippe und lächelte mich dann direkt an, was mein Herz schneller und schneller schlagen ließ. Seine Augen waren unter den halb gesenkten Lidern beinahe schwarz. »Zimt weckt den Wunsch, dich zu küssen.«

Mein Hirn setzte aus. Ich stand nur da, unfähig, etwas zu sagen oder mich zu rühren. Der einzige Gedanke war, dass ich ihn ebenso küssen wollte. Dass ich mir ebenfalls nichts sehnlicher wünschte, als seine Lippen auf meinen zu spüren. Sein Gesicht kam noch näher, warmer Atem begleitet von Zimtgeruch streifte meine Lippen wie die Vorahnung eines Kusses.

»*Darf* ich dich küssen, Alex?« Sebastiens dichte Wimpern gaben seinem intensiven Blick den perfekten Rahmen.

Meine Lippen prickelten, meine Fingerspitzen kribbelten und mein gesamter Körper schien vor Erwartung zu vibrieren, auf Sebastien zuzustreben. *Basorexie: Der plötzliche Drang, jemanden zu küssen*, spuckte mein Gehirn unter Aufwendung aller Reservekapazitäten aus, ehe es den Dienst vollständig einstellte und unsere Lippen aufeinandertrafen.

Der Kuss war zunächst unbeholfen, nur das Zusammentreffen zweier Münder unter geschlossenen Augen. Dann übernahm mein Instinkt. Meine Arme griffen um seine Taille, Sebastien antwortete darauf mit seiner Hand in meinem Nacken, zog mich noch fester an sich. Seine Lippen wurden weich, sein Atem strömte in meinen Mund, als er stockend Luft holte. Unser erster Kuss schmeckte nach Zimt und Apfel und ließ sämtliche Sicherungen in mir durchbrennen. Ich hatte noch nie so empfunden, klammerte mich an ihm fest, wollte, dass er mich ebenso hielt, mich weiter küsste, doch er war wie erstarrt.

Seine Lippen wurden plötzlich eiskalt und ich wollte mich zurückziehen, lockerte meinen Griff um ihn und er sackte in meinen Armen zusammen. Die Hand, die eben noch in meinem Nacken lag, streifte mich unsanft an der Schulter. Ich schaffte es, seinen Fall zu bremsen, hielt ihn unter den Armen fest und setzte ihn langsam ab, ehe ich ihn auf den kalten Küchenboden legte und Panik wie eine eisige Welle über mir zusammenschlug.

Sebastiens sonst dunkler Teint war vampirmäßigem Weiß gewichen, selbst seine Lippen sahen blutleer aus, und das lag nicht nur an dem Kontrast zu den dunklen Fliesen unter ihm. Seine Finger waren in dieser kurzen Zeit nicht nur eiskalt geworden, sondern auch fast steif, ebenso der Rest seiner Glieder.

Ein markerschütternder Schrei hallte durch die Küche. Mein Schrei.

Die darauffolgende Stille wurde irgendwann vom Blubbern des Eintopfs durchbrochen.

23

ALEX

Nachdem mein Handy in der Hosentasche irgendwann zu vibrieren begonnen hatte und nicht damit aufhörte, klingelte es zusätzlich an der Tür. Ich hörte es nur gedämpft – wie das Klingeln im nebenan liegenden Abschnitt des Reihenhauses –, während ich über Sebastiens eiskalte Wange strich. Sein Kopf war auf meinen Schoß gebettet, meine Beine waren inzwischen vollkommen taub, weil ich auf meinen Füßen saß. Aus dem Klingeln wurde ungeduldiges Klopfen. Ich hörte meinen Namen, war aber unfähig, mich zu rühren, strich mechanisch immer und immer wieder über Sebastiens Gesicht.

Schatten glitten am Küchenfenster vorbei, das nach hinten zum Garten gerichtet war. Bis ich träge meinen Kopf bewegt hatte, sah ich nur noch das Grauweiß des Himmels. Dann wurde die Hintertür aufgerissen.

»Alex?«, hörte ich Elas panischen Ruf. Schritte erklangen auf den Fliesen, kurz darauf bog sie um die Ecke und stand im Durchgang zur Küche. »Was riecht hier so … widerlich?«

Sie verzog das Gesicht. Ihr Blick fiel auf den Herd und sie war bereits im Begriff, die Herdplatte unter dem inzwischen vermutlich total eingebrannten Eintopf auszuschalten, als sie zu mir und der leblosen Person bei mir hinabsah.

»Sebastien«, rief sie und stürzte sich zu mir. »Was ist passiert? Ich habe deine Nachrichten im Chat jetzt erst gelesen.« Hinter ihr tauchte Tristan auf, machte sich ein schnelles Bild der Lage, durchquerte mit großen Schritten die Küche und schaltete den Herd aus. Dann hob er fluchend den Topf hoch und stellte ihn in die Spüle, wo das Wasser zischelte und noch mehr Gestank von Eingebranntem verbreitete.

»Welche Nachricht?«, fragte ich. Es schien Jahre her zu sein, dass ich mein Handy zuletzt in der Hand gehabt hatte.

Ela sah mich an, als wäre mir ein zweiter Kopf gewachsen. »Die Nachricht, dass du etwas in Hortensias Tagebuch gefunden hast. Und das Foto von diesem seltsamen Zeichen. Woher kommt es? Wie hast du das gemacht?«

Ich wusste absolut nicht, wovon sie sprach. In meinem Kopf war nur Platz für den wundervollen Nachmittag und dessen grausames Ende.

»Zeig es ihr«, wies sie Tristan an, der daraufhin sein Handy aus der Gesäßtasche zog, während Ela Sebastien abtastete. »Er hat einen ganz schwachen Puls«, murmelte sie und beugte sich über ihn, um seine Atmung zu checken. Meine Finger gruben sich in der Zwischenzeit in Sebastiens Locken, mein Blick war auf Tristans Handy gerichtet, das er mir entgegenhielt. Ich starrte auf das rot glühende Zeichen, ein X mit Dach – oder ein schräg gelegtes Quadrat mit Beinen –, und hatte das Gefühl, es kennen zu müssen. Es glich aber eher einem Déjà-vu denn einer Erinnerung, auch wenn dort mein Name über dem Foto stand, was bewies, dass ich es in unseren Gruppenchat geschickt hatte.

»Ich … Ich weiß nicht mehr, dass ich es fotografiert oder dass ich es in die Gruppe gestellt habe.« Meine Stimme klang heiser, ich fühlte mich wie von einem Eimer eiskaltem Wasser übergossen, unfähig, mich zu rühren. Nackte Panik überkam mich. Ich hatte mich immer für sehr intelligent gehalten, Wissen in mich aufgesogen wie ein Schwamm, mir alles merken können, und jetzt … Ich schluckte den bitteren Geschmack hinab, der sich in meiner Kehle sammelte. Mein Gehirn war das, was die *Besonderheit* ausglich, mich wertvoll machte. Und jetzt hatte ich eine Erinnerungslücke.

»War das ein Vergessenszauber?«, brachte ich hervor. Mein Gehirn arbeitete fleißig an der Suche nach der Erinnerung, wie das Foto zustande kam – blieb aber an einem meiner Gedanken kurz vor dem Kuss hängen. Nie zuvor hatte ich so *empfunden*. »Wird meine Erinnerung wiederkommen wie sonst auch?«

Ela sah von Sebastien auf, musterte mich mit zusammengekniffenen Augen, ehe sie den Kopf langsam hin und her wiegte. »Ich weiß es nicht. Aber wenn du möchtest, kann ich dich auf Überreste von Magie testen«, schlug sie vor, und ich nickte dankbar.

»Wir müssen Sebastien aber von dir trennen, sonst spüre ich vielleicht seine Magie«, sagte sie und Tristan war sofort zur Stelle und half ihr, Sebastien vorsichtig von meinem Schoß zu heben und mich anschließend hochzuziehen. Mein Blut kehrte in meine Beine zurück, während ich mich an der Küchenzeile abstützte, ein fieses Brennen an den Fußsohlen folgte.

»Geht es dir gut?«, fragte Ela, und ich nickte mit zusammengebissenen Zähnen und bewegte meine Zehen, um die Durchblutung anzuregen.

»Du wirst es gar nicht spüren«, sagte sie in beruhigendem Ton und hob ihren linken Arm, der bereits unter dem Stoff ihres Shirts leuchtete. Der Ärmel glitt zurück, als sie ihre Hand auf Brusthöhe ausgestreckt hatte, und ich sah ihre Sigille am Handgelenk. Gleißend hell. Gestochen scharf. Wie unter einer Lupe nahm ich jeden einzelnen Strich wahr, aus dem sich ihr persönliches Zeichen zusammensetzte, noch während Ela wie in Zeitlupe den Arm weiter anhob. Ich wusste nicht, was mit mir passierte, warum ich das Tattoo, das ich bereits so oft gesehen hatte, nun leuchten sah und warum es all meine Sinne einnahm.

Dann breiteten sich Flammen in meinen Adern aus. Rot glühender Zorn versetzte meinen ganzen Körper in Alarmbereitschaft und färbte mein Sichtfeld. Meine Hände begannen zunächst leicht zu kribbeln, ehe sie immer heißer wurden. Anschließend passierte alles viel zu schnell. Ich starrte entsetzt auf meine Handflächen hinab, auf denen kleine Funken hin und her sprangen, sich vermehrten und zusammenballten wie Animationen von Atomen in der Schule. Dann sah ich das erste Mal, wie eine Sigille an die Luft übergeben wurde und nicht nur das erwartete schwache blauweiße Leuchten zu sehen war, wie es mir die anderen beschrieben hatten. Ich beobachtete, wie eine deformierte Raute mit einer Zacke an der oberen Spitze aus Elas Fingerspitzen glitt und wusste einfach, das es ABTASTEN bedeutete.

Blut für Blut.

Die Worte tauchten glasklar in meinen Gedanken auf und ich handelte im Affekt. Intuitiv hob ich die Hand, die Handfläche nach vorn ausgestreckt, und entließ die inzwischen zu einem Feuerball zusammengeballten Funken, die Ela nur an der Schulter trafen, weil sie schnell genug zur Seite gewichen war. Meine Handfläche folgte ihr, ein weiterer glühender Ball schoss auf sie zu. Sie ging in Deckung und unser Geschirrschrank explodierte. Überall lagen Scherben.

Jemand rammte mich von der Seite, brachte mich zu Fall und ich stieß hart gegen den Küchenschrank und schnitt mich an einer zerbrochenen Tasse. Ohne auf den Schmerz und das Blut an meinem Unterarm zu achten, war ich binnen Millisekunden wieder auf den Beinen, sah den *BANN*zauber, der auf mich zuglitt, noch ehe mich die blauweiße Blase einhüllte. Ein weiterer Feuerball schoss darauf zu, löste sich beim Kontakt mit der Blase auf.

Ela und Tristan riefen sich jenseits meines Gefängnisses unverständliche Worte zu, während ich die Schultern straffte und meine Handfläche auf den Bannzauber legte, der dann zerplatzte wie eine Seifenblase. Nun schickte Ela einen stärkeren Bannzauber zu mir. Ehe ich ihn zerstören konnte, kamen weitere Hexen an. Mara und Chris, erkannte ich schwach, einer jahrealten Erinnerung gleich. Sie vereinten ihre Kräfte, verstärkten den Bann, brüllten durcheinander, zuckten mit den Schultern, weil sie sich offenbar fragten, was mit mir los sei. Ich konnte sie nicht hören, aber in ihren Gesichtern stand nackte Panik.

»Haltet sie fest!«, brüllte Ela, nachdem ich mein Gefängnis wieder zum Bersten gebracht hatte. Die Sigille für HOLEN löste sich von ihrer Hand und im nächsten Moment ballten sich ihre Finger um etwas, was ich nicht sehen konnte. Ich suchte nach einem festen Stand, verlagerte mein Gewicht auf das vordere Bein, bereit für den Angriff.

Sie und die anderen unterhielten sich für mich unhörbar, die STILLE-Sigille pulsierte in der Luft zwischen ihnen und mir, sandte ein weiteres Flammenmeer durch mich hindurch und rötete die Ränder meines Sichtfelds. Ich nahm nur noch die Magie wahr, war nicht länger Alex, sondern etwas anderes, das *Blut für Blut* forderte …

Die Hexen griffen mich an.

Ich versuchte ihnen Namen zu geben, aber sie waren wie Gesichter, denen ich irgendwann vor langer Zeit einmal begegnet war. Mein Blick schoss von einem leuchtenden Handgelenk zum nächsten. Der blonde Hexer … *Tristan,* murmelte mein Unterbewusstsein mit schwacher Stimme, wirkte die Sigille für TRITT, die Bunthaarige –

Mara, soufflierte es erneut, einen SCHLAG, während *Chris* mir einen ganz altmodischen Stoß versetzte. Das kam so unerwartet, dass ich trotz Vorbereitung das Gleichgewicht verlor und direkt in die Arme der Dunkelhaarigen fiel. Diese stand plötzlich hinter mir und jagte mir eine kurze Nadelspitze in die Halsbeuge, die mir sofort sämtliche Kräfte entzog. Meine Beine gaben unter mir nach. Ich wäre zusammengeklappt und hätte mir den Kopf ziemlich fies angeschlagen, hätte die Hexe, *ihr Name ist Ela, sie ist deine Freundin*, mich nicht aufgefangen und langsam zu Boden gleiten lassen wie ich zuvor Sebastien. Ich erinnerte mich an den Apfel-Zimt-Kuss, während ich realisierte, dass ich neben ihm auf dem Boden lag, meine Fingerspitzen berührten seine eiskalte Hand.

Das Letzte, was ich sah, ehe ich meine Lider nicht mehr offen halten konnte, war sein bleiches Gesicht und die bläulichen Lippen. Wie ein schlafender Eisprinz.

24

ALEX

Sie kommt zu sich.« War das Tristans Stimme? An meinen Lidern mussten tonnenschwere Gewichte hängen, ich konnte sie leicht anheben, etwas Licht einfangen, dann fielen sie jedoch sofort wieder nach unten.

»Es ist viel zu früh. Das Schlafmittel sollte viel länger wirken, es ist mit Magie versetzt«, sagte Ela.

»Ihr habt mir ein Schlafmittel verabreicht«, murmelte ich kaum verständlich, während ich weiter mit meinen Lidern kämpfte. Ich rieb mir übers Gesicht. Endlich löste sich das Gewicht und ich blinzelte zur Holzdecke hinauf. Die darin eingelassenen Leuchten sagten mir, dass ich mich in unserem Wohnzimmer befand, der Winkel und das weiche Polster im Rücken, dass ich auf dem Sofa lag.

»Was sollten wir sonst tun?«, verteidigte sich Ela. »Hätten wir Flüche auf dich werfen sollen, die dich ernsthaft verletzen könnten? Du hast Magie gewirkt! Dann wirkt Magie auch bei dir!« Ihre Stimme klang hysterisch. »Was bei allen Dunkelhexen ist überhaupt passiert?«

Ich drehte meinen Kopf in ihre Richtung, sie saß auf dem kleinen gepolsterten Hocker, der eigentlich als Fußstütze diente, die Hände auf dem Schoß ineinander verschränkt. Tristan stand wie ein Bodyguard hinter ihr, eine Hand auf ihrer Schulter. In ihren Gesichtern standen all die Fragen, die auch in meinem Kopf herumgeisterten. Ich hatte Feuerbälle aus meinen Händen geschossen. Auf meine Freunde. Die ich kaum mehr erkannt hatte! Wie zur Hölle war das passiert?

Ich stemmte mich hoch, damit ich nicht länger meinen Kopf heben musste. Tristan nahm sofort die Hand von Elas Schulter und seine Sigille kroch unter dem Ärmel hervor. Wie in Zeitlupe. Ich konnte bisher nur eine Spitze davon sehen, einen winzigen Teil, und doch richtete sich mein Fokus allein darauf, während Adrenalin durch meine Adern jagte, meinen Herzschlag beschleunigte und meine Sicht schärfte. Während der kleine Teil des Zeichens immer näher zu rücken schien, als zoomte ich mit einer Kamera darauf, färbte sich der Rand meines Sichtfelds erneut rötlich ein und meine Hände brannten.

»Sie schaut schon wieder so«, rief Tristan alarmiert, Elas Nasenflügel bebten, ehe sie aufsprang und ihr Shirt nach oben schieben wollte, um die Sigille freizulegen.

Ich brüllte ein »Nein!«, nahm alle Kraft zusammen, um gegen meinen Instinkt zu handeln und die Augen zu schließen. Sofort beruhigte sich mein Puls, die Anspannung fiel von mir ab. »Es sind eure Sigillen«, schob ich hinterher, was ich mir eben zusammengereimt hatte. »Wenn ich sie sehe, schaltet sich etwas in meinem Kopf an.« Mein Puls näherte sich wieder der normalen Frequenz.

Ein paar Herzschläge lang geschah gar nichts. Die beiden mussten sich ohne Worte verständigt haben.

»Wir haben sie bedeckt«, sagte Ela dann, ihre Stimme klang nun wesentlich näher. Ich öffnete die Augen wieder und ließ langsam den angehaltenen Atem entweichen, als ich auf ihre linke Hand sah, von der nur die Fingerspitzen zu sehen waren, die sich fest in den Saum des Ärmels gekrallt hatten.

»Ist es gut so?«, fragte sie und ihr Blick nahm jede Regung meines Gesichts auf, ehe sie die Luft durch die Nase einsog, meine Gefühle erschnupperte. Zufrieden entspannte sich ihre Miene.

»Es ist okay«, antwortete sie dann für mich und sah zu Tristan hinüber. Ich folgte ihrem Blick. Er hatte die rechte Hand fest um sein linkes Handgelenk geschlossen und tippte umständlich mit dem linken Daumen auf sein Handy ein, das in der linken Hand lag.

»Jetzt erzähl uns, was passiert ist. Du hast etwas in Hortensias Büchern gefunden, direkt danach hast du uns das Foto mit diesem Zeichen geschickt«, zählte sie das auf, was sie durch meine Nachrichten erfahren hatte. »Chris und Mara suchen bereits in der Wächterbibliothek danach.«

»Da war diese Frau«, kramte ich in den verschwommenen Erinnerungen des heutigen Tages. »Die *rote Frau.*« Ela und Tristan keuchten synchron auf. »Sie stand plötzlich in meinem Zimmer und hat dieses

Zeichen in die Luft gemalt, ehe sie verschwunden ist.« Ich konzentrierte mich so stark auf die Erinnerung, dass es hinter meinen Schläfen dumpf pochte.

»Hat sie irgendetwas gesagt?«, fragte Tristan. »Egal was, es könnte uns helfen.«

Ich wühlte weiter, sah die Frau mit der roten Kapuze wieder vor mir, ein Gedanke schoss mir durch den Kopf. *Wie konnte sie Hunderte Jahre alt sein und so aussehen?*

»Sie hat gesagt, sie hätte seit mehreren Jahrhunderten niemanden mehr wie mich getroffen.« Ich schluckte. »Sie hätte mich gern *studiert.*« Bilder von Laboren, in denen an reglosen Körpern herumgeschnitten wurde, zogen durch meinen Kopf und ich verzog voller Abscheu das Gesicht.

»Mehrere Jahrhunderte? Du meinst, sie ist wirklich so alt?«, fragte Ela mit weit aufgerissenen Augen. »Die älteste bestätigte Hexe wurde hundertsiebenundneunzig Jahre alt«, fischte sie mit einem Seitenblick aus ihrer Erinnerung.

Ich zuckte mit den Schultern. »Ich weiß es nicht. Mein Bauchgefühl sagt mir, dass sie alles ernst meinte.« Der Gedanke an das *Studieren* jagte eine Gänsehaut über meinen Körper und ich erschauderte. Dann blieb ich an dem *Bauchgefühl* hängen. Intuition war etwas, was ich nie hatte verstehen können. Sie war ebenso wenig greifbar wie Luft, war das Gegenteil von Analyse und Fakten, sodass sie für mich nie eine Rolle gespielt hatte. Und plötzlich existierte sie nicht länger nur irgendwo im Wörterbuch, sondern bildete für mich die Grundlage einer Einschätzung?

»Was ist danach geschehen?« Tristan klang routiniert, trug keinerlei Emotionen in der Stimme.

»Ich habe das Foto von dem Zeichen gemacht und es in die Gruppe gestellt. Dann hab ich es berührt, weil es mich … zu sich gerufen hat. Ich musste es einfach anfassen.« Das Zischen, das erklungen war, als ich das Ende gestreift hatte, hallte in mir wider. »Dann ist es zu Asche zerfallen und ich bin eingeschlafen. Sebastien hat mich geweckt.«

Elas Augenbraue wanderte nach oben. Die einzige Regung. »Wie hat er dich geweckt?« Zuckte etwa ihr Mundwinkel?

»Indem er hartnäckig an meiner Schulter gerüttelt hat?« Was war das für eine Frage? Ich konnte ja nicht sagen, wie er mich geweckt hatte, wenn ich zu der Zeit geschlafen hatte.

»Was habt ihr dann gemacht?« Wieder Tristan mit seiner teilnahmslosen Verhörstimme.

»Sebastien hat darauf bestanden, etwas zu kochen, damit ich etwas anderes sehe als Hortensias Bücher.«

»Kochen? So richtig?« Elas entsetzter Ausdruck war schon fast witzig.

Ich nickte. »Richtig kochen. Ganz ohne Magie. Weil ihr euch noch nicht gemeldet hattet, bin ich davon ausgegangen, dass ihr noch an euren Hausaufgaben sitzt. Also sind wir zum Markt gelaufen und haben alles besorgt. Ich habe ihn für Petersilie in den Garten geschickt«, ich gestikulierte zum Küchenfenster hinter dem Tresen, »und dann haben wir einen Apfel mit Zimt gegessen.«

»Und davon ist Sebastien … so geworden?«, wollte Ela sofort wissen.

»Ähm … Nein.« Meine Wangen hatten sich garantiert noch nie im Leben so heiß angefühlt. Jeden Moment musste meine Haut schmelzen.

Tristan grinste, während Ela ausstieß: »Ihr habt euch geküsst?«

Ich hatte falschgelegen. Meine Wangen *konnten* noch heißer werden, ohne zu schmelzen. »Ja?« Es klang gleichzeitig wie eine Frage und auch irgendwie wie eine Entschuldigung.

Jetzt lächelte auch Ela. »Wenn das nicht mal etwas ganz Neues ist.«

»Wieso?«, fragte ich vollkommen irritiert.

»Weil Auguren eigentlich …«

»Sie sind wie Nonnen oder Mönche«, erklärte Tristan an ihrer statt. »Es gibt zwar kein Zölibat oder so, aber die Augurensigille raubt alle starken Gefühle, damit die Auguren nicht abgelenkt werden oder plötzlich eine Person zum Mittelpunkt ihres Lebens wird anstelle ihrer Berufung.«

Ela dachte kurz nach. »War es ein … richtiger Kuss?«

»Keine Ahnung«, antwortete ich wahrheitsgemäß und starrte auf meine Finger hinab, rieb sie, um irgendwas zu tun zu haben. »Ich denke schon«, fügte ich hinzu, als mich die Erinnerung überflutete, ich plötzlich wieder Sebastiens Zimtatem auf meiner Haut spürte und die Berührung unserer Lippen. Ich schloss instinktiv die Augen, um den Moment festzuhalten.

»Es war wohl definitiv ein richtiger Kuss«, unterbrach Ela den Gedankenstrom und ich öffnete rasch die Augen, um ihre Mimik deuten zu können. Sie grinste so breit, dass sich zarte Lachfältchen um ihre Augen gebildet hatten.

Dann rasteten Zahnrädchen in meinem Kopf ein, die sich stetig im Nichts gedreht hatten. »Passiert das mit Auguren, die … sich küssen?«

Elas Lachen fiel in sich zusammen und die Fältchen verschwanden von ihren Augenwinkeln, zeigten sich nun auf ihrer Stirn. »Nicht dass ich wüsste.«

Ein Klingeln unterbrach uns. Tristan sah zum Wohnzimmerfenster hinaus, neben dem die Haustür lag. »Es sind Chris und Mara.« Er eilte am Fernseher vorbei, der an der Wand zwischen Wohnzimmer und Flur hing, und verschwand im Durchgang, um den beiden die Tür zu öffnen. Mara stürmte ins Wohnzimmer, Tristan und Chris folgten ihr. Mara rang nach Luft. Mein Blick glitt wie von selbst zu ihrem Handgelenk. Ein Stofftuch war über ihre Sigille gebunden, bei Chris ebenso. Tristan musste ihnen Bescheid gegeben haben, das war die Nachricht gewesen, die er vorhin so umständlich getippt hatte. In der Hand trug Mara einen dicken Wälzer, der noch viel älter aussah als all die Bücher, die ich bisher aus der Wächterbibliothek gesehen hatte. Die Seiten waren total ausgefranst und ein seltsamer Geruch erreichte mich.

»Was ist los?«, wollte Ela wissen. »Habt ihr etwas gefunden?«

Mara schob den Unterkiefer seitlich, dann nickte sie, während sich ihr Blick in meinen bohrte.

»Es wird euch nicht gefallen.«

25

ALEX

Wir saßen zu fünft auf unserem Sofa. Das Buch, das Mara mitgebracht hatte, lag aufgeklappt auf dem ovalen Couchtisch und verströmte den Geruch von Leder, Staub und uralter Tinte. Auf der rechten Seite prangte das Zeichen, das mir wortwörtlich unter die Haut gegangen war: das X mit dem Dach.

Es waren die Überschrift und der erklärende Text darunter, die mir das Blut in den Adern hatte gefrieren lassen:

Henker

Das H war von einer hübschen kleinen Illustration mit etlichen Ranken und Blüten umrahmt wie auch die Initialen der anderen Überschriften im Buch. Nichts hob das Wort von den anderen in dem Hexenlexikon ab, das von Blutmagie über Bindezauber auch Heilzauber und wichtige Rituale enthielt. Und doch betraf es *mich*. Mich! Ich war mir sicher, wie ich plötzlich so vieles einfach wusste. Der Begleittext beschrieb eindeutig mich.

Henker.

Mit den ersten Ritualen mittels Blutmagie erschienen sie auf der Bildfläche. Keiner weiß, woher sie kommen, ob sie seit Anbeginn der Zeit wie eine Art Gegengewicht zur Macht der Hexen existieren oder ob sie durch einen fehlgeleiteten Zauber entstanden sind. Es gibt unterschiedliche Wirkweisen ihrer Magie, die meist aus den Elementen besteht.

Nach ihrer Erweckung mittels des Symbols sehen Henker jegliche Form von gewirkter Magie und können jeden Zauber durchschauen. Der Blick auf eine Sigille aktiviert ihren Blutdurst und sie sind nicht in der Lage, sich zu kontrollieren, bis sie die magiewirkende Hexe ausgelöscht haben.

Von Hand hatten den verschiedenen Schriften nach mehrere Personen weitere Tatsachen ergänzt:

Vererbt? Nicht jede Generation kann erweckt werden.

Henkersküsse sind für Hexen tödlich. Dieser offenbar von Dunkelmagie erschaffene Fluch kann nicht gebrochen werden.

Ich weiß nicht, wie oft meine Blicke über den Text geflogen waren, wie oft einer der anderen ihn laut vorgelesen hatte, als würde sich eine tiefere Bedeutung erst mit dem Klang der Worte erschließen.

»Hast du Sebastien …«, setzte Ela an, doch ich schüttelte den Kopf.

»Ich habe ihn nicht mit Feuerbällen beworfen«, sagte ich entschlossen. Im Gegenteil. Wieder röteten sich meine Wangen. »Er hat keine Magie gewirkt, es gab keinen … Anlass dazu.«

Draußen wurde es langsam dunkel und demnächst würden meine Eltern von der Spätschicht zurückkommen. Ob sie es wussten? Wussten sie, dass ihr Kind Hexen auslöschen, sie … töten wollte? Könnte man die beiden auch erwecken? Offenbar ist das … Gen – oder was auch immer – rezessiv und tritt nicht in jeder Generation auf. Wenn ich genauer darüber nachdachte, war ich mir sicher, dass meine Eltern nichts wussten. Sie besaßen auch keine Besonderheit wie ich. Die Besonderheit, die es mir möglich machte, mehr zu sehen und zu durchschauen, als ich sollte. Sie war garantiert ein Indiz für mein Henkersblut.

Meine Gedanken kreisten, während ich immer wieder auf den Text starrte. Ich kannte die Worte inzwischen auswendig, und doch wollte ich sie nicht begreifen. Ich war darauf programmiert, meine Freunde zu töten. Jetzt, wo ich endlich welche gefunden hatte.

Blut für Blut.

Wieder schlichen die Worte durch meinen Geist und ich wiederholte sie laut für die anderen.

»Wie bitte?«, fragte Mara.

»Blut für Blut. Sobald ich eine Sigille sehe, kreisen die drei Worte durch meinen Kopf und färben alles blutrot.«

»Das lässt doch darauf schließen, dass der Teil mit dem Gegengewicht stimmt«, sagte Chris, der bislang sehr still gewesen war und mit seiner Mutter Nachrichten ausgetauscht hatte. Sie wollte sich in ihrem Bekanntenkreis umhören, ob jemand schon einmal von Henkern gehört hatte.

»Aber warum ist Sebastien dann … in Ohnmacht gefallen?«, stellte Mara die entscheidende Frage. »Wenn deine Küsse tödlich sind«, ich sah ihr an, dass sie in jeder anderen Situation einen Witz darüber gemacht hätte, »warum ist er dann nicht tot?«

Ela dachte über die Worte nach, ehe sie vollkommen überzeugt sagte: »Es liegt an ihrer Verbindung.« Sie deutete von mir auf Sebastien. »Er wäre gestorben wie du, Mara, wenn Chris nicht in deiner Nähe gewesen wäre und ihr die Einheitssigille nicht getragen hättet. Du hältst Sebastien am Leben, Alex, ihr seid von eurem Blut bestimmte Partner, wie wir bereits im Augurenturm vermutet haben«, sagte sie in meine Richtung.

»Und wie können wir ihn aufwecken?«, fragte ich sofort, begriff den Zusammenhang, die enorme Macht dieser besonderen Verbindungen unter Hexen immer noch nicht vollständig.

»Wir sollten die Auguren verständigen«, sagte Tristan. »Sie müssen nach einer Lösung suchen.«

»Nur sind sie gerade beschäftigt damit, zu ergründen, was beim Litha-Feuer geschehen wird«, sagte Ela kryptisch. Ich ließ mir zusammenfassen, was es mit diesem Ritual auf sich hatte, von der Magieerneuerung aller Hexenzirkel und wie Sebastien Ela berichtet hatte, dass er aufgrund seiner Probleme die gezielten Visionen gestört und deshalb immer mehr ihres Heiltranks benötigt hatte. Ich sah auf Sebastien hinab, und meine Sorge über seinen Zustand wuchs immer weiter an, schwebte wie dichter Nebel in meinem Kopf herum und nahm mir die Sicht auf die Fakten. Ich fühlte zu viel, es war … einengend. Oder doch eher … normal?

»Und wenn alles zusammenhängt?«, fragte ich in die darauffolgende Stille hinein. Ich konnte nicht sagen, welcher meiner kreisenden Gedanken dafür verantwortlich war oder ob es eine Art Geistesblitz war, eine *Eingebung*. »Ist in den letzten Wochen nicht zu viel … Schräges passiert, um Zufall zu sein? Immer hat diese rote Frau ihre Finger im Spiel und nun ist sie bei mir aufgetaucht und hat mich«, ich schluckte, weil das Wort einfach nicht herauswollte, »aktiviert.« Ich sah hinab auf das Grimoire, fixierte das Wort im Text, flog weiter zu der handgeschriebenen Zeile und flüsterte: »Weil Henker für Hexen tödlich sind.«

»Du meinst, es war ein Anschlag auf Sebastien?« Ela zog die Brauen zusammen und dachte darüber nach. »Es wäre ja nicht der erste«, schob sie langsam nach und zählte die Punkte an ihren Fingern ab: »In der Nacht seiner Initiation – da ist sich Sebastien sicher – wurde er verhext, sodass er eigentlich nach seiner Sigillenvergabe hingerichtet werden sollte. Jahre später gab es den Anschlag auf das Hexeninternat, in dem er lebte. Bei seiner Augurenberufung wurde er vergiftet, was es ihm bis heute unmöglich macht, sein gesamtes Potenzial auszuschöpfen. Dann wurde er beinahe von einem Augurenumhang erstickt.« Sie machte eine Pause, hielt die Spitze ihres Ringfingers fest. »Und nun wurde er beinahe von einem Kuss getötet.« Sie stieß gegen ihren kleinen Finger.

»Es sind zu viele Geschehnisse, als dass es sich um Zufälle handeln könnte«, stimmte Tristan zu.

»Aber jedes Mal war jemand da, der ihm geholfen hat. Seine Vorgängerin Aveline, die ihn vor den Jägern und dem Rat versteckt hat, Gloria«, Ela stockte bei dem Namen ihrer Schwester, »und ich bei seiner Ernennung zum Auguren. Alex, als sein Umhang ihn ersticken oder ihr Kuss ihn töten sollte.«

Wir ließen ihre Zusammenfassung sacken, auch alle anderen machten sich offenbar ihre eigenen Gedanken dazu, während die Synapsen in meinem Gehirn unentwegt feuerten, um die Puzzleteile an ihren Platz zu schieben. Wieder und wieder sah ich die rote Frau vor mir, wie sie im Türrahmen stand und ich sie mit allen schlimmen Ereignissen der letzten Zeit in Verbindung gebracht hatte.

»Die rote Frau«, stieß ich hervor. »Sie hat dafür gesorgt, dass ich Sebastien töten könnte. Sie hat auch Gloria, die Sebastien laut deiner Aussage damals geholfen hat, aus dem Rennen genommen, indem sie sie zu sich geholt hat. Dasselbe hätte mit Chris geschehen sollen.« Ich sah zu Chris, dessen Hand gerade von Mara fest umgriffen wurde. »Wollte sie dich nicht sogar töten?«, fragte ich Ela direkt, die zögernd den Kopf schüttelte. »Mir war von Sebastien vorhergesagt worden, dass ich beim Walpurgisritual sterbe, aber …« Sie sah zu Tristan und griff nach seiner Hand.

Ich unterbrach sie. »Wenn Sebastien nicht gewesen wäre, wärst du gestorben.«

Jetzt nickte sie, klammerte sich fester an Tristan. »Wenn Sebastien nicht gewesen wäre – und Tristan.«

»Seht ihr, wie alles zusammenhängt? Wie wir alle über verschiedene Wege miteinander verbunden sind?« Ich sah es vor mir, das große Netz an Verbindungen. Eine Mindmap mit Fotos von uns und Schnüren, die von einem zum anderen gespannt waren. Und im Zentrum Sebastien.

Die Mindmap war wie ein gigantisches Puzzle und ich sah ein Puzzleteil nach dem anderen an den richtigen Platz fallen, ehe ich gedanklich ein Stück zurückrückte, um das Gesamtbild zu erkennen. Es fehlten noch ein paar Teile, das war mir bewusst, aber – ich sah zu Sebastien, der reglos und leichenblass auf der langen Seite der Couch lag – ich würde sie finden, schwor ich mir. Er war meinetwegen so, weil ich ihn geküsst hatte! Wieder spürte ich das Prickeln auf meinen Lippen, schmeckte Apfel und Zimt auf meiner Zunge.

Ela richtete sich entschlossen auf. »Wir müssen zu meinen Eltern gehen und sie um Rat bitten«, schlug sie vor und zog Tristan mit sich hoch.

»Ich bleibe bei Sebastien«, sagte ich sofort, »und werde weiter in den Tagebüchern lesen.« Ein weiteres Puzzleteil fiel an seinen Platz. »Das Tagebuch!«, rief ich so laut, dass die anderen zusammenzuckten. »Ich habe euch doch geschrieben, dass ich etwas entdeckt habe.« Durch den Kuss und die Aktivierung meines Henkerbluts hatte ich es völlig vergessen. Ich rannte hinüber zur Küchentheke und griff nach dem Tagebuch zwischen Mamas ganzem Dekokram. Hastig blätterte ich zu der Seite, auf der ich zuletzt gelesen hatte.

Atemlos las ich vor: »Der Eine, der die Sieben um sich vereint, wird die Welt in ein neues Zeitalter führen.«

Alle Blicke richteten sich auf den reglosen Sebastien, auf die dunklen Locken, die sich von seinem bleichen Gesicht abhoben.

»Was steht da noch?«, fragte Tristan sofort. In den Büchern hatte sogar gestanden, dass er und Ela das Walpurgisritual durchführen würden. Hätten die beiden die Tagebücher zu der Zeit schon gehabt, wäre nicht alles so knapp gewesen.

»Nur Ergänzungen, die man kaum entziffern kann. Zwischen den Zeilen.« Ich kniff die Augen zusammen, um besser sehen zu können, und las vor: »Aus… Auserwählte, Wäch-terin, v-von Dunkel… He… – den Rest kann ich nicht lesen.«

Das Tagebuch wanderte reihum und jeder versuchte sein Glück, doch niemand konnte in dem verwackelten und verschmierten Rest mehr erkennen. Ela nahm es kurz mit in den Flur, um es mit Magie zu versuchen, ohne dass ich Zeuge davon sein musste und durchdrehte, kehrte aber mit einem Kopfschütteln zurück.

»Aber wir haben eine … Prophezeiung?« Ich sah zu Ela, um mich zu vergewissern, dass sie mir zuhörte. Sie hatte sich wieder gesetzt und versuchte noch immer auf unmagische Weise, den übrigen Silben eine Bedeutung zu entlocken, ehe sie das Tagebuch zuklappte und nickte.

»Sebastien ist der *Eine*«, sagte ich entschieden, spürte dabei die Wahrheit in den Worten.

Chris sah von Sebastien zurück zu uns, sein Blick glitt von einem Gesicht zum anderen. »Wir sind aber nur zu fünft.«

»Gloria …«, setzte ich an, weil ich es einfach wusste, wie die Tatsache, dass der Himmel nicht blau ist, sondern nur aufgrund der Lichtbrechung durch die Moleküle in unserer Atmosphäre auf unser Auge so wirkt. Meine innere Stimme schrie mir ihren Namen praktisch entgegen, wieder und wieder hallte er durch meinen Kopf.

Gloria.

Gloria.

Gloria.

Doch Ela sah es anders und schüttelte so stark den Kopf, dass ihre zum Zopf zusammengefassten Haare zur Seite peitschten.

»Sie ist verloren«, sagte sie sofort und senkte den Kopf. Ich sah, wie sie auf der Innenseite ihrer Unterlippe kaute. »Wir werden mit den Auguren sprechen«, sagte sie dann entschlossen. »Sie müssen genau das erfahren, damit sie nach den übrigen beiden suchen können.«

»Und wir sehen in der Wächterbibliothek nach«, entschied Mara für sich und Chris.

»Ich passe auf ihn auf«, wiederholte ich, starr auf Sebastien blickend, während meine Gedanken rasten. Wie konnte ich Noah und Gloria kontaktieren? Ich musste den anderen beweisen, dass die beiden ebenfalls Teil des großen Plans waren. Sie waren allein beim Picknick erschienen, hatten nicht direkt eine Armee Dunkelhexen bei sich. Das war ein Indiz, oder nicht? Die Stimme in meinem Kopf rief es so laut, dass ich gar nichts anderes mehr denken konnte. Und sie ließ sich nicht zum Verstummen bringen.

Tristan und Ela brachten Sebastien noch in mein Zimmer. Ich versteckte mich solang auf der Toilette, um keinerlei Magie mitzubekommen, mit der sie ihn die Treppe nach oben schweben ließen. Schließlich konnte ich meinen Eltern nicht erklären, warum ein junger Typ auf unserer Couch lag, der nicht aufgeweckt werden konnte. Mara hatte angeboten, Sebastien zu ihrem Haus schräg gegenüber zu bringen, aber ich wusste, dass ich *hier* sein musste. Mit Sebastien. Und meine Eltern sahen nie in meinem Zimmer nach. Es gab schließlich keinen Anlass, zu vermuten, ich würde dort einen ohnmächtigen Jungen verstecken.

Nachdem sich die anderen verabschiedet hatten, setzte ich mich neben Sebastien auf mein Bett und starrte ihn an, als würde er mir die Antworten auf alle Fragen geben können, wenn ich nur lange genug darauf wartete.

26

ALEX

Meine Eltern waren inzwischen zu Hause. Ich hatte sie erst in der Küche gehört, dann nur noch den Fernseher. Zusammen Serien zu schauen war die einzige Möglichkeit, bei der meine Eltern in einem Raum sein konnten, ohne reden zu müssen – oder sich anzusehen –, was immer zu Streit führte, der eskalierte und entweder meine Mutter oder meinen Vater flüchten ließ. In den letzten Wochen war es immer schlimmer geworden, hatte ich den Eindruck. Aber vielleicht hatte auch ich mich verändert und achtete mehr darauf?

Sebastien lag dicht neben meinen angewinkelten Beinen, das Gesicht halb von meinem Schatten verborgen, der durch die Leselampe auf dem Nachttisch entstand. Ich könnte schwören, dass die Luft zwischen uns vibrierte. Ich hatte alles mir Mögliche versucht, ihn aufzuwecken. Mit allem, was mir zu Reanimation einfiel – auch wenn einiges davon aus Märchen oder Fantasy-Serien stammte, hatte ich nichts unversucht gelassen. Ich hatte ihm sogar noch einmal einen schnellen Kuss auf die Lippen gepresst. Ganz nach dem Motto, der erste hat ihn umgehauen, der zweite weckt ihn vielleicht wieder auf. Was natürlich für einen endlosen Strang an Folgegedanken gesorgt hatte: Wenn ich ihn so hätte wecken können, müsste ich ihn immer zweimal küssen. Es würde nie nur einen einzelnen Kuss geben, ohne dass er zusammenbrach. Es müssten immer zwei sein. Der Gedanke war alles andere als negativ, stellte ich fest. Sebastiens Nähe empfand ich als angenehm, er … Plötzlich stellte ich fest, dass etwas fehlte. Dieses überwältigende Gefühl, das mich seit dem Picknick vollkommen eingenommen hatte, sobald ich an Sebastien gedacht hatte. Das *Gefühl*, das heißer war als die Sonne – ich konnte mich daran erinnern, es aber nicht mehr empfinden.

Nein, ich durfte nicht darüber nachdenken. Ich konnte die ganze Theorie eh abhaken, als ich den Versuch erneut wagte und meine

Lippen auf seine presste. Mechanisch, in meinem Bauch gab es keinerlei Schmetterlinge. Was aber wohl auch kein Wunder war, wenn der Empfänger des Kusses leblos dalag.

Ich streckte meine Glieder und ging zu Meditation über, um auf vielleicht bislang nicht erdachte Ideen zu kommen. Nur war Meditation, wie schon mein gescheiterter Versuch mit Sebastien beim Picknick gezeigt hatte, nicht gerade meins. Mein Gehirn spuckte eine Idee aus (wie den Kuss), blieb an einem vollkommen unwichtigen Folgegedanken hängen (warum küssen sich Menschen überhaupt auf den Mund oder sogar mit Zunge?), spann diesen weiter, bis ich zuletzt bei der Überlegung ankam, ob man den Partner auch gut schmecken können musste, nicht nur *gut riechen* können, um die Pheromone als passend zu prüfen. Was wiederum dazu führte, ob da irgendwie dieselbe Perfect-Match-Sache wie bei den Hexen im Spiel war. War es vielleicht die menschliche Form der Prüfung, welche Sigillen perfekt harmonierten? Ich hörte praktisch wieder Sebastiens Stimme, die mich zu Konzentration aufforderte, wie beim Picknick.

Mein Fazit der vergangenen Stunden, seit die anderen aufgebrochen waren: Sie waren ebenso erfolglos wie ich, sonst hätte ich längst etwas von ihnen gehört.

Noch während der Gedanke in mir nachhallte, knisterte die Luft im Raum. Ich sah neben mich zu Sebastien, dem Ela beim Hochschwebenlassen die Hände über dem Bauch verschränkt hatte, damit sie nicht auf dem Boden streiften.

Seine Locken bewegten sich in einer von blauem Leuchten begleiteten Brise. Ich schloss schnell die Augen, ehe ich vielleicht eine Sigille zu sehen bekam und wieder wortwörtlich rotsah.

Als der leichte Luftzug verebbt war, linste ich vorsichtig durch die Wimpern des linken Auges hindurch, bereit, es sofort wieder zu schließen. Doch es war niemand mit Magie angereist, dessen Sigille mich vielleicht hätte durchdrehen lassen. Ich sah mich um, tastete nach Sebastiens Puls, kontrollierte seine Atmung. Sein Zustand war unverändert.

Erst nachdem ich den Rest meines Zimmers kontrolliert hatte, fiel mir auf, dass sich die Position von Sebastiens Händen leicht verändert hatte. Die eine Hand war zur Faust geballt und es spitzte die Ecke eines Stück Papiers zwischen den darüberliegenden Fingern der anderen Hand hervor. Langsam hob ich seine kalte Hand und löste vorsichtig die Finger der Faust, als könnte ich ihn versehentlich aufwecken – und als wäre das nicht aktuell unser oberstes Ziel!

Der Zettel war eine bedruckte Seite, achtlos aus einem Buch herausgerissen und mit schnellen, unregelmäßigen Buchstaben beschrieben.

Sebastien!

Es gibt eine uralte Prophezeiung über dich. Du bist in Gefahr! Unsere Meisterin ist vollkommen verrückt. Bitte setz dich für uns beim Rat ein. Wir bitten um Asyl und bieten im Gegenzug unsere Hilfe an. Wir müssen sie aufhalten. Du hattest recht mit dem, was du mir damals prophezeit hast, und ich habe es nicht kommen sehen. Aber es ist noch nicht zu spät!

Komm um Mitternacht zum Rosengarten beim Schloss und wir erklären dir alles.

Gloria

Ich sah auf den Wecker auf meinem Nachttisch. Es war schon nach dreiundzwanzig Uhr. Ich sollte die anderen informieren. Aber was würden sie tun? Ela und Tristan würden die beiden unverzüglich zum Rat bringen, oder? Welche Konsequenzen hätte das für Sebastien?

Ich ging in Gedanken mögliche Folgen durch, während ich mich vom Bett erhob und zur Tür ging. Der Rat oder die Jäger würden die beiden vielleicht töten, ehe sie uns sagen konnten, was da gerade mit Sebastien passierte oder wie alles zusammenhing. Ich war mir so sicher, dass Glorias und vermutlich auch Noahs Schicksal ebenso mit unserem verbunden war, auch wenn Ela nur den Verrat ihrer Schwester sah – oder vielleicht auch sehen wollte. Ich war ein Einzelkind, kannte aber zig Geschichten und Studien über Geschwisterrivalitäten. Was, wenn diese Hexe auch Gloria und Noah mit jahrelang gesponnenen Fäden in ihr Netz hatte laufen lassen, um sie von Sebastien fernzuhalten? Denn das war ihr schließlich ganz eindeutig gelungen, wenn man Elas Feindseligkeit und das tiefe Misstrauen und die Enttäuschung von Chris und auch Tristan bedachte.

Ich hasste vorschnelle Urteile. Noch ehe ich den Plan zu Ende gedacht hatte, lag mein Zimmerschlüssel in meiner Hand und ich schloss mein Zimmer nach einem letzten prüfenden Blick auf Sebastien von außen ab, ehe ich durch den Flur und nach unten schlich. Der laute Schusswechsel irgendeiner Actionserie tarnte meine Schritte am

Wohnzimmer vorbei, kurz darauf steckte ich in Schuhen und einer leichten Jacke und rannte durch die Hintertür raus und weiter durch den Garten, der in die Parallelstraße von unserer führte. Von dort aus konnte ich einen Schleichweg am alten Gefängnis vorbei nutzen und war binnen kürzester Zeit im Stadtkern, der mich zum Schlosspark und die Spazierwege hoch zu Schloss Falk führte. Um das lag Berichten von Mara zufolge ein schräger Bannzauber, der Hexen von dem Ort fernhielt, um nicht versehentlich im Westturm zu landen. In diesem waren früher die Hexen bis zu ihrer Hinrichtung eingesperrt gewesen, weil der Turm ihnen sämtliche Magie entzog.

Der Turm hatte mich immer fasziniert, seit ich einen Bericht darüber gelesen hatte, dass er noch nie restauriert worden war, obwohl das Schloss und seine Nebengebäude ohne bauliche Maßnahmen bereits Ruinen wären. Ich hatte zahlreiche Fotos von ihm gesehen, hatte im Stadtarchiv über seine Geschichte recherchiert und mit Staunen darüber erfahren, dass Schloss Falk neben dem damals schon bestehenden Turm gebaut worden war. Die Schlossmauer hatte einfach den Turm annektiert, weshalb man ihn für einen Teil der Befestigungsanlage hielt.

Ich dachte, ich würde den Westturm und seine Geschichte in- und auswendig kennen. Die wenigen Tage im Jahr, an denen der Rosengarten für die Allgemeinheit geöffnet war, hatte ich immer so lange wie möglich dort verbracht. Doch nun sah ich in den Rankgittern, an denen Rosen emporkletterten, etwas vollkommen Neues.

Unter mir knirschten die Steine des bekiesten Serpentinenwegs, der mich direkt auf das in die Mauer eingelassene Tor neben dem Turm führte. Die Lampen leuchteten die Spazierwege halbwegs gut aus. Der Turm selbst wurde von einem Spot beim Pavillon angeleuchtet, der auf einem Stück Fels neben dem Turm thronte und aufgrund seiner guten Aussicht über den Schlosspark tagsüber zahlreiche Spaziergänger zu Pausen einlud. Im Licht des hellen Strahlers leuchtete das metallene Rosengitter unter den Kletterrosen hervor. Das aus zig Quadraten bestehende Gitter war nicht horizontal, sondern schräg angebracht, sodass es für mich aus einer endlosen Aneinanderreihung von Henkerssymbolen bestand.

Das war es vermutlich gewesen, was mich schon immer an dem Turm fasziniert hatte, ich aber nie hatte greifen können. Mein Herz schlug immer schneller, während ich zum Turm ging, ihn berühren musste wie das Zeichen, das die rote Frau in die Luft gezeichnet hatte. Ich schob die Rosenranken beiseite und tätschelte das Gitter, bis die Kirchturmuhr in der Nähe Mitternacht schlug.

Es bereitete mir ein nicht ergründbares Unbehagen, vom Turm wegzutreten, ihn zu verlassen und zum metallenen Tor zu treten, hinter dem eine steinerne Treppe hoch zum Schlossgarten führte. Natürlich war es verschlossen wie immer – abgesehen von den wenigen Tagen, in denen dort oben der Rosenmarkt stattfand. Ich rüttelte vorsichtig an beiden Flügeln, was natürlich nichts brachte.

Dann hörte ich Stimmen.

Sie kamen von oben, flossen die vielen Stufen hinab, die hinter dem Tor hoch in den Schlossgarten führten. Zwei Stimmen. Eine davon gehörte mit ziemlicher Sicherheit Noah Brand. Ich hatte ihn oft genug über Mitschüler herziehen hören und die Stimme sorgte für durchweg negative Assoziationen. Mir fielen so viele Situationen ein, in denen er sich wie ein Arsch benommen hatte, dass ein Teil von mir sich am liebsten zur Seite gedreht hätte wie früher. Ich hatte mich aus allem herausgehalten und mehr oder weniger meine Ruhe gehabt. Bis Ela ans Grimm-Gymnasium gekommen war.

Anstatt mich abzuwenden, mich unauffällig zu verhalten wie früher, rüttelte ich nun fester am Tor, musste irgendwie nach oben gelangen. Zu Noah – und vermutlich Gloria, Elas Schwester. Ihre Stimme erkannte ich nicht wieder. Das Scheppern der beiden Torflügel durchriss die Stille des nächtlichen Parks. Kurz darauf erschien Noah auf der Treppe und sah mich aus den Schatten heraus vollkommen irritiert an. Für die Dunkelheit, die jenseits des Tors herrschte, konnte ich ihn erstaunlich detailliert sehen.

»Alex Foster?« Er sah mich an wie einen Geist.

»Wer?«, fragte Gloria jenseits meines Sichtfelds. Noah drehte sich zu ihr um und erwiderte: »Nicht Sebastien. Was tust du hier mitten in der Nacht?«, fragte er dann wieder an mich gewandt und hob seinen Arm, um sich mit der linken Hand den Nacken zu reiben. Es passierte zu schnell. Die Knöpfe an dem Ärmel des karierten Hemds, das er über einem T-Shirt trug, waren nicht geschlossen, weshalb er mit der Bewegung seine Sigille freilegte.

27

ALEX

Die Ränder meiner Welt wurden in dunkles Rot getaucht. Das Metall des Tors erhitzte sich unter meiner Berührung, und bei meinem nächsten Rütteln, auch wenn ich nicht wissentlich mehr Kraft aufwendete als zuvor, riss ich es auf, stürmte die Treppen empor. Noch im Lauf warf ich den ersten Feuerball auf den entsetzt wirkenden Noah. Vollkommen überrumpelt wurde er gegen die steinernen Stufen geschleudert und stieß eine Mischung aus Stöhnen und Zischen aus. Das Adrenalin in meinen Adern ließ mich trotz des Zwielichts alles gestochen scharf sehen. Oberhalb der Treppe stand Gloria, die ich mit kurzen blonden Haaren kennengelernt hatte und die ihre Haare nun wieder braun trug. Sie sah Ela wahnsinnig ähnlich. Vielleicht hätte mich diese Tatsache beruhigt, meine Instinkte wieder eingeschläfert, nachdem Chris ausgeschaltet war – aber Gloria hob ihren Arm und griff mich mit Magie an. Ich sah den SCHLAG auf mich zugleiten, während ich die Stufen nach oben rannte, stieß ihn mit einer Wand aus Flammen zurück, die bei meiner instinktiven Abwehrgeste aus mir herausschoss. Gloria schrie auf. »Was bei aller Magie bist du?«

Sie hüllte sich in SCHUTZ, während ihr Blick nach Noah suchte. Ihre Magie ließ mir keine Möglichkeit, nicht anzugreifen. Mein Körper reagierte wie fremdgesteuert, feuerte einen Flammenball nach dem anderen auf sie. Ihre Gesichter verblassten, das Wissen, dass ich sie hatte treffen wollen, um mit ihnen zu reden, gleich mit.

Die Hexe wich aus, wann immer mein Angriff ihren Schutzzauber schwächte oder sogar zerbersten ließ. Sie bewegte sich wie ein Akrobat, hechtete zur Seite, machte eine Rolle vorwärts, ehe sie wieder auf die Beine sprang und mich nicht länger nur *schlug*, sondern eine ganze Salve aus SCHUSS-Zaubern abfeuerte. Ich schrie auf, als mich die Magie an der rechten Schulter versengte und ich meine rechte Hand nicht länger ausstrecken konnte, um sie weiter mit Feuerbällen zu bombardieren. Die magische Verletzung machte mich rasend, als wäre ich ein tollwütiges Tier. Ich hörte mich aufheulen, inzwischen war alles in leuchtendes Rot getaucht, sodass ich ohne den pochenden Schmerz an meinem verletzten Arm gar nicht sicher sein könnte, dass es Blut war, das mir über die Haut lief. Meine Instinkte liefen Amok. Ich schob den verletzten Arm zwischen die Knöpfe meiner Jacke, um ihn zumindest kurzfristig zu fixieren, und rannte direkt auf die Hexe zu, deren SCHUTZ wie ein kleiner Tornado um sie kreiste. Wie die Polizei in Krimiserien rammte ich mit der Schulter meiner unverletzten Seite gegen den Verteidigungszauber und zum Entsetzen der Hexe zerplatzte er und regnete in blutroten Tropfen auf den taufeuchten Boden.

Mein Arm tat nicht mehr weh – oder vielleicht hatte ich den Schmerz auch ausgeblendet –, daher zog ich ihn aus der Jacke und stieß mit der ausgestreckten Handfläche gegen das Monster vor mir. Sie zuckte unter meiner Berührung wie von einem Taser getroffen, ehe sie zu Boden sackte und reglos liegen blieb.

Blut für Blut.

Ich wollte gerade in die Hocke gehen, um ihr die Magie für immer zu entreißen, der Hexe ein Ende zu bereiten, da nahmen meine Henkerinstinkte das leise Knirschen von schleichenden Sohlen auf Kies hinter mir wahr. Ich drehte mich in meinem Sprung nach oben um und schoss einen weiteren Feuerball auf den Hexer, der nun jedoch für meine Angriffe gewappnet war und schneller hin und her sprang, als ich seinen Bewegungen folgen konnte.

Er hüpfte via Sigillenfährte umher, wollte mich überraschen – doch er ahnte nicht, dass ich sehen konnte, wohin er reiste, dass es deutlich in seinem Zeichen zu lesen war. So empfing ihn hinter mir eine Salve aus Feuerbällen, als er sich materialisierte, um mich aus dem Hinterhalt anzugreifen. Er ging mit einem markerschütternden Schrei zu Boden, versuchte sich noch einmal hochzustemmen, hatte aber nicht die Kraft dafür. Die Reste eines rot glimmenden Schutzzaubers zerstoben gerade und lösten sich in nichts auf. Seine Brust hob und senkte sich schnell, ich konnte die Angst förmlich riechen, die sich in sanften Wellen von ihm in alle Richtungen ausbreitete, als er mühsam versuchte sich hochzustemmen.

Blut für Blut.

Meine Lippen hatten sich zu einem breiten Lächeln verzogen. Meine Wangen zitterten von der ungewohnten Anstrengung, während ich den Hexer nicht aus den Augen ließ und langsam neben seinem Oberkörper auf die Knie ging. Nackte Panik weitete seinen Augen. Er sah jemandem ähnlich, den ich von irgendwoher kannte. Das Gesicht eines Jungen blitzte kurz in meinem Kopf auf. Der Hexer vor mir besaß weichere Züge, Reste kindlicher Rundungen. Mit einem Kopfschütteln vertrieb ich das Bild und widmete mich meiner Aufgabe.

Ich legte meine Hand auf sein wild trommelndes Herz, und von einem tief verwurzelten Wissen getrieben flüsterte ich die Worte in die rot getönte Dunkelheit um uns herum.

»Blut für Blut.«

Der Hexer bäumte sich auf, bog seinen Rücken durch, um meine Hand nach oben zu drücken, dann Abstand zu bekommen, als sich seine Magie von ihm löste und zu mir strebte. Ich schloss die Augen und ein Gefühl von Zufriedenheit durchströmte mich. Die pure Gewissheit, für Gleichgewicht zu sorgen.

Dann wurde ich mit voller Wucht zur Seite gestoßen. Die Luft entwich meiner Lunge und es dauerte einen fatalen Moment, bis ich reagieren konnte. Zu lange. Etwas stach durch den klaffenden Riss in meiner Jacke direkt in meine Haut und das Rot wurde schwächer, ehe alles verblasste und sich meine Augen nicht mehr offen halten ließen, so sehr ich mich auch anstrengte.

»Ela«, brachte ich noch hervor, ehe sich meine Sinne vollends verabschiedeten.

Als ich wieder zu mir kam, war es hinter meinen Lidern hell. Mein erster Gedanke galt Sebastien.

Ich wollte mich aufrappeln, musste zu ihm. War er vielleicht erwacht? Eine Hand drückte mich sanft auf das Polster unter mir.

»Bleib liegen, bis dein Kreislauf wieder auf voller Höhe ist«, hörte ich Elas Stimme.

»Als wäre das ihr größtes Problem«, hörte ich Noah. Sein nur allzu bekannter ätzender Tonfall erinnerte mich an seine Sticheleien in der Schule.

»Wo ist Sebastien?«, brach sich meine größte Sorge Bahn, ehe auch der logische Teil meines Gehirns erwachte und mein Innenohr mir nicht länger eine Bewegung vorspielte, als wäre ich zu lange Karussell gefahren. »Sind eure Sigillen verborgen?«, schob ich nach, die Augen noch immer fest geschlossen.

»Wir sind vorbereitet«, sagte Ela, ihre Hand lag noch immer auf meiner Brust. »Gloria und Noah wissen Bescheid.«

Ich öffnete die Augen und starrte auf die über mir von der Decke baumelnden Kräuterbüschel. Wir waren in der Doppelgarage der Brands, in Elas improvisierten Labor. Ich lag auf einer alten Matratze, die beim letzten Besuch definitiv noch nicht zur Einrichtung gehört hatte.

»Wie lange war ich … weg? Und wo ist Sebastien?« Ich richtete mich auf die Hände gestützt auf und sah mich um, ließ binnen Millisekunden meinen Blick über die Einrichtung wandern, als hätten die anderen Sebastien irgendwo zwischen die Hexenutensilien auf die Werkbank gepackt.

»Nur so lange, wie es gedauert hat, ein Fahrzeug zu organisieren, dich vom Rosengarten hoch zum Schlosscafé zu tragen und vom Parkplatz dort hierherzufahren«, sagte Tristan. »Wir sind vor weniger als zehn Minuten angekommen. Mara hat in der Zwischenzeit kurz nach Sebastien gesehen, er liegt nach wie vor in deinem Zimmer.«

»Wie habt ihr mich gefunden?«, fragte ich, lehnte mich gegen die kalte Betonwand der Garage und rieb mir übers Gesicht. Dann fing ich den Blick von Noah ein, dessen Wut direkt auf den Nicht-Henker-Teil in mir traf und mich wie früher in der Schule immer instinktiv zurückweichen ließ. Noch enger an die raue Garagenwand, im Versuch, mit ihr zu verschmelzen. Mit Noah Brand war nicht zu spaßen. Das war es noch nie gewesen. Selbst als ich noch nicht gewusst hatte, dass er ein Hexer war. Oder hatte mein Unterbewusstsein es schon immer wahrgenommen?

»Du hast doch mitbekommen, dass Tanja einen Zauber um den Schlossgarten gelegt hat, um Hexen vom Turm fernzuhalten?«, fragte Ela. Ich konzentrierte mich wieder auf sie und nickte.

»Nachdem mich der Zauber dort eine Nacht lang festgehalten hat und keiner mich orten konnte, hat meine Mutter eine Art magisches Alarmsystem installiert«, erklärte Mara weiter. »Bei uns … klingelt es, wenn sich eine Hexe nähert. Chris und ich haben sofort Tristan und Ela informiert, dass sich gleich zwei Hexen dort aufhalten.« Ihr Blick huschte zu Noah und Gloria. »Hättet ihr euch irgendwo anders getroffen, wärt ihr jetzt vermutlich tot.«

Ich schüttelte den Kopf. »Nein. Ich würde niemanden töten!«

Alle starrten mich an, ich sah ihnen nacheinander in die Gesichter. Ela, Tristan, Chris, Mara, Noah und Gloria. Und keiner von ihnen glaubte mir nur ein klitzekleines bisschen, das war eindeutig. Auch wenn wir hier in einem Kreis zusammensaßen, erkannte ich, dass es ein *Sie* und ein *Ich* gab, kein *Wir*. Der Gedanke schmerzte. Es war mein Leben lang so gewesen – selbst mit meinen Eltern –, bis Ela ans Grimm-Gymnasium gekommen war und wortwörtlich meine Welt verändert hatte. Offensichtlich hatte ein gemeinsamer Gegner – ausgerechnet ich – die Geschwisterpaare näher zusammengebracht, als sie es sich selbst im Moment vermutlich eingestanden.

Daher erklärte ich. »Ich weiß jetzt, was genau Henker tun. Sie töten die Hexen nicht. Sie nehmen ihnen die Magie.« Ich fing Noahs Blick ein, seine Augen waren so fest zusammengekniffen, dass ich nicht sagen konnte, ob sie vom selben Braun waren wie die seines älteren Bruders. Seine Kiefermuskulatur arbeitete unentwegt. Gloria brach den Blickkontakt, indem sie näher zu ihm rückte und sich nach vorn beugte, ihn instinktiv vor mir verbergen wollte.

Mir entfuhr ein Laut, der irgendwo zwischen hysterischem Auflachen aufgrund der so absurden Situation und einem ungläubigen Stöhnen lag. Nun sahen mich alle an, als wäre ich wahnsinnig geworden. Ich zog meine Beine an, hielt sie in einer Umarmung, um mich irgendwo festhalten zu können.

Es war Noah, der die vorherrschende Stille – abgesehen von einem Blubbern in der anderen Garagenhälfte – durchbrach. »Das ergibt Sinn«, sagte er und sah neben sich zu Gloria. Sie schienen einen stummen Wortwechsel zu führen – ganz ohne Magie, die meine Sicherungen durchbrennen lassen würde –, dann nickte Gloria und Noah fuhr fort: »Unsere Meisterin, die ihr die ›rote Frau‹ nennt, arbeitet seit Jahren an ihrem großen Racheplan.«

»Wen will sie rächen?«, redete ich von Neugier getrieben dazwischen, was mir einen erbosten Blick von Noah einbrachte. Ich hob entschuldigend die Hände und gestikulierte, dass er fortfahren sollte.

»Wir haben von der uralten Weissagung erfahren, von dem Einen, der die Hexen in ein neues Zeitalter führt, Bla, Bla. Uns wurde eingetrichtert, dass dies der Grund sei, dass wir uns gegen den Rat und die vereinten Hexen stellen. Sie paktieren mit den Untalentierten, wollen unsere Magie nehmen.«

Ela schnaubte und warf in abfälligem Ton in die Runde: »Solche verrückten Verschwörungstheoretiker gibt es doch schon immer unter den Hexen. Sie sind keine Gefahr.«

Gloria sah ihre Schwester lange an, schluckte, ehe sie sagte: »Wenn die Meisterin sie alle vereint, *werden* sie zur Gefahr.« Sie wiegte langsam den Kopf hin und her, ihre Augen waren trüb, als sähe sie auf einen weit entfernten Punkt. »Sebastien hat mich vorgewarnt. Er hat mir prophezeit, dass ich eines Tages auf der falschen Seite stehen würde. Ich hatte in all der Zeit, in der du vom Rat versteckt wurdest und gelitten hast, gedacht, dass *sie* die falsche Seite wären. Ich habe mich vor der Zukunft, die mir die Meisterin ausgemalt hat, geängstigt, wollte zu denen gehören, die auf der richtigen Seite stehen, das Richtige tun – für alle Hexen der Welt.«

»Blutmagie ist nie das Richtige!«, warf Tristan ein, die Stimme ein tiefes Grollen.

»Wenn man gesagt bekommt, es wäre die einzige Möglichkeit, die Hexen der vollständigen Kontrolle durch den Rat zu entziehen, schon. Ich sah keine andere Möglichkeit, erkannte in allem, was der Rat anordnete oder unternahm, weitere Sanktionen für die Hexen. Selbst das Walpurgisritual: Sie hat mir weisgemacht, dass der *Occultatum* uns alle schwächt, einschränkt – und dass nur ich ihn verhindern könne. Ich war wie in einem Tunnel gefangen, raste mit unfassbarer Geschwindigkeit an der Realität vorbei auf das zu, was mir die Meisterin in den Kopf gepflanzt hat. Es tut mir so furchtbar leid, dass ich es zu spät erkannt habe«, sie holte bebend Luft und wandte sich an Ela, »dass ich von meinem Neid auf dich, die Auserwählte, zusätzlich geblendet wurde, was die Wahrheit vor mir verborgen hielt.« Sie griff nach Elas Hand und die ließ es zu.

»Und du?«, fragte Chris seinen Bruder. »Welche Begründung für dein idiotisches Verhalten und die jahrelange Manipulation hast du?« Die Feindseligkeit der letzten Wochen kehrte mit einem Schlag zurück. Ich gehörte wieder zum *Wir*, während Noah nun außen vor blieb. Anstatt aber reumütig zu sein wie Gloria, wurde Noah aufbrausend und brüllte:

»Weißt du, wie es ist, wenn man ständig vorgehalten bekommt, nur der zweite zu sein? Der Zweitgeborene, Christophs kleiner Bruder, der zweite Mann im Haus, weil Chris Papas Stelle eingenommen hat, und nach Mamas Heirat mit Liam sogar der Junge, der weniger wert war als der Köter, den Tristan irgendwo eingesammelt hatte.« Die Worte stoben nur so aus seinem Mund, während sich seine Fäuste ballten. Ich wandte mein Gesicht von ihm ab und konnte nur hoffen, dass seine Magie nicht aus ihm herausbrach und ich rotsah.

Mit verstellter Stimme fuhr er fort. »›Wie süß sich Chris doch um Noah kümmert‹, ›Seht nur, wie er ihm hilft …‹« Sein freudloses Lachen, triefend vor Verzweiflung, berührte etwas in mir, was ich Noah gegenüber garantiert nie zu empfinden gedacht hätte: Mitleid. Es war nur sehr schwach, aber vorhanden.

»Du hast all die Vögel im Wald getötet, indem du Sigillen gezeichnet hast, die verboten sind!« Inzwischen brüllte auch Chris und wir konnten froh sein, dass das Atwood-Anwesen so weit außerhalb lag – fern von jeglichen Nachbarn.

Ich musste wieder zu ihnen sehen, heftete meinen Blick auf Noah, dem Tränen in den Augen schimmerten. Beim nächsten Blinzeln rollten sie die Wange entlang. »Vielleicht wollte ich, dass sie mich erwischen, wollte endlich beachtet werden – egal wofür.« Seine Unterlippe bebte. »Es tut mir leid, verdammt.« An Tristan gerichtet fuhr er fort: »Und deine einzige Aufmerksamkeit habe ich bekommen, wenn ich mit Magie dafür gesorgt habe.« Er verschränkte die Arme vor der Brust, Gloria legte ihren Arm über seine Schulter. Eine einsame Träne glitzerte auf ihrer Wange.

»Ihr könnt später weiterstreiten«, befahl ich. »Jetzt ist es an der Zeit, alle Karten offenzulegen.«

Zu meinem Erstaunen hatte niemand einen Einwand.

Wir sammelten alle Fakten auf Pergament, das Ela sonst zum Hexen in ihrem Labor hatte, und klebten es mit Isolierband, das wir in den Schubladen der alten Werkbank gefunden hatten, an die Wand über der Matratze. Das Ergebnis war eine Ansammlung von Fakten über die rote Frau und ihre Kontakte – direkt oder indirekt wie bei Chris – zu mehreren von uns:

Wollte Ela beim Walpurgisritual töten.
Hat Carina Magie geschenkt, um Chris zu bekommen.
Hat Gloria mit ihren Verschwörungstheorien auf ihre Seite gezogen.
Hat Noah aufgesucht und ihm versprochen, bedeutend zu werden.
Hat Alex' Henkerblut geweckt. (Um allen die Magie zu rauben?)

Drei der sieben Pergamente rund um die rote Frau an der Wand trugen nur einen Namen: Tristan, Mara und Sebastien.

»Tristans sowie Maras Magie war aufgrund des Zwillingsfluchs von ihren Eltern blockiert worden«, sagte ich, nachdem wir uns alle etliche Minuten die Wand angesehen hatten und nach weiteren Verbindungen suchten. Tanja und Liam hatten erfahren, dass Magie ihre Kinder töten würde, und sie haben sie ihnen genommen. Ohne ihre von der Magie vorherbestimmten Partner wäre es auch so gekommen. »Könnte sie damit nicht auch etwas zu tun haben?«

Ela hatte den Stift bereits unter Tristans Namen angesetzt und ein *Zwi* geschrieben.

»Das kann nicht sein.« Ela hörte auf und sah zu Mara, deren kunterbunte Strähnen beim Kopfschütteln umherflogen. »Mama hat gesagt, der Fluch wäre uralt, er sei ja vor etlichen Generationen notiert worden, weshalb sich meine Familie von der Magie abgewandt habe.«

»Die rote Frau hat mir gesagt, dass sie seit mehreren Jahrhunderten niemanden mehr wie mich gesehen habe«, gab ich zu bedenken. »Was, wenn sie wirklich so alt ist?«

»Wir haben sie Geschichten erzählen hören«, merkte Noah an. »Von der ›guten alten Zeit‹, als es noch starke Zirkel aus nur mächtigen Frauen gab. Sie hat davon geschwärmt, als hätte sie alles miterlebt.«

Gloria stimmte mit einem Nicken zu. »Vielleicht sollten wir einfach annehmen, sie wäre so alt. Es könnte uns weiterbringen.«

Ela überlegte kurz, sah in die Runde und notierte dann unter Tristans und Maras Namen den Zwillingsfluch.

»Fehlt nur noch Sebastien«, stellte ich fest, und beim Aussprechen seines Namens pochte mein Herz etwas schneller und in meinem Bauch regte sich etwas – aber nicht mehr annähernd das, was ich schon einmal empfunden hatte, zu empfinden in der Lage gewesen war. Ich sah kurz Sebastiens Bild vor mir, wünschte mir das überwältigende Gefühl zurück, das er ausgelöst hatte, und schluckte bittere Galle, als es mich selbst dann nicht überkam, als ich mir seine vollen Lippen vorstellte, den Geschmack des Kusses. Ich verlor ihn. Verlor mich, die neue Alex, die Emotionen nicht mehr analysieren musste, sondern empfinden konnte. Ich räusperte mich und sagte mit fester Stimme: »Ist die rote Frau der Grund für all die Anschläge auf ihn? Für den Verrat an die Jäger? Für die Vergiftung bei der Augurenberufung? Für …«

»Sie war aber definitiv nicht dort«, warf Ela ein. »Sie muss auch hier über einen Mittelsmann gegangen sein.« Sie riss die Augen auf. »Etienne.«

»Der Verrückte?«, hakte Gloria nach.

»Wer?«, fragten Mara und ich.

»Etienne de Beauvais, Sebastiens Stiefvater«, erklärte Ela. »Sebastien hat mir von seiner Vermutung erzählt, dass er da mit drinsteckt, aber ich hielt es für übertrieben.« Sie verzog den Mund.

»Wir schieben dem bösen Stiefvater den Schwarzen Peter zu? Wie innovativ.« Noahs abfälliges Lachen hallte durch die Garage.

»Wäre es nach all dem«, Tristan machte eine ausladende Geste zur Wand, »denn wirklich überraschend?«

Die Einsicht schwappte wie Magie durch das Innere der Garage – nur ohne den Nebeneffekt, der mich zur Furie machte. Wir waren uns alle einig. Ela notierte nun auch Sebastiens Namen und klebte ihn zwischen unseren an die Garagenwand.

Der *Eine* … und die *Sieben*.

Im Tagebuch waren die Auserwählte und die Wächterin genannt, Ela und Mara. Sie beide hatten wir entziffern können. Blieb nur die Frage, was die unleserlichen Worte zu bedeuten hatten, ob sie auch Beschreibungen von jemandem von uns waren oder Hinweise, die leider verborgen bleiben würden.

Doch eins war sicher: Wenn die rote Frau auch nur einen der Namen rund um Sebastien – oder ihn selbst – entfernte, würde die Prophezeiung niemals eintreffen und die Hexen würden nicht in ein neues Zeitalter geführt werden.

Also schmiedeten wir einen Plan.

28

ALEX

Ich hasste ihn. Ich hasste ihn mit jeder Faser meines Körpers und jeder Gehirnzelle, die eine Stichelei oder fiese Attacke auf mich oder meine Mitschüler gespeichert hatte. Und es gab viele davon.

Noah stand am anderen Ende der Lichtung im Rotwald, nicht weit von seinem Elternhaus entfernt. Sein abfälliges Grinsen wirkte fast skurril, weil die untergehende Sonne die eine Seite orangerot färbte. Es schien ihm Spaß zu machen, mich zu provozieren, mir all die Dinge an den Kopf zu werfen, die mich ein Leben lang begleitet haben, weil ich anders war, *besonders*. Keiner der anderen hätte mir das alles direkt ins Gesicht sagen und dabei so überzeugend wirken können. Nicht einmal Gloria, die irgendwo hinter mir im Wald stand, um notfalls mit schnell gewirkter Magie einzugreifen, die ich hoffentlich nicht kommen sehen würde.

»Kennst du das Gefühl, von klein auf mit jemandem befreundet zu sein? Gemeinsam aufzuwachsen, alle Geheimnisse zu teilen?« Er legte in übertriebener Geste den Zeigefinger an die Schläfe. »Ach nein, du hattest ja nie Freunde.«

Es tat weh. Solche Sprüche hatten mich früher nicht wirklich berührt, als ich noch genug Abstand zu meinen Gefühlen hatte, sie hatte analysieren und erklären können und nicht von ihnen überrollt wurde wie von der Wut, sobald ich Magie sah. In diesem Moment wünschte ich mir, ich hätte keine Emotionen mehr, wünschte mir, Sebastien hätte sie nie in mir wachgerufen. Wenngleich sie auch immer mehr verblassten, war der Schmerz dennoch da.

Leider waren wir uns einig, dass meine Besonderheit im Bezug auf Empathie und Emotionen insgesamt ein Teil der Henkersnatur war, was durchaus Sinn ergab. Starke Gefühle waren blockiert gewesen, erst Sebastien hatte überhaupt echte Reaktionen hervorgerufen, ehe mich die rote Frau – ich würde sie niemals Meisterin nennen! – mit dem Henkerssymbol zur waschechten Furie gemacht hatte.

Daher erprobten wir nun meine Gefühle. Oder vermutlich nur eins davon: Ärger, der zu Wut wurde, die sich in flammenden Zorn verwandelte. Wortwörtlich. Noah war der perfekte Trainingspartner dafür, denn er lockte tatsächlich binnen eines Satzes all die offenbar von meiner logisch denkenden – und ihn bemitleidenden – Seite unterdrückten Gefühle hervor. Und ich sollte sie kontrollieren, mich nicht von den Emotionen blenden lassen, sondern wie früher die Gründe erörtern und alles an einer imaginären Wand, meinem persönlichen Schutzzauber, abprallen lassen, wie Gloria mir erklärt hatte. Auch Noah schützte sich so vor seinen eigenen Gefühlen, verbarg sich dahinter und ließ andere – außer Gloria – nur das sehen, was er wollte.

»Was denkst du so lange nach, Genie? Bringe ich dich etwa durcheinander? Oder hast du Streberin etwa die Hausaufgaben noch nicht erledigt?«

Grrrrrr! Das hatte ich tatsächlich noch nicht, weil wir direkt nach der Schule hierhergekommen waren und ich mir das hier antun lassen musste. Die so sorgfältig errichtete Mauer bekam Risse – und Noah stürzte sich auf jeden einzelnen von ihnen.

»Was ist los?« Seine Augen blitzten auf, während er mit der Hand durch seine Haare fuhr. »Willst du abbrechen und lieber mit den Schulbüchern neben dem toten Sebastien sitzen und dich mit ihm unterhalten anstatt mit mir?«

Wie immer baute sich bei jedem gehörten Satz ein Bild vor meinem inneren Auge auf. Ich sah Sebastien. Bleich. Reglos. Sein Puls unterhalb jeglicher medizinisch tolerierten Werte. Das war zu viel.

»Er ist nicht tot!«, brüllte ich und meine Stimme ließ meine mentale Schutzmauer bersten. Mein ganzer Körper zitterte unter der Last des Zorns. Ich presste die Zähne so fest zusammen, dass meine Kiefergelenke knackten. Mein Atem entwich in kurzen Stößen aus meiner Nase. Mein Brustkorb drohte auseinandergerissen zu werden.

»Awwwww!«, stocherte Noah weiter in dem wunden Punkt. Tiefer, als es erträglich war, viel tiefer. »Du magst ihn doch nicht etwa, oder?« Dieser Tonfall! Die erhobenen Brauen über einem gespielt mitleidigen Blick. Meine geballten Hände zitterten.

Aber ich würde nicht nachgeben, baute Stein für Stein meine Schutzmauer wieder auf, während ich die Wut wegatmete wie den Schmerz der Wehen bei einer Geburt. Aber hatte Mama mir nicht damals in meiner wissbegierigen Phase als Kind erzählt, dass es eine Lüge war? Dass das Wegatmen bei ihr rein gar nichts gebracht hatte? Die Mauersteine bebten. Ich versuchte es dennoch weiter, öffnete den Mund und ließ die in meiner Lunge angestaute Luft langsam entweichen, ehe ich sie wieder tief durch die Nase einsog.

»Dass er dich geküsst hat, muss ein Versehen gewesen sein.« Noah lachte laut auf, schreckte irgendwelche Vögel über uns auf, die schimpfend davonflogen. »Ansonsten hätte doch sein Unterbewusstsein nicht dichtgemacht und hätte seinen Körper abgeschaltet.«

Ich wusste, dass es nicht der Wahrheit entsprach. Wusste, dass Menschen wie Noah die Realität verbogen, um anderen wehzutun. Ich *wusste* es. Und doch glitt das Gesagte durch meine frisch errichtete imaginäre Schutzmauer hindurch, brannte sich durch meine Adern und trieb mir Tränen in die Augen. Manchmal war es vielleicht doch besser, keine Gefühle zu empfinden. Besser als … das.

»Und jetzt heulst du? Dabei hättest du es doch wissen müssen.« Ich senkte den Blick nach unten, summte in meinem Kopf eine Melodie, die ich nicht zuordnen konnte, nur um ihn auszublenden.

»Noah, es reicht!«, rief Gloria hinter mir. Zweige knackten und Blätter raschelten, als sie zu mir trat und mir sanft den Rücken rieb.

»Was denn?«, fragte Noah. Ich sah wieder auf und er breitete in entschuldigender Geste die Arme aus. »Das war es doch, was beschlossen wurde. So sollte ich ihr helfen. Denn das Einzige, was ich kann, ist, Menschen wehzutun.« Seine Stimme klang nach einem verletzten Tier. Seine Augen glänzten und sein Unterkiefer bebte.

Mein Bild von Noah löste sich auf und setzte sich binnen eines Wimpernschlags neu zusammen. Gloria trat zu ihm, nahm ihn in den Arm und tröstete ihn. Seine Wangen glänzten feucht, während sie sich küssten, als wäre der Kuss ein Heilmittel. Er hatte all das bereits bei seiner nicht sehr überzeugend wirkenden Entschuldigung gestern Abend in der Garage gesagt, aber ich hatte ihm nicht geglaubt. Nicht wirklich. Jetzt aber bahnte sich eine tiefe Erkenntnis blitzartig einen Weg durch meinen Körper.

Ich holte tief Luft. »Versuch es mit deiner Sigille«, sagte ich.

»Bist du dir sicher?«, fragte Gloria skeptisch, schob die Hand in die Tasche ihres übergroßen Hoodies und zog eine mir nur allzu bekannte Spritze hervor. Anschließend trat sie von Noah weg und positionierte sich vermutlich wieder hinter mir, die Spritze vielleicht direkt an meinem Hals.

»Ja«, sagte ich tatsächlich überzeugt. Das neue Bild von Noah, seine kaputte Mauer hatte mir deutlich gemacht, dass ich nicht die Einzige war, die eine solche errichten musste. Dass sie brechen konnte, andere aber da waren, um den zerstörten Teil dahinter wieder aufzubauen, wenn nötig.

Noah rieb sich mit dem Handrücken die Tränen aus dem Gesicht und setzte binnen Sekunden wieder die Maske des Widerlings auf. Ein breites Grinsen zeichnete Grübchen in seine Wangen. Er hob die linke Hand und knotete in Zeitlupe das Tuch auf, das zu seinem Schutz um das Handgelenk lag.

Stück für Stück entblößte sich das Zeichen und die Ränder meines Sichtfelds färbten sich rot. Schnell presste ich die Augen fest zusammen und drehte mich zusätzlich um. Entmutigt. Enttäuscht. »Bedeck sie wieder!«

Scham rann wie Säure die Überreste meiner kargen Mauer entlang, löste die Steine auf.

»Wir vertrauen dir«, sagte ausgerechnet Noah. Seine Stimme war samtig weich, hüllte mich ein und ich … glaubte ihm. Gloria legte eine Hand auf meinen Rücken und drehte mich um. Meine Augen waren nach wie vor geschlossen.

»Wir vertrauen dir«, bestätigte auch sie vollkommen überzeugend, keine Mikroexpression behauptete das Gegenteil.

Ich atmete tief durch, stärkte mit jedem Atemzug die mentale Mauer, die mich vor Gefühlen schützen sollte – oder besser gesagt, die anderen, ehe ich ganz langsam die Lider hob. Ich sah Noah direkt ins Gesicht. Er grinste weder hämisch noch machte er eine fiese Bemerkung. Er nickte mir nur langsam zu. Aufmunternd. Mein Blick glitt von seinem Gesicht nach unten, über die Schulter zu seinem linken Arm. Ich sah die Sigille wieder gestochen scharf. Meine Henkersinstinkte waren geweckt. Mein Herz schlug immer schneller, ich nahm die weitere Umgebung bis ins kleinste Detail durch einen blassroten Filter wahr.

Ein verdorrtes einzelnes Blatt, das zwischen uns zu Boden segelte, die Distanz zwischen dem Hexer und mir. Maximal vier Schritte, mit denen ich das Moos und den lockeren Boden zu überqueren hätte. Dann nutzte ich auch meine anderen Sinne, wie Sebastien es mich versucht hatte zu lehren. Ich spürte die Wärme von Glorias Nähe an meinem Rücken, hörte irgendein verstecktes Tier rechts neben uns im Gebüsch und das Sirren von Insekten überall um uns herum. Ein leises Rascheln über uns zog meine Aufmerksamkeit an, weg von Noah und der Sigille: Ein Eichhörnchen beobachtete uns von einem dicken Ast aus und legte den Kopf schief, stellte sich dabei kurz auf die Hinterbeine. Als es davonhuschte, war ich mir sicher, dass es zufrieden mit mir war, und ich lächelte unwillkürlich.

Dann sah ich zurück zu Noah, der mir seine Sigille entgegenstreckte. Ich sah sie, konnte das Zeichen mit den Buchstaben seines Namens in Verbindung bringen, aber …

»Ich sehe nicht mehr rot!«, rief ich offenbar zu laut und zu unerwartet, dass Noah erschrak und die Sigille zu leuchten begann.

»Nein!«, schrie Gloria so dicht an meinem Ohr, dass mir beinahe das Trommelfell platzte. Ich konzentrierte mich auf das schrille Fiepen, das übrig blieb – hoffentlich nicht für immer. Ich stellte mir Tinnitus grausam vor. Mich nervte im Fernsehen ja immer dieser fiese hohe Ton nach Explosionen, wenn die Überlebenden nichts hörten als das.

Doch trotz allem war die Welt nicht rot geworden. Es war unglaublich!

Meine Überlegung wurde von einem Kreischen durchbrochen, ehe mich Gloria in eine unsanfte Umarmung riss, die mich aus dem Gleichgewicht – physisch und psychisch – brachte. Sie drückte mich so fest, packte mich dann an den Schultern und schob mich auf Armeslänge von sich.

»Du hast es geschafft!« Sie lachte mich so strahlend an, dass es auf mich abfärbte und ich von ihren Gefühlen mitgerissen wurde. »Ich bin so stolz auf dich!«, schob sie vollkommen ehrlich hinterher. Ihr

Lächeln verrutschte nicht einmal für die Millisekunde einer Mikroexpression, mit der ich eine Lüge hätte enttarnen können.

Dann sah sie zur Seite. Mein Blick folgte automatisch ihrem. Noah hockte auf seinen Füßen und berührte mit der linken Hand den Boden. Er war von einem blauweißen Leuchten eingehüllt. Sein Zauber tanzte über den Untergrund und sickerte in die feuchte Erde. WACHSEN.

Genährt von Magie, sprossen überall auf der Lichtung Schösslinge mit hellgrünen Blattspitzen hervor, wuchsen binnen Sekunden bis auf Kopfhöhe, sodass ich Noah dahinter nur noch zwischen dichten sattgrünen Blättern wahrnehmen konnte.

Mein Instinkt wurde offenbar von meiner Faszination ausradiert. Ich stand da, betrachtete dieses Wunder, das nach Stürmen für eine nachhaltige und schnelle Wiederbeforstung sorgen könnte, sog den Geruch der feuchten Erde ein und den des Harzes, das offensichtlich vom zu schnellen Wachsen an einigen Stellen hervorgebrochen war.

»Ich denke, wir sollten Alex' Erfolg den anderen präsentieren, oder?«, fragte Gloria, und obwohl ich sie nicht ansah, wusste ich, dass sie noch immer lächelte. Dass sie stolz war. So stolz, wie Noah gerade war, als er sich zwischen den kleinen Bäumchen hindurch einen Weg zu uns bahnte.

»Vielleicht haben sie inzwischen auch mit den Auguren gesprochen«, sagte er, und obwohl er versuchte, seine Maske aufrechtzuerhalten, sah ich die Besorgnis über sein Gesicht huschen.

Wenn uns die Auguren nicht glaubten und vertrauten, würden sie Gloria und Noah sofort gefangen nehmen – oder Schlimmeres.

29

ALEX

Eine Sigillenfährte?« Meine Stimme überschlug sich und mein Prusten verteilte den Kaffee über meiner angebissenen Brezel in der Hand, die ich mir zum Frühstück beim Bäcker geholt hatte. »Ist das nicht einer der mächtigsten Zauber, die ihr ohne Übergabe der Sigille an Feuer und so wirken könnt?«

Ich sah meine Freunde nacheinander an. Sie waren tatsächlich meine *Freunde*. Ich spürte eine so tiefe Gewissheit, auch wenn der letzte Impuls zum *vor Glück platzen* fehlte, von dem ich so oft gelesen hatte. Automatisch drängten meine Gedanken wieder zu der Tatsache, dass meine Fähigkeit, wirklich zu empfinden, immer weiter verblasste, sosehr ich auch versuchte sie festzuhalten, einfach normal zu sein – soweit eine frisch erweckte Henkerin normal sein konnte.

Wo auf meinem Gesicht sicher pure Fassungslosigkeit über diesen Vorschlag stand, waren meine Freunde voller Zuversicht und Vertrauen.

Wir hatten uns noch vor der Schule zur Lagebesprechung wieder in der Garage eingefunden, in der es nun ein gigantisches Sofa und mehrere Sessel und Hocker gab, um Platz für alle zu bieten. Der Campingtisch war durch einen etwas weniger wackeligen Tisch ersetzt worden, der es ohne zusammenzubrechen schaffte, zig Colaflaschen, Teller mit Torten und Schüsseln voller Süßigkeiten zu tragen. Alle wollten Kalorien für die Reise via Sigillenfährte sammeln und *mich mitnehmen*! Eine Henkerin. Ich war bereits einmal in Sebastiens Rauch gereist, dann mit Ela zurück nach Falkhausen. Ich hatte meine Bedenken bereits damals geäußert, aber jetzt war doch alles anders. Ich würde die Magie nicht nur sehen, sondern sie würde … keine Ahnung, meine Atome spalten und sie an unserem Zielort wieder zusammensetzen? Es gab so viele Theorien, wie das *Beamen* wissenschaftlich erklärt werden könnte – aber meines Wissens nach war immer die Gefahr, am Zielort nicht an einem Stück ausgespuckt zu werden – oder nicht mehr am Leben. Nun, da ich auf die aufflammende Magie reagierte, war es ein unkalkulierbares Risiko. Das Henkersdasein lag in meinem Blut, in meinen Genen, und wenn man die in Atome spaltete, konnte doch niemand sagen, wie mein Körper auf die Reise reagieren würde. Was wäre, wenn …

»Mach dir nicht so viele Gedanken!«, raunte mir Ela ins Ohr, als wüsste sie genau, was in mir vorging. »Du kannst dir sogar aussuchen, mit wem du nach Frankreich reisen willst.«

»Können wir nicht … mit dem Auto fahren?«, fragte ich und meine Stimme klang entsetzlich weinerlich. »Nach der Schule?«

»Schule? Ernsthaft?« Noahs linke Braue verschwand unter den dunklen Strähnen, die ihm in die Stirn hingen. »Wir befreien uns vom Unterricht.«

Die Streberin in mir keuchte entsetzt auf.

Ela hob die Hand. »Autofahren würde uns mit Pausen sicher anderthalb Tage kosten, und so viel Zeit haben wir nicht mehr«, sagte Ela mit rauer Stimme.

»Warum?« Ich durchforstete mein Gehirn, ob ich etwas verpasst hatte. Nein.

»Bis zur Sommersonnenwende sind es nur noch drei Tage«, erklärte Tristan. »Laut Panya und Yui passiert es – was auch immer mit Sebastien und uns allen passieren soll – beim Litha-Feuer am Abend der Sonnenwende. Wir haben noch bis Samstag Zeit, ihn aufzuwecken, damit er seine Prophezeiung erfüllt – und wenn Etienne de Beauvais, so verrückt er auch sein mag, uns dabei helfen kann, werden wir es versuchen.«

Angst huschte über Tristans Züge, was mich vollkommen entwaffnete. Er war sonst immer zuversichtlich – zumindest seit er wusste, dass er ebenfalls ein Hexer war und Mara sein Zwilling. Er und Ela hatten bereits so unglaublich viel geschafft, sich gegen ihr Schicksal gestellt und es verändert. Wenn er sich sorgte, musste da mehr sein.

»Was beschäftigt dich?«, fragte ich und alle sahen mich irritiert an. »Du hast Angst. Vor Etienne?«, erklärte ich.

Tristan schüttelte den Kopf. »Mir macht etwas anderes Sorgen. Erinnert ihr euch, dass immer wieder davon berichtet wurde, wie

Sebastien das Bild der Hexenwelt verändert hat?« Erst nach einem kollektiven Nicken fuhr er fort. »›Der Eine‹ führt die Hexen in ein neues Zeitalter, heißt es. Aber Sebastien hat das bereits getan. Er ist als erster Hexer zum Auguren geworden. Was sollte sich also noch ändern?«

»Vielleicht werden die matriarchalischen Strukturen weiter gesprengt?«, fragte ich und rieb mir die Stirn. Es war so absurd, dass die Hexenwelt das Gegenstück zu unserer politischen Welt war, in der Frauen gegen so viele Vorurteile kämpfen mussten, die Männer aus Angst erfanden, jemand könnte ihnen den Platz streitig machen. In der Hexenwelt waren Männer das *schwache Geschlecht*.

»Wir werden es wohl erst wissen, wenn es so weit ist«, sagte Ela. »Oder wenn wir Sebastien aufgeweckt haben. Vielleicht sieht er in allem, was wir bereits zusammengetragen haben, das große Ganze.«

»Also wirst du mit uns reisen?«, hakte Mara nach und ich nickte. Ich konnte nur – um meiner Freunde willen – hoffen, dass ich meinen Instinkt auch im Zaum halten könnte, wenn mich die Magie in meine Atome zerlegte und hoffentlich wieder korrekt ausspuckte. Ich atmete tief durch und trat zu Ela. Sie lächelte mich voller Zuversicht an und streckte mir ihre Hand entgegen. An meiner mussten Gewichte hängen oder die physikalischen Gesetze waren jetzt schon außer Kraft gesetzt, denn es war schrecklich mühsam, sie zu heben und meine Finger mit Elas zu verschränken. Die Henkerin in mir sträubte sich dagegen – oder vielleicht auch die logische Seite in mir, die sich zu viele haarsträubende Dinge ausmalte, was geschehen könnte. Ich brachte beide zum Verstummen. Der Druck von Elas Fingern verstärkte sich und ich sah ihre Magie aufleuchten. Schnell konzentrierte ich mich auf mein Training mit Noah und redete mir ein, dass ich die Henkerin auch jetzt im Zaum halten konne, selbst auf atomarer Ebene. Mit einem tiefen Atemzug entließ ich die letzten Zweifel und schloss die Augen.

Im nächsten Moment war die Kälte der Garage der Brands einer angenehmen Wärme gewichen. Selbst hinter meinen Lidern brannte gleißend helles Sonnenlicht auf uns herab. Ich blinzelte benommen, bis mein Verstand auch hier ankam, um die Umgebung in mich aufzunehmen. Dasselbe Schwindelgefühl, das mich auch bei meiner

Reise mit Sebastien in sein Zuhause überkommen hatte, wich der Euphorie, den magischen Transport ohne Henkerskomplikationen überwunden zu haben. Fasziniert betrachtete ich die Umgebung. Ela flüsterte mir ein »Hab ich es nicht gesagt« zu, ehe sie meine Hand losließ und sofort nach Traubenzucker in ihrer Tasche fischte, den sie verteilte, um das Energiedefizit schnellstmöglich auszugleichen.

Wir standen inmitten eines prächtigen Gartens, der von der Morgensonne geküsst wurde. Zahlreiche Wege wurden von kleinen Hecken eingerahmt, mächtige Buchsbäume waren dekorativ in Form gebracht und warfen lange Schatten auf das satte Grün. Eine gigantische Katzenskulptur jagte eine Maus über den ebenmäßigen Rasen, hinter einem wie ein Schachbrett gepflasterten Platz ragte ein grüner Turm wie eine Schachfigur auf. Ein Busch sah aus wie ein kleines Haus und neben einem Brunnen glaubte ich einen Frosch zu erkennen.

Wir folgten dem Weg, der sich durch den Garten schlängelte und auf ein Gebäude zustrebte, das man getrost als *Lustschloss* bezeichnen konnte. Ich erinnerte mich, auf den Begriff gestoßen zu sein, als wir die Renaissance in der Schule durchgenommen hatten und ich mich für ein Referat noch eingehender mit dem französischen Adel beschäftigt hatte. Damals hatten sich einige fürstliche Bauherren solche *Wochenendhäuser* zugelegt.

»In diesem Schloss ist Sebastien aufgewachsen?«, fragte ich und versuchte, das prächtige Anwesen und den Luxus mit der – zumindest materiell – bescheidenen Person, die ich kannte, in Einklang zu bringen, während die anderen weiter mitgebrachte Süßigkeiten in sich hineinstopften, sodass es um mich herum konstant raschelte.

»Theoretisch«, sagte Gloria kauend und verzog das Gesicht. Das Gebäude mit der ausladenden Freitreppe zum Garten hin ragte immer weiter in den Himmel, je näher wir kamen. »Das Anwesen gehörte seiner Mutter. Nach ihrem Tod litt Sebastien schwer unter seinem Stiefvater.« Sie schluckte. »Einmal hat er erzählt, dass er in einer Abstellkammer gewohnt hat, in der keine Magie sauber gemacht oder das Ungeziefer ferngehalten hat.«

Wie grausam. Ich stellte mir den jungen Sebastien vor, wie er in einem dunklen Loch hauste, während sein Stiefvater in dekadentem

Luxus schwelgte. Jetzt mochte ich Etienne de Beauvais noch weniger als vorher.

Drei Marmorfiguren spuckten Wasser in ein ausladendes Becken direkt vor dem Gebäude. Ich versuchte in ihnen irgendein Thema zu erkennen, als ein lauter Knall ertönte und eine Explosion einen Teil des rechten Seitenflügels des Schlosses in die Luft sprengte.

»Was bei allen Dunkelhexen«, stammelte Ela, während wir allesamt zusahen, wie versengte Möbelteile, angebrannte Bücher und weitere bis zur Unkenntlichkeit verschmorte Dinge auf den ebenmäßigen Rasen regneten, zum Glück weit genug entfernt, um in Deckung gehen zu müssen.

Wenig später rannte eine Frau durch die von zwei Säulen flankierte Tür ins Freie. »Ich mache das nicht mehr mit!«, schrie sie und eilte weiter die Treppe hinab. Ein Mann folgte ihr und rief: »Er braucht Hilfe. Er ist krank!«

Die Frau blieb stehen. »Er ist nicht krank, er ist verrückt. Sieh es endlich ein und steck dir deinen Solidaritätsgedanken sonst wohin. Ich verschwinde.«

»Marielle, bitte!«, flehte der Mann.

»Nein. Etienne ist vollkommen durchgeknallt, sonst würde er nicht im Wochentakt neue Angestellte brauchen!« Sie schüttelte den Kopf. »Ich hätte den Gerüchten glauben sollen, ehe ich mich hier beworben habe.«

»Bitte«, bettelte der Mann erneut. »Er macht eine schwere Zeit durch, gib ihm noch …« Er brach mitten im Satz ab, als sein Blick über Marielle hinwegglitt und er uns entdeckte. »Wer seid ihr?«, fragte er misstrauisch, dann weiteten sich seine Augen, als er in Noah und Gloria die meistgesuchten Hexen der Welt erkannte. Sein Mund öffnete sich zu einer Warnung. Er hob seinen Arm. Die Sigille begann zu leuchten und meine Instinkte drängten mich, der Hexe ein Ende zu bereiten.

Doch Ela legte mir eine Hand auf den Rücken, ich schloss kurz die Augen, um tief durchzuatmen und mich zu beruhigen, meine Gefühlsschutzmauer hochzuziehen und auf Schwachstellen abzutasten, ehe ich sie gewappnet wieder öffnete.

»Wir sind die Auserwählten«, antwortete Ela auf die Frage des Mannes. »Und wir wünschen, Etienne de Beauvais zu sehen.«

Marielle lachte schrill auf, während der Mann noch immer unschlüssig seine Magie bereithielt. »Was tun die beiden hier?«, fragte er mit einem Blick auf Noah und Gloria.

»Undercovereinsatz des Hohen Rates«, log Ela ohne den Hauch eines Zögerns. Der Mann hingegen schwankte noch immer, daher legte sie nach: »Und aus genau diesem Grund müssen wir auch Etienne sprechen. Dringend.«

»Vielleicht kriegen sie ihn zur Vernunft, Antoine«, sagte Marielle und nickte dem Mann zu, der nun endlich seinen Arm senkte.

»In Ordnung. Kommt mit. Ihr könnt dann direkt bei den Wiederherstellungsarbeiten helfen.«

Wir folgten Antoine und Marielle, die nun offenbar ihren Plan, verschwinden zu wollen, vergessen hatte, die Freitreppe hinauf und durch die Tür in eine luxuriöse Empfangshalle. Der helle Marmorboden spiegelte die Kronleuchter der Decke. Als Marielle mit schnellen Schritten in Richtung eines offenen Durchgangs zum Seitenflügel ging, sah es aus, als schwebte sie über Tausenden von Lichtern. Egal an was wir vorbeikamen – an Blumensträußen auf kleinen Sockeln zwischen den Rundbogenfenstern, Gemälden oder kleinen Marmorbüsten –, das Haus war so sauber, dass es schon beinahe steril wirkte und ich mir im Vergleich schmutzig vorkam, auch wenn ich es nicht war. Es war zu strahlend, zu rein, zu … viel.

»Geht es nur mir so, oder ist es hier … unheimlich sauber?«, fragte ich und Mara lachte.

Marielle hatte uns offenbar gehört. »Maître de Beauvais liebt die Ordnung.«

»Deshalb sprengt er gleich einen ganzen Flügel in die Luft?« Ich konnte mir ein Auflachen nicht verkneifen.

»Er ist den ganzen Tag mit seinen Studien beschäftigt«, sagte Marielle dann langsam. »Er spricht seit Monaten kaum noch mit uns, führt nur Selbstgespräche und schottet sich immer weiter ab. Wenn man ihn gelegentlich stört, weil jemand für ihn eine Nachricht hinterlassen hat, rastet er aus. Er ist vollkommen verrückt geworden.«

Das erklärte, warum Marielle verschwinden wollte. Ich beobachtete Antoine, der die Lippen fest zusammengepresst hatte. Er sagte nichts dazu, was mich verwunderte.

»Du bist schon viel länger auf dem Anwesen als Marielle, oder?«, fragte ich.

Antoine nickte. »Ich bin schon immer hier, bin hier mit Céline, Etiennes verstorbener Frau, aufgewachsen, meine Familie dient schon immer den de Beauvais'.« Das erklärte zumindest seine Loyalität. »Ich bin der Einzige von damals, der noch da ist. Ich glaube an Etienne. Er ist ein herzensguter Mensch.«

»Der Gebäude in die Luft jagt«, spottete Noah.

»Er ist krank und in Trauer«, wiederholte Antoine noch einmal, ehe er eine doppelflügelige Tür aufstieß, die in einen weiteren Trakt führte. Staubkörnchen funkelten in den einfallenden Sonnenstrahlen, tanzten zu unseren hallenden Schritten in der Luft, wie es jenseits hermetisch abgeriegelter Labore auch sein sollte. Wir mussten der Explosion näher kommen und der Putzzauber, oder was auch immer, wirkte hier nicht.

Einen weiteren Flur später roch es verbrannt. Nach einer Abzweigung konnten wir die Zerstörung dann in vollem Ausmaß sehen. Der lange Gang endete abrupt. Teile der Stuckdecke waren heruntergebrochen, die beiden Türflügel hingen schief in den Angeln. Antoine und Marielle wirkten ohne ein weiteres Wort einen ORDNUNG-Zauber, der mich aufgrund seiner Stärke und weil ich unvorbereitet gewesen war, kurz taumeln ließ, dann aber kein Problem mehr darstellte. Der Weg vor uns wurde von Magie freigeräumt, die Zerstörung machte sich von selbst rückgängig, als würde man die Aufnahme einer Detonation zurückspulen. Ein hellblaues Leuchten lag über allem.

Wenig später betraten wir eine Art Wohnzimmer, von dem ein Durchgang zum nächsten Raum führte, in dem ich ein Stück von einem gigantischen Himmelbett sehen konnte.

»Das hier war seit Generationen das Boudoir der Mesdames de Beauvais«, erklärte Antoine und mein Blick glitt über die gepolsterten Stühle und das kleine Sofa, den mit aufwendigen Schnitzereien versehenen Tisch und das Gold, das einfach überall zu finden war. An den

Wänden, auf Bilderrahmen, nicht zuletzt funkelten die Lampen selbst fast mehr als die Leuchtmittel darin.

»Und heute wütet Maître Etienne hier«, ergänzte Marielle mit so viel Bitterkeit, dass sie Noah damit Konkurrenz machte.

»Und wo ist Etienne?«, fragte Ela und sah sich um.

»Im Ankleidezimmer, wie fast immer«, murmelte Antoine und deutete auf den offenen Durchgang, auf das Himmelbett mit seinen schweren blauen Vorhängen und Goldbordüren.

Wir folgten Antoine in das Zimmer, das bis auf jenes gigantische Bett und eine mit Schnitzereien verzierte kleine Kommode mit Spiegel vollkommen leer war. Er deutete auf die den Fenstern gegenüberliegende Wand mit beige-roséfarben gestreiften Tapeten. Erst auf den zweiten Blick erkannte ich die Umrisse einer Tür darin.

Ela und Gloria gingen zielstrebig darauf zu, Antoine hielt sie auf. »Nicht!«, warnte er. »Er darf nicht gestört werden, wenn er …«

»Sich mit der Frau im Spiegel trifft«, beendete Marielle vor Spott triefend seinen Satz. »Ich habe ihm vorhin nur Essen bringen wollen, weil er seit drei Tagen dort drin ist, und er hat mich angegriffen.«

»Frau im Spiegel?«, hakte ich nach und dachte sofort an das Bild von Maras Mutter, der Wächterin, das sie für Notfalltelefonate mit den freien Hexen nutzte. *Wählte* jemand den Notruf, wurde das Bild der kleinen Mara darin zu einem Skype-Bildschirm.

Marielle verzog bedauernd den Mund und schüttelte leicht den Kopf. »Er führt Selbstgespräche. Wir hören immer nur ihn, niemand anderen.«

»Es hat kurz nach Célines Tod begonnen«, ergänzte Antoine. »Etienne hat immer mehr Zeit dort drin verbracht, von dieser Frau erzählt. Sie ist nicht real, ist vielleicht ein Manifest der Trauer um seine verstorbene Frau.«

Eigentlich traurig. Aber kein Grund, Sebastien dann so mies zu behandeln, oder?

»Gehen wir rein?«, fragte ich und las in den Gesichtern meiner Freunde. In der kurzen Stille, die entstand, hörten wir eine tiefe männliche Stimme:

»Endlich sehe ich dich wieder!«, drang es dumpf durch die Wand.

»Wappne dich, Alex«, warnte mich Chris vor und wirkte einen Zauber. Das Leuchten glitt aus seinem Handgelenk, floss über seine Finger, rötete kurz mein Sichtfeld, ehe ich den Angriffsinstinkt zurückdrängen konnte.

DURCHLASS schwebte auf die Wand zu und sickerte in der längs gestreiften Tapete ein. Es sah aber aus, als würde sich der Zauber durch die Wand hindurchfressen wie ätzende Säure und die Mauer wurde durchscheinend. Zunächst nur trübe wie Milchglas, durch das nur grobe Konturen erkennbar waren, dann jedoch sah ich wie durch ein Fenster in den Raum dahinter. Für ein Ankleidezimmer war es erstaunlich groß, größer als mein Zimmer zu Hause. Es gab keine Fenster, das Licht von hellen Deckenlampen floss über die zahlreichen Regale, in denen vermutlich einst Kleidung gestapelt gewesen war, die nun jedoch voller Bücher und Schriftrollen waren. Sie lagen auf jeder freien Fläche, stapelten sich in wackeligen Türmen auf dem Boden, und mitten in diesem Bücherchaos kniete ein Mann mit dunklem zerzausten Haar und grauen Schläfen vor der einzig freien Fläche an der seitlichen Wand. Direkt vor einem fast raumhohen Spiegel, der mit goldenen Ornamenten eingerahmt war und aus dem mir nicht Etienne de Beauvais' Spiegelbild entgegensah, sondern eine uns allen nur allzu gut bekannte Frau mit roter Robe und Kapuze. Erneut lag ihr Gesicht so tief im Schatten, dass ihr Mund alle Blicke auf sich zog. Ein goldgerahmtes Porträt, auf dem ein Künstler eine alterslose Frau gebannt hatte, die auf den knienden Mann vor ihr hinabsah, der unzusammenhängende Worte stammelte:

»Ich … habe dich … Spieglein, Spieglein … Meine Magie. Sie ist … Sebastien!«

Die Frau im Spiegel lachte abfällig. »Ach, mein lieber Etienne. Was willst du von mir hören? Sebastien ist ausgeschaltet. Du bist nun der Mächtigste hier, aber …«, nun verzog sie die Lippen zu einem boshaften Grinsen, »Hexer werden nach dem Litha-Fest der Vergangenheit angehören. Nie wieder wird einer mächtiger sein als *wir.*«

Ihr Lachen hallte durch das Ankleidezimmer, ließ nicht nur Etienne erstarren, sondern auch meine Freunde, die wie ich ungläubig die Wand fixierten.

»Auf Nimmerwiedersehen, mein Lieber. Du hast mir treu gedient.« Der Spiegel wurde von Magie geflutet, aber nicht jene blauweiß schimmernde Magie, sondern von einem so tiefen Rot wie die Robe der Frau. Ein Knirschen und Knacken folgte, das Schüssen ähnelte. Die ersten Risse spalteten das Bild der roten Frau. Etienne heulte auf, versuchte vergeblich, auf die Beine zu kommen, rutschte dann auf Knien näher zum Spiegel und presste seine Handflächen panisch gegen das Glas, um es am Zerbrechen zu hindern. Seine Sigille schimmerte in ebenso gleißendem Rot auf und ich konnte mich nicht länger zurückhalten. Meine Instinkte übernahmen. Ich rannte in übermenschlicher Geschwindigkeit zur getarnten Tür, rammte sie beim Aufstoßen gegen die Wand und stürzte mich auf Etienne, der nun inmitten eines Scherbenhaufens saß, von dem jedes einzelne Stück Spiegelglas noch von rotem Schimmer umgeben war.

Etienne wehrte sich nicht, verteidigte sich nicht gegen meinen ersten Feuerball, der wie von selbst aus meiner Handfläche glitt und ihn an der Schulter traf. Er wiegte eine größere Spiegelscherbe in seinen Armen, als wäre sie ein Säugling. Mir entfuhr ein Knurren. Ich schoss ihm den Spiegel aus der Hand. Der Hexer schrie auf, sah mich endlich an. Doch in seinen Augen lagen weder Angst noch irgendein Zeichen für Angriff. Sie waren trüb, gebrochen. Als hätte der Hexer einfach alles verloren. Ich schoss einen weiteren Feuerball ab. Weil der Hexer sich in dem Moment auf eine weitere große Scherbe stürzte, traf ich nicht ihn, sondern den Bücherturm daneben, der zunächst schwankte, dann inmitten von gefräßigen Flammen kippte.

»Beruhig dich, Alex!«, drang eine weibliche Stimme langsam durch meine Raserei. »Vielleicht liegt in einem dieser Bücher die Lösung für Sebastiens Schlaf!«

Sebastien! Ich holte keuchend Luft. Mein Puls raste, meine Synapsen feuerten in Höchstgeschwindigkeit, zeigten mir die Bedrohung durch die vielen Hexen. Und doch zeichnete eine unsichtbare Hand ein Bild des schlafenden Sebastiens in meinen Kopf. Wärme breitete sich in meiner Brust aus, weckte die Erinnerung an die Tausende von Schmetterlingen in meinem Bauch, ehe mir die rote Frau Sebastien und somit meine neu gewonnene Empathie gestohlen hatte.

Wir mussten Sebastien retten. Und dieser Hexer dort auf dem Boden konnte uns vielleicht helfen. Zu seinem Glück wirkte er keine Dunkelmagie mehr, und ich schaffte es, mich zurückzuhalten.

Fünf Herzschläge lang sog ich die rauchige Luft durch die Nase ein, stieß sie während der nächsten fünf Schläge wieder aus. Das Rot meiner Henkersinstinkte verblasste zusammen mit dem Rot der Dunkelmagie.

Etienne kippte vornüber und lag nun in den Scherben, presste sein Gesicht voller Verzweiflung an die Überreste des Spiegels. Die Wunde, die ich ihm zugefügt hatte, schien ihn ebenso wenig zu stören wie das Blut, das überall an den Scherben klebte.

»Bringt Alex besser raus«, befahl Ela. Ich sah sie über meine Schulter hinweg an. Eine Sorgenfalte zog sich zwischen ihren Brauen über die Nasenwurzel. Sie sprach mit ihrer Schwester. »Ihr solltet weiterüben – damit sie auch Blutmagie tolerieren kann.«

»Du willst, dass sie *Dunkelmagie* ausüben?«, mischte sich Tristan ein, seine Stimme überschlug sich.

»Wir können nicht riskieren, dass sie durchdreht und uns angreift, weil wir von Dunkelhexen überrascht werden.« Elas Stimme klang nicht vollends überzeugt. »Ich vertraue dir, Gloria. Wir brauchen Alex, dessen sind wir uns einig.« Sie sah mich lange an, ehe sie fortfuhr: »Aber so ist sie uns nicht von Nutzen. Die rote Frau will den Hexern am Litha-Fest irgendetwas antun. Wir können nicht riskieren, dass Alex ihr dabei unfreiwillig hilft.«

30

ALEX

Welches Vertrauen Ela auch immer in meine Selbstbeherrschung setzte, es war nicht gerechtfertigt. Was wir da versuchten, war – stark beschönigt – eine Katastrophe.

Gloria, Noah und ich hatten uns inzwischen einen Platz auf einer der weitläufigen Rasenflächen rund um Maison de Beauvais gesucht, nachdem meine Feuerbälle die Skulpturen des Brunnens vor dem Haupteingang geköpft hatten. Zweimal. Der Reparaturzauber, den Gloria anschließend wirkte, war kaum ein Problem für mich und meine Instinkte gewesen. Aber diese blutrote Magie war so anders, dass ich es einfach nicht schaffte.

»Und noch mal«, rief Noah, der rund zwanzig Meter Sicherheitsabstand zwischen uns gebracht hatte. Selbst auf die Entfernung konnte ich den inzwischen genervten Ton hören. Gloria hatte es sich hinter mir im Schatten eines gigantischen Baumes bequem gemacht und beobachtete uns an den Stamm gelehnt, bereit, jederzeit zu mir zu kommen und mir die Spritze in die Haut zu rammen.

Ich holte tief Luft und nickte Noah zu. Er pikte sich mit einer Nadel in die Fingerkuppe. Von hier aus konnte ich den Tropfen Blut nicht sehen, aber meine Erinnerung an den ersten Test, als er viel näher bei mir gestanden hatte, ergänzte das Bild in meinem Kopf.

Er ließ mich keine Sekunde aus den Augen, blinzelte nicht ein einziges Mal, während er die Magie – noch blauweiß leuchtend – in seine Sigille fließen ließ. Meine Sinne waren sofort wieder geschärft, nun konnte ich das Blut selbst auf die Distanz erkennen. Das Blut, mit dem er nun sein Tattoo benetzte – mit nur einer kurzen Berührung seiner blutigen Fingerspitze auf der Innenseite des Handgelenks. Die Sigille leuchtete grellrot auf – und mein Sichtfeld ebenso.

Egal wie sehr ich mich konzentrierte: Die Dunkelmagie, die Verbindung aus Blut und Magie, erweckte die Henkerin in mir. Je stärker die Magie im Blut des *Spenders* war, desto mächtiger war laut Glorias Erklärung auch die Dunkelmagie.

»Schließ die Augen«, wies Gloria mich an, während ich am ganzen Leib zitterte. Mit aller Mühe senkte ich die Lider, nahm den Blick von Noah und seiner teuflischen Magie.

Meine geballten Hände brannten, die Funken wollten sich zu Feuerbällen verbinden, dieser Hexerei ein Ende bereiten! Ich bohrte meine Fingernägel tiefer in die Handflächen, spürte keinerlei Schmerz, nur das unterdrückte Feuer, das herausbrechen wollte.

Doch selbst mit geschlossenen Augen nahm ich die Dunkelmagie wahr, glaubte die blutige Sigille zu riechen, die Noah nun an die Luft übergab. Das Kribbeln von scharfem Chilipulver in der Nase, durchmischt mit einer metallischen Note. Mein Instinkt übernahm. Ohne die Augen zu öffnen, entließ ich den lodernden Feuerball in Richtung Noah. Die Welt war in dunkles Rot getaucht, als ich die Lider hob und einen Schuss nach dem anderen abgab, mit der ausgestreckten Handfläche Noahs Fluchtweg folgte.

Hexer!

»Alex!«, brüllte eine Stimme hinter mir. Im nächsten Moment stand jemand bei mir. »Beruhig dich!« Ich spürte keine Spritze, dafür einen harten Stoß in den unteren Rücken. Noch immer im Kampfmodus, glich ich mein Taumeln binnen Sekunden aus, fuhr herum und feuerte. Die Hexe war gewappnet, sie hüpfte zur Seite, schützte sich zusätzlich mit einem blauweiß leuchtenden SCHUTZ-Zauber. »Konzentrier dich auf die lichte Magie«, rief sie, sprang weiter wild hin und her, sodass ich immer vorbeizielte. Das Rot meines Sichtfeldes lichtete sich immer weiter. Dann schaffte ich es, mit meiner Taktik, fünf Herzschläge einzuatmen und fünf auszuatmen, das Rot und damit mich wieder unter Kontrolle zu bekommen.

Gloria kam zögernd näher, gab Noah mit einer Geste Entwarnung, ehe sie sich keuchend von der Rennerei auf die Oberschenkel abstützte und mehrmals Luft holte.

»Ich brauche eine kurze Pause, dann machen wir das gleich noch mal«, stieß sie atemlos hervor.

»Vergiss es!« Noah hatte den Rasen inzwischen überquert. »Sie schafft es einfach nicht. Und irgendwann wird sie dich erwischen.«

Seine ehrliche Sorge, die Angst um Gloria war nicht zu übersehen. »Entweder du gibst ihr das Beruhigungsmittel oder das war's.« Sein bestimmender Ton machte deutlich, dass es keine Diskussion darüber geben würde. Gloria richtete sich wieder auf, vom Schweiß klebten ihr einzelne Haarsträhnen an den Schläfen, die sie nun beiseiteschob.

»Wir müssen auf den Angriff der Meisterin vorbereitet sein. Sie wird sonst auch uns erwischen.« Ich sah die nackte Panik in Glorias Augen. »Was, denkst du, tut sie mit uns, nachdem wir sie verraten haben? Lieber stelle ich mich freiwillig dem Rat.«

Noah erwiderte nichts, presste die Lippen so fest zusammen, dass man sie nicht einmal mehr sehen konnte. Dann zog er Gloria in eine feste Umarmung. Sie ließ sich fallen, schluchzte an seiner Brust, während er ihr sanft über den Rücken rieb und ihr versprach, dass alles gut werden würde. Dabei glaubte er selbst nicht daran, das sah ich ihm deutlich an, auch wenn er sie zwischen den Worten immer wieder auf den Scheitel küsste.

Ich wusste, dass diese Geste, dieser zarte Kuss zur Beruhigung, die Nähe zwischen den beiden, etwas auslösen sollte, spürte einen Hauch von Sehnsucht nach Sebastien – aber sie glich eher einem Echo denn einem echten Gefühl. Ich erinnerte mich noch an die Empfindung, aber sie rückte mehr und mehr in die tieferen Teile meines Gehirns. Das sollte mir Angst machen – aber auch dieses Gefühl war mir verschlossen, nur noch der Gedanke daran geblieben, vage und neblig.

»Ela ist so weit!«, rief jemand vom eingefassten Kiesweg jenseits der Rasenfläche. Gloria schälte sich aus Noahs Umarmung, rieb hastig die Tränen weg und drehte sich gemeinsam mit mir um.

Mara und Chris standen dort und winkten uns zu sich.

»Warum muss ich denn dabei sein?«, fragte ich, als wir den beiden ins Innere von Maison de Beauvais folgten und über eine ebenso ausladende Marmortreppe wie die nach oben in den Keller hinabstiegen.

Dort befand sich ein Saal, der mit seiner kuppelförmigen Decke den Eindruck einer kleinen Kapelle erweckte. Das Gewölbe wurde von Säulenelementen an den Wänden gestützt, die aufwendigen Gemälde dazwischen zeigten viel Wald und Natur. Der Boden bestand aus hellem Marmor wie in den mir bereits bekannten Winkeln des Hauses, verschiedene magische Symbole waren darin eingelassen.

Ela und Tristan standen bei Antoine am anderen Ende des Saals, wo eine Art Altar aus dem Boden wuchs, auf dem etliche Bronzeschüsseln neben einem topfgroßen Kessel standen, aus dem pinkfarbener Rauch aufstieg. Auf einem gepolsterten Ohrensessel, der in die Liegeposition gebracht worden war, lag Etienne. Ela hatte ihn mit einem Schlafzauber betäubt, nachdem er nur wirres Zeug anstatt brauchbare Informationen von sich gegeben und sie dabei sogar zweimal angegriffen hatte.

»Der Wahrheitstrank ist fertig«, hallte es uns durch den bis auf Steinklotz und Sessel kahlen Raum entgegen. Antoine hatte ihr versichert, dass er alle Zutaten für das Gebräu im Haus zusammensammeln und ihr dabei helfen würde. Da wir ihr keine Hilfe waren, hatte sie uns zum Training nach draußen geschickt.

»Wie lief es denn?«, fragte Tristan, als wir bei ihnen angekommen waren.

Noah sagte nichts, schüttelte nur mit Bedauern den Kopf. Ich war eine Enttäuschung. Das Wissen fraß sich wie Säure immer tiefer in mich hinein, sorgte für einen bitteren Geschmack auf meiner Zunge, egal wie oft ich schluckte. Aber die Distanz zu meinen Emotionen war zu groß, als dass ich mich davon aufhalten lassen würde.

»Das wird schon. Jetzt bringen wir erst mal etwas Licht ins Dunkel«, sagte Ela, bemüht beschwingt, als wisse sie um die Säure in meinem Inneren. Vielleicht wusste sie es dank ihres ausgeprägten Geruchssinns auch tatsächlich. Ich verzog die Lippen zu einem schwachen Lächeln, als Dank für den Versuch, mich aufzumuntern.

Ela strich mir kurz über den Arm, ehe sie sich dem Kessel zuwandte und umrührte, sich eine der Pipetten auf dem Altar schnappte und sie mit lilafarbener Flüssigkeit aus dem Topf füllte. Auch wenn das Gebräu dampfte oder rauchte, schien es nicht heiß zu sein. Zumindest schrie Etienne nicht auf oder erwachte aus seinem Schlaf, als sie zu ihm ging und die Flüssigkeit in den von Antoine sorgsam geöffneten Mund von Etienne tropfen ließ.

Ela tippte in regelmäßigen Abständen mit der Fußspitze auf den Boden, was mich im ersten Moment irritierte, bis mir klar wurde, dass sie zählte. Sie bewegte kaum merklich ihre Lippen dabei.

»Okay, es müsste wirken.« Sie legte die Pipette zurück neben den Kessel und ließ ihr Handgelenk aufleuchten. AUFWACHEN glitt auf Etienne zu, legte sich wie ein sanftes Tuch über seine Brust und den Kopf und sickerte dort in die Haut. Kaum war der Zauber verschwunden, riss Etienne die Augen auf.

»Wer seid ihr? Und wo bin ich? Wo ist Céline?«, sprach er die ersten verständlichen Sätze seit unserer Ankunft aus und sah sich dabei hektisch nach seiner längst verstorbenen Frau um. Ela hatte bereits die Theorie aufgestellt, dass Etienne unter irgendeinem Bann der roten Frau lag und nun alles, was er in der ganzen Zeit getan hatte, aus seinem Bewusstsein verschwunden war. Sie hatte wohl recht damit gehabt. Der Wahnsinn, das manische Funkeln in Etiennes Augen, war tiefer Sorge gewichen.

Deshalb hatte Ela auch diesen besonderen Trank brauen müssen. Etienne war so … verrückt gewesen, dass er, selbst wenn er mit der Wahrheit herausrücken würde, diese nicht mehr artikulieren konnte. Antoine hatte uns darauf vorbereitet. Die rote Frau hatte Etiennes Verstand offenbar komplett verwirrt gehabt.

Etienne sah sich mit geweiteten Pupillen um, entspannte dann zumindest ein wenig, als er seinen eigenen Keller erkannte.

»Wer seid ihr?«, wiederholte er und musterte einen nach dem anderen.

Ela übernahm das Wort.

»Es tut uns sehr leid, dass wir hier eingedrungen sind, wir sind Adela und Gloria Mescinia.« Sie deutete auf ihre Schwester und Etienne sah beide Mädchen an, als hätte er sie noch nie gesehen. »Du warst in der … letzten Zeit«, umging sie die Tatsache, dass diese schon fast Sebastiens halbes Leben lang andauerte, »schwer krank, sodass wir dir einen Trank einflößen mussten.«

»Nun müssen wir von dir wissen, was in dieser Zeit geschehen ist«, legte Gloria direkt nach und trat hinter den Ohrensessel. Etienne sah über die Schulter zu ihr, sein Blick wirkte verhangen, er blinzelte immer wieder. Vermutlich arbeitete sein Gehirn gerade daran, eine Erklärung zu suchen, selbst zu ergründen, was geschehen war.

»Zuerst muss ich wissen, wie es Céline geht.«

»Sie ist in Sicherheit«, log Gloria. »Wenn wir wissen, was geschehen ist …«

»Dann schnell. Ich muss zu meiner Frau und Sebastien!«

Meine Kehle wurde eng, als ich an Sebastiens Kindheit unter diesem Mann dachte. Etienne hatte sich irgendwann einmal um Sebastien gesorgt. Die rote Frau hatte ihm also die Kindheit gestohlen, die er hätte haben sollen.

Gloria legte Etienne die Handflächen an die Schläfen. Magie leuchtete auf – erträgliche, lichte Magie – und sickerte über ihre Haut in Etiennes Kopf.

Sie nickte Gloria zu, die vor Etienne in die Hocke ging und ihre linke Hand zur Beruhigung auf sein Bein legte, das unentwegt wippte. Dann sah sie ihm direkt ins Gesicht.

»Zeig uns, was geschehen ist.« Die Aufforderung schwebte als Zauber aus ihrem Handgelenk und floss in Etiennes Bein. Noch mehr Magie, gegen die ich ankommen musste. Meine Finger verkrampften sich, ich atmete gepresster, schaffte es aber, den Instinkt zu besänftigen. Mara griff nach meiner Hand und drückte sie sanft.

Doch nichts geschah. Wir hielten alle gespannt den Atem an. Ela wirkte mehr Magie, legte mehr des blauweißen Leuchtens in ihre Sigille, pumpte den Zauber in Etienne – doch der saß noch immer mit drängendem Blick da und wartete darauf, dass es endlich vorbei war und er nach seiner toten Frau und seinem inzwischen nicht mehr kleinen Stiefsohn suchen konnte.

»Wieso passiert da nichts?«, fragte ich und durchbrach damit die Stille.

Ela stieß vor Anstrengung den Atem laut aus, schüttelte dann den Kopf und gab zu: »Ich weiß es nicht. Es ist der stärkste Wahrheitstrank, den ich kenne, ich … Wir müssen uns etwas anderes überlegen.«

»Nein!«, sagte ich schnell. Uns lief die Zeit davon. *Mir* lief die Zeit davon. Ich spürte, wie mir meine Emotionen immer mehr entglitten, wie ich wieder mehr *besonders* wurde. Ich wollte das nicht.

In meinem Inneren wüteten noch Reste der Hitze, dann wusste ich mit einem Mal, was zu tun war, als hätte es mir mein Unterbewusstsein zugeflüstert. Es war bereits einmal passiert, ich sah Sebastien vor mir, wie ihm auf meine Aufforderung hin keine andere Wahl blieb, als meinem Befehl Folge zu leisten. Wäre er nicht im letzten Moment im Rauch geflohen, hätte er mir selbst von dem Geheimnis erzählt, das er seit seiner Augurenzeremonie mit sich trug. Ela hatte es mir kurz darauf erzählt, obwohl sie es nicht hätte tun sollen. Aber sie hatte mir nicht widerstehen können. Keiner konnte das, da war ich mir sicher. *Wahrheit.* Wenn ich die Wahrheit erfahren wollte, würde ich sie bekommen.

Ich schob Ela zur Seite, die sich sogleich beschwerte, sah Etienne mit starrem Blick an und forderte: »Sag mir die *Wahrheit*!«

»Was soll das?«, fragte Tristan, doch dann folgte er Elas erstaunt aufgerissenen Augen in Richtung Etienne und ich wusste, dass meine Eingebung richtig gewesen war.

Etiennes Blick wurde immer trüber. Er sah an einen weit entfernten Punkt und ich erwartete, dass er gleich zu sprechen begann. Doch es kam ganz anders.

31

Alex

Der Saal veränderte sich, als der Zauber wirkte. Blauweißes Licht floss aus Etienne heraus, breitete sich aus wie eine Lache, die immer weiterwuchs. Die Magie kroch über den Boden auf die Wände zu und verwandelte sie in die Erinnerung, die Ela hatte provozieren wollen, jedoch erst auf meinen Befehl hin aus Sebastiens Stiefvater herausbrach. Die bemalten Wandflächen zwischen den Säulen wichen einem vertrauten Anblick: Das Schlafzimmer mit dem goldenen Himmelbett und den blauen Stoffbahnen, die sich sanft im Wind bewegten, während jenseits des geöffneten Fensters Krähen krächzten.

Auf dem Bett lag eine Frau, das Gesicht so weiß wie die Kissen unter ihr. Die dunklen Locken umrahmten ihr Gesicht. Ein Schluchzen zog meine Aufmerksamkeit auf sich. Neben dem Bett kniete eine jüngere Version von Etienne, vergrub gerade das Gesicht in den Händen und weinte so hemmungslos, dass auch meine Augen brannten. Ich genoss die Empathie, jegliches Gefühl, das ich wahrhaftig empfand.

Hinter Etienne an der Wand stand ein kaum merklich jüngerer Antoine, den Kopf in Trauer gesenkt. Der Moment zog sich ewig. Die Trauer schwebte durch das Schlafzimmer wie ein mächtiger Zauber. Und ich trauerte mit Etienne.

»Maître«, sagte Antoine leise. »Der Zirkel hat sich bereits im Gewölbe eingefunden, um Madame de Beauvais die letzte Ehre zu erweisen. Sebastien ist auch schon unten. Er braucht Sie jetzt.«

Nur langsam kamen die Worte bei Etienne an. Er hob den Kopf, seine Augen waren so rot wie durch meinen Henker-Filter. Er war so verzweifelt, dass es mir das Herz zerriss.

»Ich … Ich kann sie nicht gehen lassen, Antoine!«, stammelte Etienne. »Ich brauche sie! Sie ist mein Leben!«

Mara neben mir holte bebend Luft. Sie wurde ebenfalls von den Bildern vor uns mitgerissen.

»Sebastien aber braucht *Sie*, Maître.« Antoine kam näher. »Er braucht Sie mehr denn je.«

Etienne nickte langsam. Völlig gebrochen. »Gib mir noch ein paar Minuten, dann komme ich nach unten. Richte es Odette bitte aus.«

Antoine erwiderte: »Natürlich, Maître. Ich richte es der Zirkelmeisterin aus. Wenn Sie noch irgendetwas benötigen, rufen Sie mich bitte.«

Er versicherte sich mit einem letzten Blick über die Schulter, dass Etienne nichts mehr sagen wollte, dann ging er weiter zum Boudoir und verschwand außer Sicht.

Etienne war in der Zwischenzeit wie erstarrt, horchte den immer leiser werdenden Schritten. Dann stieß er einen gequälten Schrei aus, der mir bis ins Knochenmark drang. Er nahm Célines Hand mit seinen beiden Händen auf und presste einen Kuss darauf.

»Ich kann nicht in einer Welt ohne dich leben, Teuerste«, murmelte er zwischen immer mehr verzweifelten Küssen auf ihre bleiche Haut.

»Dann kann ich dir dabei helfen, sie zurückzuholen«, sagte eine weibliche Stimme, die mich aus der mitgefühlten Trauer riss und mich erschreckte wie auch Etienne. Er fuhr hoch, Mara neben mir ballte ihre Finger zusammen, die nun schmerzhaft fest um meine geschlungen waren.

Etienne sah langsam auf, suchte im Raum nach der Sprecherin. Es blitzte tatsächlich ein kurzer Hoffnungsschimmer in seinen Augen auf.

So faszinierend ich Magie fand und wusste, was alles möglich war, wie jung teils uralte Hexen aussahen und wie alt sie offenbar werden konnten, so war ich mir auch sicher, dass es keinen Weg gab, den Tod zu umgehen. Aber verzweifelte Menschen griffen nach jedem Strohhalm, der sich ihnen anbot.

Stirnrunzelnd machte Etienne sich auf die Suche nach der Urheberin der Stimme. Ein schwacher rötlicher Schimmer ging von der Wand aus, auf die er über seine verstorbene Frau hinweg nun blickte. Der Umriss der Tür, die ich ein paar Stunden zuvor durchbrochen hatte, zeichnete sich deutlich ab.

Etienne stemmte sich hoch, drückte Céline noch einen kurzen Kuss auf die Hand, ehe er sie sanft auf die Decke bettete, ein letztes Mal mit den Fingern darüberstrich und langsam auf das verborgene Ankleidezimmer zuging. Ich schrie laut »Nein!«, gefolgt von einem Echo meiner Freunde, doch natürlich war es vergeblich. Wir sahen Bilder aus der Vergangenheit. Etienne hatte diesen Fehler vor etlichen Jahren gemacht und die Erinnerung folgte ihrem Verlauf.

Das Ankleidezimmer mit all den Kleidern, Blazern, akkurat gestapelten Oberteilen und Hosen war in rotes Licht getaucht, das von dem goldgerahmten Spiegel ausging. Ich tastete nach meinem Henkersinstinkt, weil ich nicht wollte, dass ich Mara urplötzlich die Hand verbrannte und anschließend auf meine Freunde losging, aber es regte sich nichts. Es gab keine akute Bedrohung in der Gegenwart. Alles, was ich sah, war lediglich eine Erinnerung.

Etienne starrte auf den großen Spiegel, auf die rote Frau, deren Lippen einen sanften Bogen beschrieben.

»Ich teile dein Leid, Etienne de Beauvais«, sagte sie und streckte ihre Hand aus, als könnte sie durch den Spiegel hindurchgreifen.

Etienne trat näher, seine Schultern bebten. Er streckte wie von einem Instinkt gedrängt die Hand in Richtung der Dunkelhexe aus.

»Ich teile dein Leid und ich kann dir helfen.« Die Stimme der roten Frau war ein Singsang, der wie eine Beschwörung klang. »Tritt näher, Etienne. Und wir werden dein Leid gemeinsam beenden.«

Sie legte die Handfläche an die Innenseite des Spiegels, Etienne presste, ohne zu zögern, seine dagegen. Das Glas erzitterte, als wäre es nur ein straff gespanntes Stück Folie. Das Lächeln der roten Frau nahm nun grausame Züge an.

»Etienne!«, sagte sie, begleitet von einem Lachen. »Du hast noch viel zu lernen, denn nur der Mächtigste ist in der Lage, sie zurückzuholen.«

»W-wie kann ich so mächtig werden?«, stotterte Etienne.

»Ich werde dir dabei helfen.«

Die Erinnerung glich nun einem Zeitraffer-Video. Die Kleidung im Ankleidezimmer von Céline wich immer mehr Büchern, während Etienne unentwegt vor dem Spiegel stand. Er alterte innerhalb von

Sekunden, seine Wangen fielen ein, seine Schläfen ergrauten, während er wieder und wieder Blut auf seine Sigille rieb, ehe er irgendwelche Zauber aus einem der unzähligen Bücher um ihn herum wirkte. Noch immer schlugen meine Instinkte nicht an, gebannt wartete ich, was geschehen würde. Der Schnelldurchlauf stoppte, Etienne stand wieder einmal vor dem Spiegel, in dem noch sein Ebenbild zu sehen war.

»Spieglein, Spieglein an der Wand, wer ist der Mächtigste im ganzen Land?«

Begleitet von einem hallenden Lachen erschien die rote Frau.

»Maître, Ihr seid der Mächtigste hier, aber Sebastien wird noch tausendmal mächtiger als Ihr.«

Ein Ruck ging durch Etienne, während die rote Frau den Mund zu einem garstigen, abfälligen Lächeln verzog.

Etienne stürzte zum Spiegel und legte die Hände darauf, die pure Verzweiflung drückte seine Schultern nach unten. Doch das Bild der Frau löste sich auf und Etiennes Handflächen ruhten auf denen seines Spiegelbilds, sein Blick huschte panisch umher, als suchte er einen Ausweg, den er dann dem entschlossenen Blick zufolge auch fand.

Ich wiegte den Kopf hin und her, während Etienne sich auf die Knie zwischen Stapel alter Bücher fallen ließ und sie durchwühlte, bis er ein besonders dickes Exemplar gefunden hatte.

»Welches Buch ist das?«, schwebte Elas körperlose Stimme durch den Raum.

Etienne streichelte gerade den Einband.

»Codex obscurus steht da«, flüsterte ich.

»Brennt es?«, fragte Mara, weil gerade schwarzer Rauch zwischen den Seiten hervorkroch. Das Buch schien zu leben, erzitterte, als könnte es kaum erwarten, zu helfen.

Etienne wirkte einen Zauber, den mein Henkerssinn nicht für mich übersetzte, vermutlich ebenfalls aufgrund der Tatsache, dass es eine Erinnerung und nicht die Realität war. Das Buch schlug sich von selbst auf und blätterte wild durch die Seiten. Ein Seufzen erklang, das nicht über Etiennes Lippen kam, als sich das Buch beruhigte. Ich fand diesen Codex obscurus schlichtweg gruselig.

Etienne sah hinab, seine Blicke huschten hin und her, während er die Zeilen in sich aufsog. Dann griff er nach einem Pergament und notierte für uns nicht einsehbar etwas, ehe er – den wirren Bewegungen der Feder nach zu schließen – eine Sigille zeichnete.

Die wabernde Düsternis kroch zurück in den Codex obscurus, der sich daraufhin schloss und wieder aussah wie ein normales uraltes Buch.

Etienne verließ den Raum und wir folgten ihm in eine Art Labor wie die von Ela umdekorierte Garage der Brands, wo Etienne allerhand Zutaten einsammelte und daraus einen Trank braute. Danach huschte er mit fiebrig wirkendem Glanz in den Augen, der an Wahnsinn grenzte, durch die Gänge, die sich in all den Jahren kein Stück verändert hatten. Vor einer unscheinbaren Tür, die ich für den Zugang zu einer Besenkammer gehalten hätte, blieb er stehen.

Er öffnete sie und mein Herz begann wie verrückt zu schlagen, als ich den schlafenden, noch so jungen Sebastien sah. Seine wilden Locken hatte er eindeutig von Céline, die Konturen des mir inzwischen so vertrauten Gesichts waren noch rund, wie weichgezeichnet.

Sein Zimmer war tatsächlich eine Abstellkammer, musste ich dann feststellen und erinnerte mich an das, was Gloria gesagt hatte. Sebastiens Bett sah aus wie vom Sperrmüll, der Korpus des einzigen Schranks im Raum war bedenklich zur Seite geneigt, selbst auf die Entfernung erkannte ich, wie wurmstichig das alte Holz war. Die Tapete an den niedrigen Wänden rollte sich an den Ecken auf. Ich fragte mich erneut, wie Sebastien zu dem wundervollen Menschen hatte werden können, wenn er hier verborgen hinter einer unscheinbaren Tür hatte leben müssen, während der Rest des Gebäudes purer Luxus war.

Etienne ging auf seinen schlafenden Stiefsohn zu und schüttete, was auch immer er gebraut hatte, auf seinen Kopf und seine Brust, ehe er das Pergament, auf das er eine komplizierte Sigille gezeichnet hatte, entzündete. Das Papier verbrannte, die Sigille schwebte noch einen Moment über Sebastiens Körper, ehe sie nach unten glitt und die Tropfen des Tranks zerstäubte, die sich daraufhin als roter Schimmer über Sebastien legten und in ihn eindrangen.

Etienne nickte dem Gesichtsausdruck nach zufrieden mit dem Ergebnis, ehe er sich zurückzog und die Kulisse ein weiteres Mal wechselte.

Wir befanden uns hier in dem Gewölbekeller, der nun aber von etlichen Personen bevölkert war. Etienne beobachtete mit zusammengekniffenen Augen, wie Sebastien initiiert wurde, wie seine ureigene Sigille in sein linkes Handgelenk gebrannt wurde und er anschließend seinen ersten Zauber wirken sollte.

Der rote Nebel, der zuvor in seinen Körper eingedrungen war, kroch nun für die anderen offenbar unsichtbar seinen Arm entlang und umspielte seine Sigille, woraufhin sein Testzauber leuchtend rot aufloderte und zum Desaster wurde. Rein optisch glich die Magie tatsächlich Blutmagie.

Während unter den Hexen Panik ausbrach, lächelte Etienne mehr als nur zufrieden. Sein überglückliches Gesicht schwebte noch am längsten im Raum, ehe die Erinnerung endete.

Blinzelnd kehrte ich in die Gegenwart zurück, wo Gloria gerade ihre Hände von Etiennes Schläfen nahm, der die Augen weit aufgerissen hatte und ehrlich schockiert über seine eigenen Taten war.

32

Alex

Es brauchte sehr viel Überzeugungs- und Aufklärungsarbeit von Ela und Gloria, um Etienne unter Kontrolle zu behalten, nachdem er erfahren hatte, dass seine geliebte Frau seit so vielen Jahren tot und er seither ein fehlgeleiteter Irrer gewesen war, der seinen geliebten Stiefsohn märchenhaft mies behandelt hatte. Wir saßen inzwischen an dem großen, auf Hochglanz polierten, dunkel lasierten Tisch im Speisesaal von Maison de Beauvais. Antoine und Marielle, die tatsächlich nicht den Dienst quittiert hatte, tischten uns etliche Speisen auf, um die Energiereserven für die baldige Heimreise aufzustocken. Der herrliche Geruch der mit Sahne gefüllten Eclairs, frisch gebackenen Croissants mit Schokoladenfüllung, bunten Macarons und Brownies, die Marielle jedoch *Financiers au chocolat* nannte, erfüllte den gesamten Raum mit der hohen Decke und den zahlreichen Rokoko-Elementen aus goldenen Ornamenten und geschwungenen Möbelstücken mit Dutzenden Intarsien.

»Welcher Tag ist heute?«, fragte Etienne, nachdem er ewig in die Tasse vor sich gestarrt hatte. Als wir ihm den siebzehnten Juni nannten, keuchte er erschrocken auf und raufte sich dabei die Haare. Ein gequälter Ausdruck huschte über sein Gesicht, während er offenbar versuchte, Erinnerungen an den Haarwurzeln aus dem Kopf zu ziehen. Schon wieder überschwemmte mich eine Welle von Mitleid – ausgerechnet Sebastiens Peiniger löste Emotionen in mir aus!

»Der Eine!«, schrie Etienne dann, erhob sich so schwungvoll von seinem dick gepolsterten Stuhl, dass dieser nach hinten kippte. Unsere gesamte Aufmerksamkeit ruhte nun auf ihm. Niemand sagte etwas, während Etienne mit schnellen Schritten auf und ab ging, unentwegt die ergrauten Schläfen massierte, um verborgene Details ans Licht zu bringen.

Die Ungeduld am Tisch wuchs, ich sah den stummen Austausch zwischen Gloria, Noah und Ela. Letztere schüttelte immer wieder den Kopf. Auch ich konnte mir zusammenreimen, dass Gloria und Noah mit einem weiteren Zauber nachhelfen wollten. Doch Ela hatte vorhin schon gesagt, dass wir seine Erinnerungen bei zu viel Fremdeinwirkung komplett zerstören könnten. Das Risiko war Gloria offenbar bereit einzugehen.

Zum Glück musste es nicht so weit kommen.

Etienne beendete abrupt sein Herumtigern und sah mit aufgerissenen Augen zu uns. »Der Eine«, begann er, wiegte langsam den Kopf hin und her, um die Gedanken in Bewegung zu halten. »Nur er kann sie ausschalten. Gemeinsam mit den anderen. Er ist der Einzige, der dazu in der Lage ist.« Er kam zum Tisch, stützte seine Hände darauf ab und sein Blick wurde eindringlich, bohrte sich in jeden einzelnen von uns. »Deshalb sollte ich dafür sorgen, dass er stirbt. Wo ist mein Junge? Geht es ihm gut?« Die für Eltern so typische Sorge um den Nachwuchs war deutlich zu erkennen.

Wir sahen einander über den Tisch hinweg an. Ela straffte ihren Körper und berichtete, was seither mit Sebastien geschehen war. »Es war ein Henkerskuss – und die sind laut unseren Informationen für Hexen tödlich«, beendete Ela Sebastiens jüngsten Erlebnisse. Etienne musste sich setzen, wurde immer bleicher, während er auf seinem Stuhl zusammensackte, als würde Elas Bericht ihm den Halt entziehen.

»Henker«, murmelte er vor sich hin und rieb sich wieder die Schläfen. »Sie hat deine verborgenen Kräfte aktiviert, damit du meinen Jungen tötest?« Er sah mich mit rot geäderten Augen an, der Blick so bohrend, dass ich instinktiv zurückwich, dann jedoch entschuldigend nickte.

»Er ist aber nicht tot. Alex ist Sebastiens vorbestimmte Gefährtin, zumindest glauben wir das. Sie hält ihn am Leben, bis wir ihn aufwecken können«, schloss Ela, schob dann jedoch hinterher: »Wir wissen aber nicht wie.« Danach erzählte sie Etienne, was wir schon alles vergeblich versucht hatten.

»Wenn die rote Frau recht hat, dann wird es nach dem Litha-Fest zu spät sein«, brachte auch ich mich endlich wieder ein, nachdem so ewig gefachsimpelt wurde. Alle Aufmerksamkeit richtete sich auf mich. Offenbar hatten die anderen nicht dieselben Schlüsse gezogen.

»Habt ihr der Frau vorhin nicht zugehört? ›Hexer werden nach dem Litha-Fest der Vergangenheit angehören‹«, zitierte ich die rote Frau, konnte nicht verstehen, dass das keiner mitbekommen hatte – oder genau so interpretierte wie ich. Ich sah, wie die Erkenntnis in die Blicke meiner Freunde sickerte, und sprach es laut aus, sodass die Silben von den Wänden widerhallten und einem dunklen Omen glichen:

»Sie will alle Hexer töten!«

33

ALEX

Nur Minuten nach meinem grausamen Resümee wanden sich eine rote und eine gelbe Rauchsäule über unseren Köpfen, glitten von der hohen Decke zu Boden und wurden zu zwei Frauen. Ela hatte die beiden Augurinnen mit einer magischen Botschaft informiert und die Dringlichkeit extra betont. Etienne hatte offenbar so Angst vor den Auguren, dass er fluchtartig den Raum verließ, kaum dass Ela von ihrem Plan, sie um Hilfe zu bitten, erzählt hatte.

Beide Frauen musterten den Kreis aus sieben Personen, der sie empfing. Bei Noah und Gloria, die sich an den Händen hielten, flackerte ihre Magie auf, bereit, sich zu verteidigen. Ich glaubte, *Hinterhalt!* wie ein sanftes Wispern, kaum verständlich, zu hören, ehe das Wort zwischen ihren Augurensigillen herumwaberte wie die Henker-Autoübersetzung der Bedeutung der Zauber, die den Sigillen entglitt. Ihre Lippen bewegten sich nicht.

»Sie glauben an einen Hinterhalt«, rief ich schnell und sicherte mir die Aufmerksamkeit der beiden.

Die Augurin im gelben Umhang legte neugierig den Kopf schief und trat näher. Ihre Haut war fast so dunkel wie ihr schwarzes krauses Haar, das sie mit einem gelben Band gebändigt hatte. Sie strahlte eine Macht aus, die Sebastiens und die der Augurin in Rot weit in den Schatten stellte.

»Du konntest uns hören?«, fragte sie mich direkt.

»Nicht hören«, sagte ich, »sondern … eher sehen«, log ich, indem ich vage auf ihre gesamte Erscheinung deutete, als wäre es offensichtlich, dass sie an eine Falle gedacht hatte. Gelenkt von einer fremden Stimme, die mir den Gedanken in den Kopf gepflanzt hatte, nicht allzu viel von dieser offensichtlichen Henker-Superkraft zu offenbaren. Vielleicht würde sie bei den beiden auf mich unnahbar wirkenden Frauen noch nützlich sein.

»Was siehst du?«, wollte Mara, die direkt neben mir stand, wissen, während Ela die Augurin in Rot beschwichtigte.

»Sie ist sehr aufmerksam und hat unsere Sorge gesehen«, antwortete die gelb gekleidete Augurin auf Maras Frage, ließ mich dabei aber nach wie vor nicht aus den Augen. »Du musst die Henkerin sein, die uns angekündigt wurde.«

Ich schrak zurück. »Woher …« Weiter kam ich nicht.

»Wir haben das Henkersymbol, das Othala, in unseren Visionen gesehen, Alexandra Foster. Wir wussten nur nicht, wen die Erbrune erwecken würde oder was genau uns erwartet. Selbst das zusammengetragene Wissen in der Bibliothek des Augurenturms hat uns offenbar nicht auf das wahre Ausmaß deiner Kräfte vorbereitet.« Sie öffnete den Mund, schloss ihn dann jedoch wieder und kommunizierte stumm mit ihrer Kollegin. Die Worte schwebten zwischen ihnen umher, erst als ich mich abwandte, hörte ich wieder dieses leise Säuseln und Zischen.

»Alex war schon immer gut darin, die Emotionen anderer zu deuten«, warf Mara ein. »Das hat nichts mit dem Symbol zu tun.« Ich dankte meiner Freundin mit einem schmalen Lächeln.

Belassen wir es dabei?, wisperte es.

Ja.

»Ich bin Panya, das ist Yui«, stellte sich die gelb gekleidete Augurin nun offiziell vor, ehe sie zu ihrer Kollegin zurückkehrte.

»Weshalb habt ihr uns zu dieser höchst interessanten Zusammenkunft gerufen?«, kam Yui nun zu Wort, ließ währenddessen Noah und Gloria keinen Augenblick aus den Augen.

»Wir haben etwas herausgefunden, auf das ihr euch konzentrieren müsst«, erklärte Tristan. Seiner Haltung nach war er nicht gerade der größte Freund der Auguren. Seine Zwillingsschwester schien noch weniger von ihnen zu halten. Ich hatte von Tanja, Maras und Tristans Mutter, mitbekommen, dass sie sich anfangs gegen Sebastiens Hilfe gesträubt hatte. Dieser war inzwischen akzeptiert worden, vielleicht auch nur, weil er Elas entfernter Cousin war. Die neu gefundene Akzeptanz schloss aber offenbar nicht die anderen beiden Augurinnen ein. Mara strahlte schon beinahe offene Feindseligkeit aus und musterte die beiden mit zusammengekniffenen Augen, ehe Chris nach ihrer Hand griff und sie damit ablenkte.

»Du willst uns etwas sagen, was *wir* nicht wissen?«, fragte Yui in so geringschätzendem Ton, dass ich sie nur fassungslos ansehen konnte. Ich hatte Sebastien anfangs für überheblich gehalten, aber nicht annähernd in dem Ausmaß. So viel über die Zukunft zu wissen, machte anscheinend nicht gerade bescheiden.

»Ihr hattet das Litha-Fest im Auge, oder?«, fragte Ela mit bemerkenswert ruhiger Stimme. Yui nickte. »Wusstet ihr auch, dass die Hexer dort alle sterben sollen?«

Yui bewahrte eine erstaunlich ruhige Miene, während das mir inzwischen bekannte Wispern erklang und die Worte zwischen ihr und Panya so schnell hin- und herschossen, dass ich mich aufs Hören und nicht aufs Lesen konzentrierte.

Haben wir die Bilder fehlinterpretiert? Sollen die Hexer tatsächlich sterben?, fragte Yui.

Nein, wir haben auch einen Blick auf die Zeit danach geworfen. Panya schüttelte den Kopf. *Wir haben Sato und Amar gesehen. Ihre fassungslosen Gesichter, nachdem das Feuer lange nach dem Angriff erloschen ist.*

»Die Hexer werden leben«, sagte Yui laut. »Aber wir können gern einen weiteren Blick darauf richten.«

»Wo ist eigentlich Sebastien?«, fragte Panya dann, und mir wurde eiskalt. »Er hatte den Auftrag, über eure Fortschritte Bericht zu erstatten. Wir haben seit Tagen nichts von ihm gehört und er bleibt unseren Blicken verborgen.«

Nun wurde es unangenehm. Ela trat nervös von einem Bein aufs andere, gab sich dann jedoch einen Ruck und erzählte den beiden die ganze Geschichte. Auch wenn sie Sebastien damit der wissentlichen Täuschung bezichtigte, weil er seit seiner Berufung zum ersten männlichen Auguren nicht im Vollbesitz seiner Magie gewesen war. Aber es gab keine andere Möglichkeit mehr.

Ich blendete Elas Stimme fast vollständig aus und versuchte, den unmöglich lesbaren Dialog, der zwischen den Augurensigillen hin- und herschoss, zu verfolgen. Die Buchstaben zogen viel zu schnell vorüber. Also schloss ich die Augen und konzentrierte mich auf das Flüstern. Ich konnte die Sprecherin nicht zuordnen, aber zumindest die Worte verstehen.

… dir schon damals gesagt! Er wird uns ins Verderben stürzen.

Nein, du hast gesagt, es läge daran, dass er ein Junge ist.

Wie konnte Aveline uns das nur antun?

Sie war weitsichtiger als wir beide zusammen.

Offenbar entspricht das nicht der Wahrheit.

Stell dich nicht so stur, nur weil wir noch nicht erkennen, was alles geschehen wird.

Sie hat vermutlich geraten! Und uns damit blind in unser Elend rennen lassen.

Wir werden uns darauf konzentrieren, Sebastien wiederzuerwecken. Er ist ein wichtiger Teil der Zukunft, das hat uns schon Aveline immer gesagt.

Und was ist mit dem, was Calliope vor seiner Berufung gesagt hat? Was, wenn es die vorherbestimmte Zukunft ist, dass weiterhin nur Frauen in die Zukunft blicken?

Was, wenn uns wirklich Verrat droht? Wir können niemandem mehr vertrauen, das hat uns Aveline mit ihrem letzten Atemzug übermittelt. Niemandem! Meine Intuition sagt mir, dass wir etwas übersehen haben, was sie bereits entdeckt hatte. Es muss mehr dahinterstecken. Also bewahren wir das Wissen um ihn für uns. Einverstanden?

Ich hörte keine gewisperte Antwort, daher öffnete ich schnell die Augen, um vielleicht ein Nicken oder ein Kopfschütteln von einer der Frauen zu entdecken – doch ich war zu spät.

»Wir werden in die Vergangenheit und in die Zukunft blicken«, sagte Panya dann laut in die Stille hinein, sodass ich zusammenzuckte. Alle hatten den Atem angehalten und ließen ihn nun in stockenden Zügen entweichen. Auf Panyas Gesicht schwang nicht der leiseste Hauch einer Emotion angesichts des lautlosen Streitgesprächs zwischen den Augurinnen mit. Beeindruckend. »Wir werden Sebastiens Geheimnis auch für uns bewahren. Ebenso die Anwesenheit von Gloria

Mescinia und Noah Brand. Vorerst«, legte sie nach, was beinahe wie eine Drohung klang.

»Wir danken euch.« Ela neigte den Kopf.

»Bewahre das Erbe. Bewahre die Tradition.« Panyas Worte schwebten noch im Raum, als die beiden Augurinnen bereits wieder in Rauchsäulen verschwunden waren.

Maras erleichtertem Aufseufzen folgte ein kollektives Rascheln, als die Anspannung im Raum wich.

»Ich vertraue ihnen«, sagte Ela an niemand Besonderen gerichtet, vielleicht wollte sie sich auch eher selbst davon überzeugen.

Ich zögerte, wollte ihre Hoffnungen nicht zerstören, aber berichtete dann von dem *belauschten* Gespräch und wie ich es überhaupt hatte hören können.

»Sie haben ihren Glauben an Sebastien verloren«, schlussfolgerte Tristan, nachdem alle ihren Unglauben über meine Superkraft kundgetan hatten. Denn offenbar gab es keinerlei Möglichkeit, keine noch so komplizierte und starke Abhörsigille, um Gespräche der Auguren über ihr Augurenzeichen mitzuhören. Zum Glück hatte ich meine Henker-Superkraft verborgen gehalten.

»Wenn sie denn je an ihn geglaubt haben«, kommentierte ich. »Ich fürchte, wir sind auf uns allein gestellt.«

Die anderen stimmten betroffen zu.

»Umso dringender ist es, Sebastien aufzuwecken, damit er uns ›einen‹ kann. Ehe wir«, Noah deutete von Tristan zu Chris zu seiner eigenen Brust, »draufgehen oder was auch immer.« Ausnahmsweise lag keinerlei Spott in seiner Stimme, er konnte trotz der flapsigen Ausdrucksweise seine Angst nicht verbergen.

»Gehen wir zu uns in die Bibliothek«, schlug Mara vor und erntete ein zustimmendes Nicken. Ich war sehr gespannt auf den mysteriösen Ort hinter der Schrankwand in Maras Wohnzimmer. Vielleicht konnte ich die Barriere nun, da irgendeine schräge Magie in meinem Blut lag, ja durchqueren? »Ihr solltet weiter an Alex' Dunkelmagietoleranz arbeiten«, vernichtete sie dann jegliche Hoffnung und meine Mundwinkel fielen nach unten. Inzwischen gab es also schon ein Wort dafür?

»Aber nur, wenn Gloria verspricht, das Narkosemittel zu verwenden«, forderte Noah. Gloria rollte mit den Augen und seufzte.

Erst als sie nickte, schlug Noah vor, unseren Trainingsplatz in den Wald auf dem Anwesen der Brands zu verlegen, während sich die anderen durch die Wächterbibliothek arbeiten würden.

Mara, Chris, Gloria und Noah schnappten sich noch kalorienreiche Desserts vom Tisch und machten sich bereit, zurück nach Falkhausen zu reisen.

»Kommt ihr nicht mit?«, fragte ich Ela und Tristan.

Ela schüttelte den Kopf. »Ich möchte noch mal mit Etienne sprechen. Wir kommen dann nach.«

Also griff ich nach Maras Hand und löste mich an ihrer Seite in meine Atome auf, nur um kurz darauf von Schwindel erfüllt wieder zusammengesetzt zu werden.

34

ALEX

Die vage Hoffnung, mich hier, nahe an meinem Zuhause, irgendwie besser zu schlagen, wurde schon bei unserem ersten Trainingsversuch eiskalt vernichtet. Ich scheiterte erneut grandios, versengte den Stamm mehrerer hoher Kiefern – die vermutlich komplett in Flammen aufgegangen wären, hätte Gloria sie nicht mit einer aus dem Nichts kommenden Welle gelöscht.

Nun standen Noah und ich uns klitschnass gegenüber, während er sich zum siebten Mal in den Finger pikte und ich mich auf meine Atmung, mein Inneres und all den Quatsch konzentrierte, den Gloria mir immer wieder als »die beste Möglichkeit« anpries.

»Versuch es dieses Mal mit Schreien!«, riet mir Gloria. »Brüll deine Wut heraus.«

Ich hatte es aufgegeben, über ihre seltsamen Vorschläge zu urteilen, und wartete, bis Noahs Magie aufleuchtete. So weit alles gut. Doch kaum dass er seine Sigille mit Blut benetzte und sich der rote Schimmer ausbreitete, stieg die Hitze in mir empor, brachte meine Handflächen zum Glühen und mein Sichtfeld verfärbte sich.

Dann schrie ich. So laut, dass sämtliche Vögel im Umkreis mit mir schrien und krächzend davonflogen. Meine geschärften Sinne nahmen einen dumpfen Aufprall unter den Flügelschlägen wahr, ich sah ein paar Federn zwischen den Stämmen hinabsinken. Ich schrie weiter, versuchte, die Hitze mit meiner Stimme unter Kontrolle zu behalten. Doch in dem Moment, in dem mir die Luft ausging, fühlte ich, wie die Glut in meinen Händen zu sengenden Flammen wurde, die ich instinktiv auf Noah schleuderte. Noah wich aus, stoppte seinen Zauber und der rote Schimmer erlosch.

Ich fiel kraftlos und mit kratzendem Hals auf die Knie. Der Waldboden war weich. Die Feuchtigkeit drang sofort durch meine Jeans. Ich holte tief Luft, nahm den Geruch nach Moos und Pilzen, die unter dem Farn neben mir sprossen, in mich auf. Ich würde sie alle töten, sobald die rote Frau auftauchte und Magie wirkte. Ich schlug meine Hände vors Gesicht und ließ zu, dass mich meine wenigen noch vorhandenen Gefühle durchströmten, mich laut schluchzen ließen, ehe sie in flüssiger Form unaufhaltsam aus meinen Augen rannen.

»Ich denke, wir machen Schluss für heute«, sagte Gloria und ich spürte ihre kühle Hand auf meiner Schulter. »Du darfst dich nicht übernehmen.«

Ich schüttelte den Kopf, sah sie nicht an, sondern starrte auf den Boden zwischen meinen Knien.

Glorias Handy unterbrach ihren Beruhigungsversuch.

»Mara?«, fragte sie anstelle einer Begrüßung. »Ist etwas passiert?«

Ich erhob mich schnell und drehte mich zu ihr, um ihre Mimik zu verfolgen. Auf meine Bitte hin wollten sie und Chris Sebastien nach ihren Nachforschungen in der Wächterbibliothek zu den Brands bringen. Vor meinem inneren Auge zogen die grausamsten Szenarien vorüber.

Sebastien war nicht mehr dagewesen, als sie ihn aus meinem durch Zauber geschützten Zimmer holen wollten.

Oder Sebastien hatte den Transport nicht überlebt.

»Wir kommen sofort.«

Sie senkte das Handy, und noch ehe sie es zurück in ihre Tasche gesteckt und uns Maras Worte weitergegeben hatte, war ich schon losgerannt.

»Sebastien geht es offenbar schlechter«, folgte mir ihre Stimme. »Er hat den Transport in das Haus der Brands nicht so gut überstanden.«

Äste peitschten mir ins Gesicht, während ich den direkten Weg zum Haus nahm, nicht den Umweg über den Trampelpfad. Ich rannte schneller, als ich jemals in meinem Leben gerannt war. Ich trug die Schuld daran. Nicht nur an seinem allgemeinen Zustand, weil ich ihn geküsst hatte. Nein, ich hatte auch darum gebeten, dass sie ihn hierherverlegten, in vermeintlich sicherere Umgebung. Bislang hatte ich ihnen den Grund nicht genannt. Es war einfach zu verrückt! Selbst unter den gegebenen Umständen.

Atemlos kam ich an der geöffneten Haustür der Brands an, wo Mara bereits auf mich wartete.

»Was ist passiert?«, brachte ich zwischen keuchenden Atemzügen hervor.

»Es war, als würde Sebastien sich dagegen wehren, mitgenommen zu werden. Es ist … keine Ahnung.« Sie zuckte mit den Schultern.

»Wo ist er jetzt?« Ich drängte bereits an Mara vorbei ins Innere des herrschaftlichen Gebäudes. Etwas zog mich an, wischte alle Bedenken, dass mein früheres Ich nie in fremde Häuser eingedrungen wäre, beiseite. Ich strebte instinktiv auf eine von aufwendigen Pilastern umrahmte Tür zu und stieß sie auf. Eine Treppe führte hinab in den Keller. Ich nahm die Stufen so schnell, dass ich ohne das in der Wand befestigte Geländer vermutlich gestürzt wäre, das bei jedem weiteren Ruck, den ich beim Sprung über mehrere Stufen hinweg verursachte, ein bedenkliches Knirschen von sich gab.

Maras Schritte folgten mir. »Woher wusstest du …«

»Ich spüre ihn«, war meine knappe Antwort, als ich endlich mein Ziel erblickte. Sebastien lag in einem Zeremonienraum, ähnlich dem Saal im Maison de Beauvais, nur etwas kleiner, gemütlicher. Auch hier stand eine Art Altar mit Kerzen und allerhand anderem Hexenzubehör an der Stirnseite, weniger imposant und nicht aus Stein, wie ich beim Näherkommen erkannte, sondern aus schwarzem Holz, das den Raum unter dem Tisch umschloss. Ebenholz. Die Oberfläche des Altars war in der typischen gestreiften Optik.

Mitten im Raum auf einer grauen Klappliege, direkt auf dem in den Boden eingelassenen Pentagramm, lag Sebastien. Wenn überhaupt möglich, war er tatsächlich noch bleicher als zuvor.

Ich stürzte zu ihm und nahm seine Hand. Die Kälte verbiss sich sofort in meiner Haut. Ich ignorierte sie, rieb seine Finger und spürte das Prickeln, das über meine Finger raste. Unsere schräge magische Verbindung heilte ihn. Auch wenn seine Gesicht nach wie vor so weiß wie Schnee war, kehrte das Blut offenbar zumindest in seine vollen Lippen zurück. Erleichtert sackte ich auf seiner Brust zusammen, lauschte seinem kaum wahrnehmbaren Herzschlag und beobachtete dabei weiter, wie sich sein Zustand ganz offensichtlich besserte. Erst als ich glaubte, seinen Herzschlag wieder deutlicher zu hören – wenn auch in viel zu langsamem Takt –, strich ich ihm die Locken in der

Farbe des Altars aus dem Gesicht und bettete seine Hand wieder neben seinem Körper.

»Puh! Bin ich froh, dass es geklappt hat«, stöhnte Mara neben mir ehrlich erleichtert.

Weitere Schritte auf der Treppe. Ich sah zum offenen Durchgang, wo Chris gerade erschien. »Ela und Tristan kommen auch gleich. Dann kannst du uns erzählen, warum wir das Risiko eingegangen sind, in dein Elternhaus einzubrechen und Sebastien zu stehlen, obwohl er dort von starken Schutzzaubern verborgen war.«

Als hätte Chris sie mit der Erwähnung gerufen, betraten Ela und Tristan den Zeremonienraum, Ela ging zielstrebig zu Sebastien und untersuchte ihn. Hinter Tristan folgten Noah und Gloria, die es nicht annähernd so eilig hatten wie ich, zu Sebastien zu kommen.

»Erzählst du uns jetzt, warum wir ihn hergebracht haben?«, forderte Mara erneut und alle starrten mich an. Ich sah auf Sebastien neben mir hinab, von dem Ela gerade zurücktrat. Mein Blick folgte ihr bis zu Tristan.

»Es war zunächst nur so ein … Gefühl«, erklärte ich, »dass ich in seiner Nähe sein muss. Was wir ja schon wussten, weil er ja offensichtlich nur noch lebt, weil wir eine Verbindung haben und ich ihn heile, obwohl er aufgrund meines Kusses eigentlich tot sein sollte«, quollen die Worte aus meinem Mund. Ela kniff die Augen zusammen und zeigte deutlich, dass sie noch nicht wusste, worauf ich hinauswollte.

Ich holte Luft, dann sprach ich etwas langsamer. »Sebastien hätte tot sein sollen. Vermutlich nicht einmal durch einen Henkerskuss, sondern durch meine durchgeknallten Instinkte in Bezug auf Magie, ja?«

Ich wartete ab, bis sie mir folgen konnten. »Auch die beiden Augurinnen wussten nicht, wo er ist.« Ich wartete wieder das kollektive Nicken ab. »Dabei haben sie sicher irgendeinen magischen Augurentracker.« Weiteres Nicken.

»Also weiß es auch die rote Frau nicht«, schloss ich und wartete auf Zustimmung zu meiner Schlussfolgerung.

»Und?«, fragte Noah.

Beinahe hätte ich über so viel Begriffsstutzigkeit die Augen verdreht. »Sie muss davon ausgehen, dass er tot ist, nachdem sie mein

Henkersblut erweckt hat, muss denken, dass ich ihn getötet habe und sie nun niemand mehr aufhalten kann. Sie hat Etienne im Spiegel sogar gesagt, dass Sebastien ›ausgeschaltet‹ sei.« Luft! Die Unterbrechung durch den Atemzug kam mir viel zu lang vor, aber ich sah, wie meine Freunde einer nach dem anderen verstanden.

»Aber noch besteht die Chance, dass wir ihn aufwecken können. Und das ist unser Vorteil. Wir haben das Überraschungsmoment auf unserer Seite.« Etwas weniger überzeugend fügte ich hinzu: »Sofern die Augurinnen nicht zu auffällig nach einer Lösung suchen und so die Aufmerksamkeit der roten Frau auf sich ziehen.«

Ich ließ allen Zeit, die Informationen zu verdauen, und sah dabei zurück zu Sebastien, fuhr über seinen Unterarm und griff erneut nach seiner Hand. Jemand flüsterte: »Ich bin stolz auf dich.«

Ich runzelte die Stirn, fuhr herum, aber konnte den Sprecher oder die Sprecherin nicht ausmachen. Dennoch wärmte es mich von innen und ich murmelte ein »Danke«. Ela zog die Brauen zusammen und überlegte.

»Konnte eure Mutter beim Rat in Erfahrung bringen, ob die Festivitäten zur Sommersonnenwende ausgesetzt werden?«, fragte Ela an Chris und Noah gewandt.

»Sie ist, soweit ich weiß, noch nicht zurück«, sagte Chris.

»Doch, das bin ich, mein Schatz.« Carina Brand rauschte dicht gefolgt von einer Frau mit dunklem hochgesteckten Haar mit hellen Blocksträhnen in den Raum, der inzwischen recht voll geworden war. Als wir Gloria und vor allem Noah das erste Mal hierhergebracht hatten, war Noahs und Chris' Mutter beinahe in Ohnmacht gefallen. Danach waren die Tränen gekommen. Sie hatte Noah an sich gerissen, geweint und geschluchzt, während sie Gloria wieder und wieder finstere Blicke zugeworfen hatte. Carina hatte Chris' Entscheidung, zu den Dunkelhexen zu wechseln, auf Glorias schlechten Einfluss geschoben. Inzwischen hatte er seine Mutter jedoch aufgeklärt und sie hatten sich ausgesprochen. Carina hatte unwillkürlich Chris vor dem Fluch beschützen wollen, mit dem sie ihre Magie erhalten hatte – weshalb sie Noah vernachlässigt hatte, was ihr zutiefst leidtat. Erst nach der großen Aussprache hatten wir sie über Sebastiens Zustand aufgeklärt und sie hatte angeboten, ihn hier im Haus unterzubringen und natürlich Stillschweigen zu bewahren. Noch während sie näher trat, sah sie kurz zu ihm, kommentierte seine Anwesenheit aber lediglich mit einem Nicken.

»Leider haben wir keine guten Neuigkeiten.« Carinas Stimme machte dies schon deutlich. »Der Rat ist der Meinung, dass die Litha-Feuer wie geplant entzündet werden sollen.«

»Das kann doch nicht ihr Ernst sein!«, erwiderte Tristan aufgebracht. »Haben sie nichts aus dem Walpurgisritual gelernt?«

»Doch, genau das haben sie«, mischte sich nun auch die andere Frau ein, die Heloise hieß und Carinas beste Freundin war, wie mir Mara soufflierte.

Carina lachte ein freudloses Lachen. »Leider ja. Beim Walpurgisritual waren alle Hexen der Welt an einem Ort, ein einziges Ziel«, begann sie, und den Rest konnte ich mir zusammenreimen.

»Die Dunkelmagier können nur einen Ort oder wenige Orte auf der Welt auf einmal angreifen«, schlussfolgerte ich finster. »Und daher sind nur wenige Hexen von den Angriffen betroffen.«

Carina nickte bedauernd. »Die geplanten Feierlichkeiten werden stattfinden. Das Erneuerungsritual ist zu wichtig. Es ist riskant, alle Hexen zu schwächen, gerade in diesen turbulenten Zeiten. Wir müssen unsere Magie erneuern.« Carinas Stimme war so verändert, dass ich mir sicher war, dass sie gerade jemanden zitierte. »Aber der gesamte Rat wird mitsamt den Jägern und den Auguren das Litha-Feuer mit uns hier in Falkhausen zelebrieren, um seine Auserwählten zu schützen.« Sie fing die Blicke von Tristan und Ela ein. Ich konnte ihrer Stimme nicht entnehmen, ob sie das gut oder schlecht fand. Angesichts des Wissens um ihre Vergangenheit und den Ursprung ihrer Magie, für das sie vor Kurzem vor ein Tribunal gestellt worden und nur knapp davongekommen war, hielt ich es für wahrscheinlich, dass sie den Rat nicht hierhaben wollte.

»Ich habe einiges vorzubereiten. Auf so viele Gäste beim traditionellen Feuer war ich nicht vorbereitet. Deshalb hab ich Heloise mitgebracht. Sie wird mir helfen.« Mit einer Kopfbewegung forderte sie Heloise auf, mit ihr zu kommen, und die beiden verschwanden in Richtung Treppe.

»Ich fasse es nicht«, sagte Ela. »Nimmt uns hier denn irgendwer überhaupt ernst?«

Zustimmendes Raunen ging durch unseren Kreis. Ich für meinen Teil fühlte mich nicht gerade sicherer, wenn der Rat und alle anderen Berühmtheiten der Hexenwelt hier vor Ort waren. Was, wenn *sie* das Ziel des prophezeiten Anschlags waren und uns damit alle erst recht in Gefahr brachten?

Und was würde mit Gloria und Noah geschehen, wenn sie hier gefunden wurden? Sie waren die vom Rat ausgerufenen meistgesuchten Dunkelhexen neben ihrer ehemaligen Meisterin selbst.

Ich bemerkte erst jetzt, dass ich noch immer Sebastiens Hand hielt, und drückte sie, als müsste ich ihn beruhigen. Oder als forderte ich ihn stumm auf, mich zu beruhigen. Doch natürlich regte er sich nicht. Was sollten wir nur tun?

35

ALEX

Das Litha-Feuer rückte immer näher. In den nachfolgenden beiden Tagen trainierte ich schon vor der Schule mit Gloria und Noah, direkt nach Schulschluss mit Carina und Heloise. Sie alle hatten immer noch weitere Tipps, wie ich mich vor der Wirkung der Blutmagie abschotten, meine Emotionsmauer verdichten oder ausbauen konnte – und nichts davon half auch nur dabei, es ein paar Sekunden länger zu schaffen. Es war zum Verzweifeln. Meine Freunde waren nicht erfolgreicher. Tristan, Ela, Mara und Chris suchten gemeinsam mit Tanja jeden Tag bis zur Erschöpfung in der Wächterbibliothek nach neuen Möglichkeiten, den zum Schlaffluch gewordenen Todeskuss, der auf Sebastien lag, zu brechen. Uns lief die Zeit davon. Selbst bei unserer Lagebesprechung im Zeremonienraum der Brands am Freitagabend, weniger als vierundzwanzig Stunden vor dem Entzünden des Litha-Feuers und der Erneuerung der Magie aller Hexen, waren wir keinen Schritt weitergekommen.

Die Atmosphäre nur angespannt zu nennen wäre die Untertreibung des Jahrhunderts gewesen. Es war keine Anspannung, es war pure Verzweiflung. Wir saßen auf den Sesseln und Stühlen, die wir aus der Garage in den Keller geschafft hatten, im Kreis um Sebastien herum und zerbrachen uns die Köpfe darüber, was wir noch versuchen konnten. Die Gesichter meiner Freunde waren fast so bleich wie das von Sebastien, dessen Hand ich wie immer hielt, sobald wir hier unten waren. Es war zu einem Instinkt geworden wie Atmen. Unter seiner Berührung entspannte ich mich etwas und genoss es, nicht ganz so hilflos zu sein und mich unnütz zu fühlen. Denn sobald ich ihn berührte, schien es ihm besser zu gehen – auch wenn er nicht erwachte. Wir hatten es versucht.

»Habt ihr etwas von den Augurinnen gehört?«, stellte ich die tägliche Frage.

Ela schüttelte den Kopf und senkte die Lider. Die Schatten unter ihren Augen waren so dunkel, dass sich ihre Wimpern kaum mehr abhoben. Ihr Gesicht wirkte eingefallen, sie hatte wie die anderen Unmengen von Magie für das Aufspüren einer Lösung verbraucht und ihr Hirn musste von dem magischen Auslesen potenziell hilfreicher Bücher kurz vor dem Platzen sein.

Jeden Abend, wenn wir uns hier trafen, spürte ich jedoch, wie auch zwischen ihr und Tristan die magische Verbindung dafür sorgte, dass sie sich gegenseitig stärkten. Dasselbe traf auf Mara und Chris zu, ebenso auf Noah und Gloria. Nur leider brachte uns das auch nicht weiter.

»Wir sollten uns schlafen legen.« Mara gähnte so herzhaft, dass sie uns alle damit ansteckte. Mein Kopf sagte mir, wir hätten keine Zeit zu schlafen, aber mein Körper war anderer Meinung. Die Isomatten mit Schlafsäcken darauf, die sich an der Längsseite des Kellerraums entlangzogen, schienen uns zu rufen. Noch während ich gähnte, zog meine provisorische Schlafstätte, die wir zu Sebastiens Schutz hier im Keller aufgeschlagen hatten, meinen Blick auf sich und die Müdigkeit wurde übermächtig.

»Morgen werden wir eine Lösung finden«, versprach Tristan wie jeden Abend. »Vielleicht muss Sebastiens Magie erneuert werden und er wacht wieder auf, ehe die Dunkelhexen angreifen.« Damit fasste er unsere einzig verbliebene Hoffnung zusammen und ließ sie den Raum erfüllen. Nacheinander machten wir uns oben im Badezimmer für die Nacht fertig und ich zog meine Isomatte in den Stuhlkreis direkt neben Sebastiens Liege, damit ich die ganze Nacht über seine Hand halten konnte.

Als ich aus dem Badezimmer zurückkam, hatten die anderen die Beine der Liege eingeklappt, sodass Sebastien nun ebenfalls fast auf dem Boden lag. Ich sah meine Freunde an, Tränen benetzten meinen Blick. Denn keiner sprach aus, dass ich die vielleicht letzte Nacht mit meinem offenbar von unserem Blut bestimmten Partner nicht mit einem Höhenunterschied von knapp einem Meter verbringen sollte.

Ich rückte ganz eng an Sebastien, nahm den so vertrauten Geruch nach Lavendel in mich auf, den der Augurenturm offenbar auf ihn übertragen hatte, und lauschte den viel zu seltenen Herzschlägen, während unsere verflochtenen Hände auf seiner Brust ruhten.

»Alles wird gut«, wisperte jemand, ehe das Licht ausging und die Atemzüge der anderen lauter zu werden schienen. Nur ein paar Kerzen auf dem Altar durchbrachen die nach mir greifende Dunkelheit. »Ich vertraue dir.«

Die Überlegung, wer meiner Freunde es zu wem gesagt hatte, begleitete mich in den Schlaf, in dem ich davon träumte, wie wir uns an den Händen haltend um Sebastien scharten, beleuchtet von einem gigantischen Feuer hinter uns, das unsere Schatten auf dem unebenen Boden einer Waldlichtung tanzen ließ.

36

Sebastien

Ich hatte in der ganzen Zeit die Augen geschlossen, und sah doch mehr denn je.

Ich sah, wie ich im Zeremoniensaal der Familie Brand lag, die Augen geschlossen, die Haut so bleich, dass sie wächsern, irgendwie durchscheinend wirkte – selbst in dem spärlichen Licht, das die Kerzen auf dem Ebenholzaltar verströmten. Einzig meine Lippen waren rot wie Blut. Das hatte ich Alex' Anwesenheit zu verdanken.

Wie gern würde ich nicht nur sehen, dass sie eng an mich geschmiegt schlief, sondern sie noch näher an mich ziehen, meinen Arm um sie legen und ihr sagen, wie viel sie mir bedeutete. Aber das konnte ich nicht. Ich konnte ihr nur in Gedanken immer wieder zuflüstern, dass alles gut werden würde und dass ich ihr vertraute.

Alex hatte mit einer Berührung unserer Lippen einfach alles verändert. Seit sie mich geküsst hatte, war die seit meiner Berufung bestehende Wand aus Nebel verschwunden, die einen klaren Blick unmöglich gemacht hatte. Sie hatte mit der leidenschaftlichen Bestätigung unserer vorherbestimmten Verbindung das Gift, das seit damals durch mein Blut gesickert war und meine Magie beschränkt hatte, neutralisiert und mich geheilt.

Seither sah ich einfach *alles*. Die Vergangenheit. Die Gegenwart. Die Zukunft. Es war wie ein Rausch. Eigentlich hätte mein Herz wild pochen müssen, meine Fingerspitzen zucken. Der Drang, mich bewegen zu müssen, hätte übermächtig sein müssen. Und doch lag ich wie paralysiert hier, konnte nicht einmal die Wärme von Alex' Gegenwart genießen. Oder die Campingliege unter mir spüren, auf die mich Chris und Mara mithilfe von Gloria und Noah gelegt hatten. Garantiert hatte ich selbst nach mehreren Tagen noch einen blauen Fleck am Steißbein, weil sie am Fuß der Kellertreppe ins Stolpern geraten waren und meine Beine fallen gelassen hatten. Aber ein Hämatom war das geringste meiner Probleme. Ich musste aufwachen. Musste ihnen allen sagen, was ich wusste. Was ich gesehen hatte. Was geschehen würde.

Das große Ganze mit solcher Klarheit zu erkennen war der pure Wahnsinn. Noch niemals hatte ich ein so ungetrübtes Bild gehabt. Hatte bis ins kleinste Detail gesehen, was geschehen würde oder könnte, wie sich jede einzelne Handlung einem Faden gleich in das Gewebe der Zukunft einflocht. Einer Zukunft, die schon so lange von *ihr* gesponnen worden war. Die Prophezeiung über den Einen war älter, als alle annahmen, existierte von Anbeginn der Magie an. Längst vergessen – oder bewusst verborgen gehalten?

Und jetzt, da ich alles sah, alles wusste, war ich nicht in der Lage, etwas zu unternehmen.

Ich konnte weder meine Freunde noch den Rest der Hexenwelt davor bewahren, was in den nächsten vierundzwanzig Stunden passieren würde. Es hing alles von ihnen ab. Ihren Entscheidungen. Und am meisten von Alex. Von ihrer Stärke – und von ihrer Henkersmagie. Denn sie konnte mich irgendwie hören. Nicht als würde ich sprechen, aber sie war als Henkerin in der Lage gewesen, dem stummen Gedankenaustausch der Auguren zu folgen. Doch so weit entfernt, wie mein Bewusstsein war, war es schwierig, zu ihr durchzudringen. Ich hatte sie beobachtet, hatte verfolgt, wie sie ihre *Superheldenkraft* bei Panya und Yui einsetzte. Ich hatte ihr zugerufen, dass sie den beiden nicht verraten solle, dass sie in der Lage war, sie zu hören. Und sie hatte mir geglaubt. Oder der inneren Stimme, als die sie mich in all der Zeit meines Schlafs interpretiert hatte. Vom ersten Moment an.

Doch die beiden hatten neben ihr gestanden, hatten sich von Augurensigille zu Augurensigille ausgetauscht, was es Alex leichter gemacht hatte, die Magie zu durchschauen und sie als das zu erkennen, was sie war. Dazu war ich nicht in der Lage. Ich konnte keine Magie wirken, selbst wenn es sich nur um ein einfaches Gespräch mit meinen Kolleginnen handelte, wie es sonst ohne Probleme über große Distanzen hinweg möglich gewesen war. Ich war an diese Liege gefesselt. Mit all dem Wissen über die düstere Zukunft, die wieder und wieder vor meinem inneren Auge vorüberzog. Sämtliche Möglichkeiten, jede noch so kleinste Entscheidung von einem der prophezeiten Sieben, die sich mit mir in diesem Raum aufhielten, könnte den Ausschlag geben. Ich war auf sie alle angewiesen. Unser Schicksal hatte uns schon lange vor unser aller Geburt miteinander verbunden.

Die Auserwählte.

Die Wächterin.

Die von der Dunkelheit Gezeichnete.

Und die Henkerin.

Vier junge Frauen, die mithilfe ihrer vom Blut bestimmten Partner die Welt retten könnten. Nicht nur die der Hexen.

Ich beobachtete Alex die ganze Nacht lang. Wie sie trotz der Kälte, die ich ausstrahlen musste, immer noch enger zu mir rückte, es irgendwie schaffte, meinen Arm um sich zu legen, wie ich es getan hätte, wenn ich dazu in der Lage gewesen wäre. Sie ruhte nun auf meiner Schulter, das Gesicht in meine Halsbeuge gedrückt, und sah entspannt aus wie nie zuvor. Wie gern wäre ich aufgewacht und hätte sie auf die Stirn geküsst, sie wach geküsst und für immer fest an mich gepresst.

Sie seufzte leise im Schlaf und murmelte meinen Namen.

Selbst angesichts der Lage, in der wir uns befanden, all der tausend Dinge, die in den nächsten Stunden bis zum Feuer schiefgehen könnten, drohte mein Herz vor purem Glück zu platzen.

Ich liebe dich, sagte ich zu der schlafenden Alex und sie wisperte kaum verständlich: »Ich liebe dich auch.«

Daraufhin versuchte ich ein weiteres Mal, ihr zu sagen, was beim Feuer geschehen würde. Doch Alex hatte schon immer eine zu große Distanz zu ihren Träumen gehabt, konnte sich nie an sie erinnern. Lediglich die Erinnerungen, derer sie durch Vergessenszauber beraubt worden war, kehrten durch ihre Henkerskräfte wieder zurück und blieben ihr im Bewusstsein. Doch all das, was ich ihr Nacht für Nacht über die Zukunft mitteilte, verschwand in ihrem Unterbewusstsein, ganz gleich, wie oft ich ihr die Bilder schickte.

Und doch gab ich nicht auf. Es war unsere einzige Chance.

37

Sebastien

Der Tag der Sommersonnenwende zog schneller vorüber, als mir lieb war. Die Zeit floss nicht träge dahin, sie wurde zu einer Stromschnelle, die uns alle mit sich riss.

Ela, Gloria und Mara hatten sich mit Tanja noch ein letztes Mal in der Wächterbibliothek umgesehen, während Chris, Noah und Tristan von Carina dazu verdonnert worden waren, bei den letzten Vorbereitungen im Wald zu helfen. Alex war mir nicht von der Seite gewichen. Ich hatte sie mit Bildern bombardiert, ihr unentwegt meine Visionen zugesandt, doch sie kamen nicht bei ihr an. So konnte ich nur noch hoffen, dass sie sich richtig entscheiden würde, wenn es so weit war. Eine Entscheidung, für die es ihre analytische Seite brauchte, die kalkulierende – nicht die von Emotionen geprägte. Sie brauchte jene Mauer um sich herum, die ihre Emotionen abstellte und die leider noch immer beim kleinsten Blick auf Blutmagie zerbarst.

Am späten Nachmittag kehrten die anderen zurück, bereits in ihre Umhänge gehüllt, wie es Tradition war. Es folgte ein stummer Austausch. Mit nur einem schwachen Kopfschütteln vernichteten sie Alex' allerletzte Hoffnung.

»Wir müssen ihn mitnehmen«, sagte Ela und legte ihre Hand auf die Liege, die inzwischen wieder hochgestellt war. »Auch seine Magie muss erneuert werden, damit er nicht geschwächt ist … noch mehr geschwächt ist«, korrigierte sie sich und verzog dabei das Gesicht. »Er muss in der Nähe eines Litha-Feuers sein – und hier können wir keins entzünden. Vielleicht liegt Tristan mit seiner Theorie ja richtig und er erwacht bei dem Ritual, wenn seine Magie erneuert wird.« Eine schöne Theorie, aber ich sah mich beim Ritual nicht erwachen. In keiner der verschiedenen Versionen der Zukunft.

Alex presste die Lippen zusammen, ließ dann meine Hand los, die sie den ganzen Tag lang gehalten hatte. Sie hatte mir zugeredet, dass ich aufwachen müsse, sie hatte mich angefleht, mehr von ihrer Kraft zu nehmen, als nur zum Überleben notwendig war. Ein Fragment des Traums, den ich ihr unentwegt geschickt hatte, musste es aus ihrem Unterbewusstsein in ihr Bewusstsein geschafft haben. Unter Tränen hatte sie mir befohlen, nicht zu sterben.

Die unkontrollierten Emotionen, die sie den gesamten Tag über immer wieder hatten aufschluchzen lassen, würden unser aller Untergang sein. Ich wünschte, sie könnte mich loslassen, wieder die Distanz aufbauen, die sie früher immer zu allen gehalten hatte. Wie eine Henkerin es sollte, wie es in ihrer Natur lag. Doch dafür war es zu spät.

Rund eine Stunde später stand meine Liege nach einem trotz Magie sehr ruckeligen Transport über den unebenen Waldboden am Rande der Lichtung, in deren Zentrum unzählige schwere Holzscheite in einem Ring um Langhölzer im Zentrum aufgestapelt waren. Die Lücken waren mit getrocknetem Reisig gefüllt, um möglichst schnell auch ohne Zuhilfenahme von Magie aufzulodern. Niemand wirkte Magie in den Momenten rund um den Sonnenuntergang in Rom, das als Sitz des Hohen Rates der Hexen den weltweiten Start der Erneuerungsfeuer vorgab.

Falkhausen lag fast eintausend Kilometer nördlich, weiter vom Äquator entfernt als Rom, daher war es hier noch fast taghell, während bei den italienischen Zirkeln bereits Fackeln entzündet wurden, um den baldigen Sonnenuntergang zu begrüßen. Auf der Lichtung im Rotwald bei Falkhausen fanden sich immer mehr Mitglieder des lokalen Zirkels ein und beäugten die sieben Gestalten in unscheinbaren Umhängen, die sich mit Kapuzen bis ins Gesicht gezogen rund um eine Liege scharten. Es war nicht ungewöhnlich, dass auch verletzte Hexen zum Litha-Feuer gebracht wurden, aber dass diese dann in größtmöglicher Entfernung zum Feuer positioniert waren, machte die Zirkelmitglieder misstrauisch. Aber nur so konnte niemand Gloria und Noah erkennen, die weltweit immer noch ganz oben auf den Fahndungslisten des Rates und der Jäger standen. Ich spürte Alex' Nervosität, als wäre es meine eigene. Sie hielt wieder meine Hand in ihrer und ich würde sie so gern zur Beruhigung drücken. Oder zum Abschied. Es gab noch immer diese eine große Variable, die ganz allein von Alex abhing.

Rund dreißig Minuten vor dem geplanten Entzünden des Litha-Feuers trafen die Jäger ein, checkten die Umgebung auf Bedrohungen durch Dunkelmagie, die natürlich noch nicht in Erscheinung getreten war, und gaben dem Hohen Rat die Freigabe für die Anreise. Zwei Jäger, deren Gesichter mich bereits fast mein halbes Leben lang begleitet hatten, sahen zu meinen Freunden und mir. Giulia und Alfredo Mescinia lösten sich aus der Gruppe der Weißroben und traten zu uns. Sie ließen sich nichts anmerken, als sie ihre Tochter erkannten, die Hochverrat begangen hatte und sofort inhaftiert werden sollte. Doch ein schneller Blickwechsel mit Ela reichte aus und Giulia hielt ihren Mann zurück, als er die Bedrohung ebenfalls erkannte. Die drei Mescinia-Frauen unterhielten sich allein durch ihre Mimik. Giulia hatte die Braue fragend erhoben, Ela sah hinab auf mein regloses Ich. Giulia war anzusehen, dass sie mehr wissen wollte, erfahren wollte, warum ich hier lag, aber Ela schüttelte leicht den Kopf, deutete mit den Lippen ein »Später« an, woraufhin Giulia kurz über die Hände ihrer Töchter strich. Sie vertraute ihnen. Sie vertraute selbst Gloria, obwohl sie zu den meistgesuchten Hexen der Welt gehörte.

Nach einem kurzen Lächeln zu den anderen legte Giulia ihrem Mann die Hand auf den Rücken und kehrte zu den versammelten Jägern zurück, die sich bereits unter die Zirkelmitglieder gemischt hatten. Nur wenig später traf der Hohe Rat der Hexen ein und wurde sofort von Carina Brand in Empfang genommen. Eingehüllt in einen sanft schimmernden dunklen Umhang, begrüßte Carina zuallererst die Ratsvorsitzende Calliope, dann ihren Stellvertreter Sato, der zwei Jahre nach meiner Augurenzeremonie zum ersten männlichen Ratsmitglied ernannt worden war. Danach wartete sie den anderen auf, bis es fast an der Zeit war, das Feuer zu entzünden. Die Jäger und der Rest des Zirkels standen bereits im Kreis um die Feuerstelle, aber mehr aus Tradition denn Notwendigkeit.

Carina bat Calliope, den Litha-Segen zu sprechen und das Feuer zu entzünden. Sie übergab ihr eine brennende Fackel und Seite an Seite traten sie zu dem aufgestapelten Holz.

»Zunächst möchte ich mich bei der Zirkelmeisterin Carina Brand für die spontane Gastfreundschaft bedanken«, begann Calliope und

Carina begann regelrecht vor Freude zu strahlen. Sie war durch ihr Tribunal in der Öffentlichkeit in Ungnade gefallen, aber die Ehre, beim Erneuerungsfeuer Rat und Jäger zu beherbergen, brachte ihrem Ansehen wieder genug Aufwind.

»Auch wenn unsere geschätzten Auguren noch nicht eingetroffen sind, begrüße ich euch alle zum diesjährigen Litha-Feuer. Lasst uns die Magie aller Hexen weltweit verbinden und gestärkt zu ihrem Ursprung zurückführen.«

Sie hob die Fackel und entzündete die dünnen Zweige, die sofort entflammten. Über das Knistern des erwachenden Feuers hinweg waren ihre letzten Worte kaum hörbar.

»Bewahre das Erbe. Bewahre die Tradition.«

Sie trat zurück an Carinas Seite, und mit einem zufriedenen Lächeln im Gesicht schloss sie die Augen. Alle Anwesenden folgten ihrem Beispiel und streckten ihren linken Arm aus oder legten zumindest ihre Sigille frei. Alle bis auf Alex, die ja eigentlich gar nicht hier sein dürfte. Ich beobachtete, wie sehr es sie anstrengte, und konnte nur hoffen, dass sie nicht angesichts der Magie, die die Luft nun regelrecht zum Vibrieren brachte, die Kontrolle verlor. Ich verfolgte, wie sich ein nahezu unsichtbarer Funkenstrang von jeder Sigille einer jeden Hexe und eines jeden Hexers zum Feuer aufmachte, wie die Flammen von Magie genährt immer höher aufloderten, bis weit über die Baumkronen hinweg, um jedes der unzähligen Litha-Feuer auf der ganzen Welt miteinander zu verbinden.

Dann endlich fiel das allerletzte Puzzlestück an seinen Platz, eine letzte Entscheidung, die bislang – bewusst oder unbewusst – vor allen Sehern der Welt verborgen gewesen war. Ich schrie die Wahrheit heraus, so laut ich konnte – und doch war es nicht laut genug.

So musste ich zusehen, wie die grausame Vision zur Realität wurde.

38

Alex

Ein Wispern erfüllte das Zwielicht, übertönte das Knacken der gesprengten Zweige, das Knistern der Reisigbüschel, die zwischen die Holzscheite gestopft worden waren. Ein Wispern wie … die stumme Unterhaltung der Augurinnen. Ich sah mich um, suchte nach der gelben oder roten Augurin, doch ich konnte keine der beiden entdecken.

… Kontrolle behalt … stark genug.

Ich konnte mich nicht weiter auf das Flüstern konzentrieren, meine Haut prickelte schon von der puren Anwesenheit so vieler Hexen, und mit jeder weiteren Person, die nicht zu Fuß durch den Wald kam, sondern via Sigillenfährte anreiste und ich den Ort, von dem sie gerade kam, aus der Magie herauslesen konnte, musste ich mehr Konzentration aufbringen, um meine Henkerinstinkte unter Kontrolle zu behalten, obwohl es nur lichte blauweiße Magie war. Es waren einfach zu viele Hexen. Zu viel Magie, die an meinem Henkererbe zerrte. Ich sollte gehen, damit ich nicht durchdrehte und meine Freunde verletzte.

Doch meine innere Stimme sagte mir, dass ich bleiben müsse. Dafür, dass es meine eigene war, fand ich es seltsam, dass ich mich tatsächlich beruhigte, mein Herz wieder in langsamerem Takt schlug. Dennoch war es anstrengend, das Flüstern drang immer wieder durch, aber ich schob es beiseite und konzentrierte mich darauf, dem Ablauf des Hexenrituals zu folgen, um meine Kontrolle nicht zu verlieren.

Niemand beachtete eine weitere Person in Umhang und Kapuze, nachdem Elas und Glorias Eltern unsere Gruppe gecheckt hatten. Die Ratsvorsitzende Calliope, wie Ela mir ganz leise erklärte, hielt eine sehr kurz gehaltene Ansprache, ehe sie das Litha-Feuer entzündete. Ihre Worte wollten mich auch danach nicht loslassen. Es war nur ein … Eindruck, aber ja, sie *fühlten* sich falsch an. »Lasst uns die Magie aller Hexen weltweit verbinden und gestärkt zu ihrem Ursprung zurückführen.«

Niemand der anwesenden Hexen schien es befremdlich zu finden, ich traute mich aber nicht einmal, flüsternd bei den anderen über die schreiende Stille hinweg nachzufragen.

Nacheinander schlossen alle die Augen und ich sah, wie sich von jeder einzelnen Sigille ein weiß leuchtender Lichtbogen zum Feuer hin bildete, was aussah wie auf einem Foto einer bewegten Lichtquelle mit zu langer Belichtungszeit.

Die mächtige Magie, die hier am Werk war, zerrte an meiner Konzentration und aktivierte meine Henkersinstinkte. Meine Sinne schärften sich wieder und ich sah jede Feinheit der Umgebung, nahm Elas Parfum wahr, Noahs Rasierwasser, Sebastiens leichten Lavendelduft, obwohl der Geruch des brennenden Holzes alles überlagerte. Das Knacken der Zweige im Feuer war plötzlich laut wie Pistolenschüsse. Aber ich hatte mich im Griff, auch wenn mein Atem etwas gepresster ging. Die Lichtbögen wurden ebenfalls detaillierter, ich erkannte, dass es kein Lichtstreifen war, sondern winzige Magiefunken, die von den Sigillen zum Litha-Feuer flogen und dabei einen Bogen beschrieben.

Auch von den Sigillen meiner Freunde stiegen winzige weißblaue Funken auf und nährten das Ritualfeuer, ließen es immer weiter wachsen, bis ich die ganz oben züngelnden Flammen durch die Baumkronen rund um die Lichtung nicht mehr sehen konnte. Es machte also tatsächlich keinen Unterschied, ob man sich nah am Feuer aufhielt wie Carina und ihre Zirkelmitglieder, die komplett in Weiß gehüllten Jäger und der Hohe Rat, oder abseits wie Ela, Tristan, Mara, Chris, Gloria und Noah, die Sebastien, der ebenfalls mit dem Feuer verbunden war, und mich vor den anderen bestmöglich verbargen. Sie alle hatten die Augen geschlossen. Daher konnte auch niemand von ihnen sehen, was mit den Lichtbögen geschah, nachdem das Feuer immer weiter in die Höhe schoss und sich – so war mir gesagt worden – mit den anderen Litha-Feuern überall auf der Welt verband.

Würde es funktionieren? Würde die Erneuerung Sebastien aufwecken? Ich drückte seine Hand so fest ich konnte, und wieder erklang ein Wispern.

Die Bewegung nahm ich nur im Augenwinkel wahr, weil alle anderen still standen. Jemand rannte auf uns zu.

39

Alex

Die blondhaarige Ratsvorsitzende, die eben noch wie alle anderen mit geschlossenen Augen darauf gewartet hatte, dass ihre Magie erneuert wurde, hatte ihren Platz am Litha-Feuer verlassen. Sie drängte zwischen den Umstehenden hindurch auf uns zu und brüllte »Verräter!«, woraufhin die Jäger in Weiß ebenfalls die Augen aufrissen und sich konzentriert nach der Bedrohung umsahen. Die Aufmerksamkeit aller anderen Hexen und Hexer folgte der durch den Kreis und am Feuer vorbeistürmenden Calliope, die ihre linke Hand hob. Ich spannte mich instinktiv an, festigte meinen Stand und kontrollierte meine Atemzüge, um die Hitze zurückzudrängen, die sich darauf vorbereitete, herauszubrechen und sich gegen die Magie der Hexe zu verteidigen. Der Lichtbogen zu den Flammen folgte der Ratsvorsitzenden, und obwohl sämtliche Blicke nun auf uns gerichtet waren, entspannte ich mich, weil mir meine innere Stimme klar und deutlich zuflüsterte, dass sie keine Magie anwenden konnte, solang das Litha-Feuer brannte und ihre Magie erneuert wurde.

Dennoch standen wir jetzt im Zentrum der Aufmerksamkeit. Der reglose Sebastien, den in diesem Zustand und ohne blaue Robe vermutlich keiner als Auguren erkannte, und die sieben Gestalten, die ihn wie ein Schutzkreis umringten.

Meine Freunde verfolgten jeden von Calliopes Schritten. Inzwischen hatten die Hexen ihr Platz gemacht und sie hatte den Kreis um das Feuer verlassen. Mehrere Jäger in ihren weißen Roben folgten ihr, suchten noch immer nach der Bedrohung – denn sie hatten uns ja bereits nach ihrer Ankunft gesehen und nicht für gefährlich befunden.

Die Augen der Ratsvorsitzenden glühten vor Zorn. Sie schlug mir wie eine große Welle entgegen und traf auch meine Freunde. Die Jäger rückten ebenfalls in unsere Richtung vor, wenn auch unentschlossen.

Ich war mir sicher, dass unter ihnen Elas und Glorias Eltern waren. Ich war wie erstarrt, wusste nicht, was ich tun sollte, starrte nur auf die von Wut gezeichnete Calliope, die wie in Zeitlupe auf uns zukam. Dann legte sich ein Bild aus meiner Erinnerung flackernd über ihre Gestalt und die Szene wurde zu einem Déjà-vu. Ein roter Umhang, eine Kapuze, die alles bis auf die Nasenflügel und den Mund verdeckte. Strähnen blonder Haare, die über die Schulter fielen.

»Sie ist die rote Frau«, brachte ich krächzend hervor. »Diejenige, die mein Henkersblut aktiviert hat.«

Angst und Wut mischten sich in meinem Körper zu einer explosiven Mischung, die mein Henkersblut weiter anfeuerte. Meine Freunde hatten keine Zeit mehr für eine Antwort, denn in dem Moment trafen mit blutroten Sigillenfährten die Dunkelhexen ein, prasselten wie Feuerwerkskörper auf den Waldboden und von Blut benetzte Funkenstränge schossen auf das Litha-Feuer zu, um auch ihre Magie zu erneuern.

Und ich sah rot.

40

Alex

Sebastien! Ich musste ihn beschützen! Nur wie?

Calliope – die rote Frau! – stand nun vor uns, ihre Dunkelhexenarmee schirmte sie, Sebastien und uns vom Rest des Zirkels ab. Sie hatten bereits Waffen gezogen und ich hörte das Aufeinandertreffen von Klingen, als die Jäger, die die Bedrohung vollkommen falsch einschätzten, zu kämpfen begannen, um ihre Ratsvorsitzende zu retten. Ein Kampf ohne Zauber und Flüche. Niemand hier konnte Magie wirken, weil noch immer alle Sigillen mit dem Litha-Feuer verbunden waren. Die blauweißen und roten Bögen glichen einer Silvesterfontäne. Mein Herz schlug immer schneller, ganz gleich, wie sehr ich mich auf meine Atmung konzentrierte, auf Ruhe oder was auch immer. Die rote Magie und zuletzt das Wissen, dass Calliope mir das angetan hatte, mich zu ihrem Werkzeug gemacht hatte – zu der Waffe, die Sebastien hätte töten sollen –, sorgten für eine Hitzewelle, die durch meine Adern brannte.

Ich hörte durch das Rauschen meines Herzschlags im Ohr, wie meine Freunde verzweifelt versuchten, eine Lösung zu finden.

»Könnte sie recht haben?«

»Warum tut Calliope das?«

»Wie sind ihre Pläne?«

»Sie wollte Sebastien von Anfang an töten.«

Dann verzogen sich Calliopes Lippen zu einem süffisanten Lächeln. Ihre strahlend weißen Zähne blitzten auf.

Das war zu viel. Vielleicht konnte niemand um mich herum zaubern, ich jedoch war nicht mit diesem Hexenfeuer verbunden. Ich konnte die Frau, die unser aller Leben gelenkt hatte, vernichten. Und so umarmte ich die Hitze.

Mein Sichtfeld färbte sich dunkelrot. Es glich dem allerersten Aufwallen meines Henkererbes, löschte sämtliche Erfolge in Sachen

Beherrschung aus und machte aus mir die Bedrohung, die Calliope immer erwartet hatte. Mein Instinkt übernahm komplett und ich wurde zu einer unkontrollierbaren Waffe. Kurz bevor der Rest von mir verbrannte, erkannte ich an Calliopes grausamen Lächeln, dass sie genau das gewollt hatte. Ich war eine Waffe, gegen die sich in diesem einen Moment absolut niemand verteidigen konnte und die eine Gefahr für jede Hexe und jeden Hexer darstellte. Feuer loderte in meiner Handfläche auf. Erst als mich jemand zur Seite stieß, realisierte ich, dass ich noch immer die Hand des Hexers hielt.

Sebastien, nicht Hexer!, flackerte es kurz durch meinen Kopf, während ich mein Gleichgewicht wieder suchte.

Ich ließ die Hand fallen, ein Zischen entfuhr meiner Kehle, als mir die Sigille entgegenleuchtete. Noch immer stoben Funken von ihr auf und flogen zum Litha-Feuer. Der Feuerball bildete sich so schnell wie nie zuvor, und noch ehe ich ein Ziel anvisiert hatte, entglitt er meiner Hand. Ein Hexer – *Noah!*, soufflierte mein Unterbewusstsein – hatte mich wegstoßen wollen, mein Instinkt hatte es kommen sehen, angegriffen, bevor er es konnte. Ich würde sie alle vernichten. So viele Sigillen. So viele Ziele. Noah sprang zwar zur Seite, aber schrie auf, als mein Schuss ihn traf. Ich hätte besser zielen sollen.

Blut für Blut.

Meine Instinkte richteten sich auf die Bedrohung um mich herum. Die dunkelhaarige Hexe und ihr blonder Hexenfreund stürzten sich auf Calliope.

Ela und Tristan, soufflierte mein Unterbewusstsein. *Sie sind Freunde, keine Bedrohung.* Ich wischte die Stimme beiseite.

Die beiden griffen die Oberhexe an. Ohne Magie, ohne Waffen. Sie kämpften mit bloßen Fäusten, setzten gezielte Tritte, aber die Ratsvorsitzende bewegte sich schneller als sie beide zusammen, griff selbst an und versetzte dem Hexer einen Tritt, der ihn nach hinten schleuderte. *Tristan*, flüsterte die Stimme beharrlich, brachte mich durcheinander. Ich wich nach hinten, bis ich einen Baumstamm im Rücken spürte, holte tief Luft und schoss weiter auf die zahlreichen Quellen der Magie. Es waren so viele und …

Es tat sich etwas.

Meine geschärften Sinne fokussierten sich auf die Lichtbögen, einige von ihnen wurden breiter. Nein, sie … kehrten sich um.

Die innere Stimme brüllte, dass es falsch war, dass es nicht so sein sollte. Das Brüllen ließ mich innehalten, ich blinzelte, um zu erkennen, ob es eine Täuschung war. Denn nun glitten die Funken vom Feuer hinter Calliope und ihren Dunkelhexen in die andere Richtung – wanderten auf die Sigillen zu. Auf die von Calliope, von Ela, Mara, Gloria und den allesamt weiblichen Hexen in roten Roben hinter der Ratsvorsitzenden.

Ihre Magie *erneuerte* sich. Nur *ihre*. Es gab keine Verbindung vom Feuer zu Tristan, Chris, Noah oder Sebastien – sie nährten es nur weiter, gaben ihre Magie immer weiter ab. Verloren sie.

Freunde, wiederholte die Stimme, drängte mit ihrer Beharrlichkeit die Henkerin in mir zurück. Mit einem Mal verstand ich die Worte der roten Frau bei Etienne im Spiegel wirklich. Sie hatte nicht vorgehabt, die männlichen Hexen zu *töten*, weshalb die Augurinnen nichts dergleichen gesehen hatten. Sie raubte ihnen allesamt die Magie. Calliope hatte es bei ihrer kurzen Ansprache selbst gesagt: »Lasst uns die Magie aller Hexen weltweit verbinden und gestärkt zu ihrem Ursprung zurückführen.«

Der Ursprung der Magie waren die Frauen, die weiblichen Hexen. Die Hexer würden für immer ihre Magie verlieren!

Die unfassbare Wahrheit, und dazu die Tatsache, dass sie noch immer siegesgewiss lächelte, während sie gegen Gloria und Ela kämpfte, machte mich wütend. Nicht henkersmäßig zornig, sondern eisig kalte, zielgerichtete Wut verschlang die Hitze in mir. Wut auf diese egoistische Frau, die eine Jahrzehnte andauernde Emanzipation auslöschen wollte, die meinen Freunden ihre Magie stehlen wollte. Ich schrie. Ich schrie so laut und ausdauernd, bis mir die Luft ausging. Dieser kanalisierte Zorn brannte ein Loch in das Rot meines Sichtfelds und ich konnte wieder klar denken.

Der Eine würde die Welt der Hexen für immer verändern, lautete die Prophezeiung und nun war klar, was sie wirklich bedeutete. Es lag in seiner Hand, ob es nach dem Litha-Feuer überhaupt noch Hexer geben würde. Er hatte die Sieben um sich geschart – und jetzt?

»Ela!«, rief ich, und sie sah sofort zu mir. Calliope nutzte die Ablenkung und setzte einen gezielten Stoß. Ela landete auf ihrem Rücken und stöhnte.

»Sie nimmt ihnen …«

Weiter kam ich nicht. Weitere Dunkelhexen trafen ein und verbanden sich mit dem Feuer. Das hart erkämpfte Stück Alex in meinem Kopf verschwand wieder im Nebel der Henkerin. Durch das glühende Rot schoss ich instinktiv Feuerbälle auf jede Sigille, jede eindeutige Quelle von Magie. Ich konnte durch den Rotfilter nicht mehr unterscheiden, welche Sigille mit lichter blauweißer Magie leuchtete und welche mit Blut verstärkt war. Ich konnte mich nicht auf die unschuldigen Hexen des Zirkels konzentrieren. Einzig die Jäger waren in ihren weißen Roben von den anderen zu unterscheiden, und ich versuchte sie nicht zu treffen, während ich auf diejenigen zielte, gegen die sie sich noch immer mit Schwertern, Säbeln oder keine Ahnung was wehrten. Am Rande meines Bewusstseins wisperte wieder diese lautlose Stimme, drängte sich zu mir hindurch, als begehrte sie Einlass.

Du hast dich unter Kontrolle, Alex. Wie konnte ein Wispern meines Namens denn so vertraut klingen? So … bekannt und beruhigend. Ein tonloses Flüstern sollte keine Gefühle transportieren, geschweige denn Empathie wecken. Ich … spürte ein Vertrauen, das bar jeder Logik immer weiter anwuchs, sich durch meine Hysterie brach.

Du schaffst das. Wir schaffen es. Gemeinsam. Schließe die Augen, fokussiere dich auf deine Sinne.

Es war, als spräche Sebastien direkt in meinem Kopf. Ich kehrte in Gedanken ein paar Tage zurück auf die Wiese hinter Schloss Falk, auf die Picknickdecke. Ich sah mich durch seine Augen. Er betrachtete die Alex, die vergeblich versuchte, ihre Gedanken loszulassen, und stattdessen an Krabbeltiere und unnötiges Zeug dachte.

Du hast dich unter Kontrolle. Du musst es nur wollen. Ich *wollte* es. Ich wollte die rote Frau aufhalten, wollte meine Freunde nicht verletzen, sondern retten. Wollte, dass die Jungs weiterhin Magie besaßen. Und ich entspannte mich. Meine Sinne waren noch immer geschärft, ich nahm die Schreie wahr, Gerangel, Schläge und das metallische Aneinanderreiben der Klingen. Sie wurden immer leiser. Ich schaffte es, sie auszublenden, ohne meine Gedanken weiterspringen zu lassen wie beim Picknick. Danach leerte ich meinen Geruchssinn. Der Geruch des feuchten Waldbodens, selbst der intensive Knoblauchgestank des Bärlauchs am Rand der Lichtung, verschwand. Ebenso wie der erst jetzt bemerkte metallische Geschmack auf der Zunge. Als ich meinen Tastsinn ziehen ließ, schienen meine Beine den festen Halt unter mir zu verlieren, der raue Baumstamm in meinem Rücken verschwand und ich fühlte mich schwerelos. Ich sah nichts mehr, hörte nichts mehr, roch nichts mehr, schmeckte nichts mehr und … spürte nichts mehr. Die vollkommene Leere zog wie ein Vakuum Bilder an. Bilder, die Sebastien mir nun schickte anstelle von Worten. All seine Visionen strömten direkt in meinen Kopf und ich wusste, wie wir Calliope aufhalten könnten.

Ich konzentrierte mich auf das schwebende Gefühl, hielt es ganz fest und öffnete mich wieder der Außenwelt. Es war, als hätte ich meine Lider nur für einen Wimpernschlag geschlossen, Ela lag noch immer mit schmerzverzerrtem Gesicht auf dem Waldboden, Angst weitete ihre Augen, als sie Calliope näher kommen sah. Sie entspannte sich jedoch sofort, als sich Noah auf seine ehemalige Meisterin stürzte und sie rettete. Ich sammelte die Hitze in meiner Hand und half ihm dabei. Doch meine Feuerbälle konnten ihr nichts antun. Selbst als ich sie direkt am Kopf traf, hatte sie nichts als ein müdes Lächeln für mich übrig. Sie war zu mächtig. Zwei Jäger hatten sich durch die Mauer aus Dunkelmagiern gekämpft und ich fürchtete schon, dass sie sich Noah greifen würden. Doch wir hatten Glück. Es waren Giulia und Alfredo Mescinia, die nun mit Schwertern um Calliope kreisten. Sie wich jedem gezielten Angriff aus. So präzise, als hätte sie die Bewegungsabläufe einstudiert, so als hätte sie alles bereits mehrmals durchlebt.

»Sie ist eine Prophetin!«, sprach ich meine Schlussfolgerung aus, und Sebastiens Flüstern in meinem Kopf bestätigte es. Sie hatte all das schon zig Male durchgespielt, in all der Zeit, die sie existiert hatte.

Aber es würde genügen, wenn Elas Eltern sie beschäftigten. »Kommt zu mir!«, befahl ich meinen Freunden. Gloria und Ela zögerten, waren sich nicht sicher, ob sie ihre Eltern mit Calliope allein lassen konnten. Ich kehrte in der Zwischenzeit zu der Liege zurück und griff nach Sebastiens Hand.

»Wir müssen uns *verbinden*«, erklärte ich, sobald Ela, Tristan, Gloria, Noah, Mara und Chris bei mir angekommen waren. »Gemeinsam können wir sie besiegen.« Meine Freunde tauschten Blicke aus, schienen sich wortlos zu verständigen, während die Funken, die von Sebastiens Sigille zum Feuer wanderten, immer weniger wurden. »Beeilt euch, oder die Hexer werden ihre Magie für immer verlieren!« Sahen sie es noch immer nicht? Die fragenden Gesichter waren eindeutig. Ich beschrieb, was ich mit meinen Henkerskräften sehen konnte, und ihre Gesichter wurden von Sekunde zu Sekunde bleicher.

»Der Eine, der die Sieben um sich vereint, wird die Welt in ein neues Zeitalter führen«, zitierte ich zuletzt die Prophezeiung und fügte die Erklärung hinzu, die Sebastiens mir zugeflüstert hatte: »Die Auserwählte.« Ich sah Ela an. »Die von der Dunkelheit berührte«, mein Blick glitt zu Gloria, »die Wächterin«, ich deutete auf Mara, »die Henkerin.« Ich tippte mir mit dem Zeigefinger auf die Brust. »Zusammen mit den vom Blut bestimmten Partnern können wir dank meiner Henkerskräfte sogar jetzt Magie wirken. Dazu müssen wir uns nur verbinden«, wiederholte ich, was Sebastien gesagt hatte, und sah in die zunächst erwartungsvollen, dann ratlosen Gesichter in der Runde.

»Aber Sebastien ist … schläft«, warf Chris ein. »War unser Ziel nicht, ihn zu wecken, damit *der Eine* uns gegen sie hilft?« Er deutete mit einem Kopfnicken zu Calliope, auch wenn jedem klar war, wen er meinte.

»Es hieß nirgendwo, dass er dazu *wach* sein muss«, wiederholte ich Sebastiens Erklärung. »Es reicht, wenn diejenigen wach sind, die er um sich vereint.«

»Wie verbindet man sich denn?«, fragte Mara, während Ela nur kurz die Brauen zusammenzog, ehe sie handelte. Sie legte eine Hand auf Sebastiens Brust, Tristan folgte sofort ihrem Beispiel, Gloria, Noah, Mara und Chris zögerten nicht lange. Doch nichts geschah.

Ihr habt jetzt alle Kontakt zu mir, nun müsst ihr euch berühren und den Kreis schließen, erklärte Sebastien in meinem Kopf, und ich gab die Anweisung weiter.

Noah legte direkt seine freie Hand auf Chris' Schulter, ein goldschimmerndes Licht schoss von einem zum anderen, wanderte weiter, als Chris seine Hand auf Maras Schulter legte, und breitete sich von einem der *Sieben* zum nächsten aus, wie ich es in Sebastiens Vision gesehen hatte. Ich lächelte, Zufriedenheit durchströmte mich. Der Kreis war fast geschlossen, als ein Lachen über die Lichtung hallte.

»Wie entscheidest du dich, Henkersmädchen? Für meinen Tod und die Magie der Männer oder für deinen schlafenden Prinzen?« Calliope wich schon wieder einem Schlag von Alfredo aus, tänzelte um ihn und Giulia herum und kam so immer näher, Noah und Chris wichen hastig zur Seite, verloren den Körperkontakt zueinander, hielten den zu Sebastien aber aufrecht. Instinktiv ließ ich meine Hand fallen, mit der ich den Kreis hatte schließen wollen, und streckte der Dunkelmagierin meine Handfläche entgegen, auf der sich die Funken bereits sammelten.

Du kannst sie nicht allein besiegen, Alex, flüsterte Sebastien in meinem Kopf. Ich konnte ihn so klar und deutlich hören, als spräche er wirklich. *Ihr könnt es aber gemeinsam schaffen und sie ausschalten.*

Meine Finger glitten entschlossen in Tristans Richtung.

»Wenn ihr mich tötet«, sprach Calliope in herausforderndem Ton, »könnt ihr deinen Prinzen nicht retten. Es ist deine Macht, die über die Magie der anderen bestimmt. Deine Entscheidung, Henkerin.«

Ich zog meine Hand so schnell zurück, als hätte ich mich verbrannt.

»Stimmt das?«, fragte ich so leise, dass nicht einmal Tristan neben mir mich hören konnte. Das Schweigen in meinem Kopf war mir Antwort genug. Tränen schossen in meine Augen, ließen Sebastiens bleiches Gesicht verschwimmen. Ich wusste nicht, was ich tun sollte.

»Wir können beides«, raunte Tristan mir leise zu und ein zarter Hoffnungsschimmer klärte meinen Blick. »Wir besiegen sie, danach wecken wir Sebastien.«

»Dazu habt ihr keine Zeit.« Calliope war nach wie vor siegesgewiss, obwohl sie inzwischen von vier Jägern festgehalten wurde. Alle Blicke waren nun auf unsere Gruppe gerichtet. Auf der Lichtung war es totenstill. Ohne mächtige Blutmagie konnten die Dunkelhexen den Jägern nichts entgegensetzen. Sie waren besiegt – zumindest so lange, bis die Magie erneuert war und rund die Hälfte der Hexen des Zirkels, des Rates und der Jäger keine Magie mehr besitzen würde, weil sie männlich waren. Ich sah auf den tatsächlich nur noch schwachen Funkenschweif, der von Sebastiens Sigille aufstieg. Bei Tristan, Chris und Noah war der Lichtbogen sogar noch schwächer. Wenn sie keine Magie mehr im Blut trügen, wäre es vorbei. Die Zeit rannte uns davon.

Es muss so sein, flüsterte Sebastien eindringlich. Die Zeit schien sich zu dehnen und mich mit sich. Ich drohte zu zerreißen. Wie konnte ich … Wie sollte ich …

»Nein!«, schrie ich und schüttelte den Kopf. Die Tränen rannen nun unaufhaltsam über meine Wange.

Du kannst sie alle retten, ihre Magie. Nur du, wisperte Sebastien sanft, aber der Tonfall täuschte nicht über das Gefühl hinweg, das dabei über mich schwappte. Sebastien hatte meine Gefühle geweckt. Mich fühlen lassen. Ich … Ich hatte mich verliebt. Bilder fluteten mein Bewusstsein. Bilder von uns. Das Picknick, der gemeinsame Ausflug zum Markt, das gemeinsame Kochen und … unser Kuss. Dieser so süße Kuss, der viel zu schnell geendet hatte.

Ich berührte meine Lippen, erinnerte mich an die zarte Berührung, den Geschmack von Apfel und Zimt. Sebastien war mein Gegenstück – es war unsere Bestimmung. Nur deshalb war er durch meinen Kuss nicht gestorben. Ich konnte einfach nicht glauben, dass der von einer uralten Prophezeiung bestimmte Eine zu diesem ewigen Schlaf verdammt sein sollte. Nein, das durfte nicht sein! Ich wollte mehr von diesen Gefühlen, wollte mehr Nähe, mehr Küsse …

»Wir müssen sie besiegen«, drängte nun auch Gloria. »Sie hat uns alle wie Schachfiguren benutzt.« Ihre Stimme triefte vor Hass. »Um Sebastien können wir uns später kümmern.«

Ich schüttelte den Kopf, die Für und Wider rollten dabei wild umher.

»Du willst mehr davon, Henkersmädchen«, säuselte Calliope, als könnte sie Gedanken lesen, meine geheimsten Wünsche aus mir herausziehen. »Du kannst ihn nicht in diesem Zustand lassen. Denk nur an das Herzklopfen, an dieses Kribbeln im Bauch, an das Schaudern, wann immer ihr euch berührt, an …« Ihre Stimme brach abrupt ab, als Giulia ihr den Ellbogen in die Seite rammte.

Aber sie hatte recht. Mein Leben lang hatte ich mir gewünscht, so zu fühlen – mitfühlen zu können wie die anderen. Normal zu sein. Sebastien hatte ich diese Gefühle zu verdanken. Die Verbindung zu ihm, seine Nähe hatte meine Gefühle geweckt, mich *normal* gemacht. Seit er schlief, verlor ich mich selbst immer mehr. Was würde passieren, wenn er nicht mehr aufwachte? Ich konnte nicht zulassen, dass ich wieder die alte Alex werden würde. Die Alex, über die sich ihre Eltern stets stritten, die Alex, auf die mit dem Finger gezeigt wurde, weil sie *besonders* war.

Ich wusste, was ich zu tun hatte, griff beherzt nach Tristans Schulter und schloss den Kreis endgültig. Die Magie baute sich auf. Das goldene Licht kreiste um uns, nein, durch uns hindurch, wartete darauf, genutzt zu werden, sich in einem gigantischen Zauber zu entladen.

Lass die Gefühle los!, brüllte Sebastien in meinem Kopf, doch ich ignorierte ihn und drängte seine immer lauter werdenden Schreie in den Hintergrund.

Voller Entschlossenheit sah ich ein letztes Mal in die Gesichter meiner Freunde. Der Rest der Welt rückte weit weg. Wir waren von einer Mauer aus goldener Magie umhüllt, die immer dichter wurde, je dünner die Lichtbögen der Jungs wurden. Ela hatte die Lippen zusammengepresst, nickte jedoch. Sie würde mit meiner Entscheidung einverstanden sein, wie auch immer sie aussah. Tristans Kiefermuskulatur arbeitete, er schluckte. Mara kaute auf ihrer Wange herum, Chris schüttelte unentwegt den Kopf. Noah und Gloria bedachten mich mit finsteren Blicken. Ich wusste, dass sie mich für egoistisch hielten. Ein Mädchen, das sein eigenes Wohl über das anderer stellte.

Sie alle konnten nicht verstehen, wie mein Leben gewesen war, ehe ich wirklich fühlen konnte. Sie konnten sich nicht einmal vorstellen, wie es war, aus den Gesichtern des Gegenübers genau lesen zu müssen, weil man ansonsten nicht nachvollziehen konnte, warum sie wie handelten – oder wie ich verzweifelt versucht hatte, mich mit Logik durchs Leben zu schlagen.

Niemand konnte das.

Mir blieb keine Wahl.

Ein kurzer Blick zur Seite. Das Feuer, der Zirkel und die Jäger waren hinter der goldglänzenden Magie nicht mehr zu erkennen. Meine Sicht reichte jedoch für einen letzten tränenverschwommenen Blick auf Calliopes undurchdringliche Miene und Giulia Mescinias hoffnungsvolle Augen, ehe ich meine Konzentration auf Sebastien richtete.

In Gedanken bat ich um Verzeihung.

41

ALEX

Die Magie der Sieben bündelte sich, einzelne Stränge verflochten sich zu einem gleißend hellen dichten Strahl, vor dem wir unsere Augen schützen mussten. Auch ohne sehen zu können, fand die Magie intuitiv wie meine Henkerskraft ihr Ziel. Das Licht um uns wurde schwächer und ich riss die Augen auf.

Anstelle des erwarteten Knalls, der großen Magieexplosion des gigantischsten Zaubers, der dieser uralten Prophezeiung entsprach, traf unsere gebündelte Magie beinahe sanft auf Calliope und hüllte sie ein.

Sie bäumte sich auf, dunkle Funken schossen aus ihren Händen wie Blutstropfen. Mit schier übermenschlicher Kraft schleuderte sie Elas Eltern beiseite. Giulia prallte gegen einen Baumstamm und blieb reglos liegen. Ela schrie auf, wollte zu ihrer Mutter, doch sie durfte den Kreis nicht verlassen. Tristan krallte seine Hand in ihre Schulter, die unter lautem Schluchzen bebte.

»Du verrätst alle Frauen!«, brüllte Calliope. Ihre Schreie waren sicher bis Falkhausen zu hören. »Willst du etwa, dass die Hexen dasselbe Schicksal ereilt wie die Unbegabten? Ich habe einmal in meinem Leben einem Mann vertraut und bitter dafür bezahlt.« Die letzten Lichtfäden verließen uns und verbanden sich mit dem Rest, der sich inzwischen wie eine zweite Haut um Calliope gelegt hatte. Sie schaffte es kaum mehr, sich zu rühren. Die Magie kletterte weiter ihren Körper entlang, kroch um ihren Hals und rückte zu ihrem Kopf vor.

»Du kannst mich nicht aufhalten, Henkersmädchen. Meine Magie wird gleich zu mir zurückkehren.«

Ich schüttelte den Kopf, horchte einen Moment in mich hinein, ehe ich meine Idee in die Tat umsetzte. Ich verließ unseren Kreis. Der Zauber selbst war abgeschlossen und seine Wirkung hielt an, während ich auf die Ratsvorsitzende in ihrem Kokon aus Licht zuging.

Mit jedem Schritt wurde ich entschlossener. Meine Schultern strafften sich, die Muskulatur in meinen Armen spannte sich an und die geschärfte Sicht zeigte mir in Calliopes Pupillen, wie ich meine Hand hob und das letzte Stück freie Haut an ihren Wangen berührte. Ihre Augen weiteten sich, sie keuchte auf, versuchte verzweifelt, meine Hand abzuschütteln, während ich die Worte sprach. »Blut für Blut.«

Ich empfand nicht dieselbe selige Befriedigung wie vor ein paar Tagen bei Noah im Rosengarten. Vielleicht brauchte die Magie länger, weil sie nicht direkt in Calliopes Körper war, sondern noch immer vom Litha-Feuer erneuert wurde. Nur ganz langsam löste sich die Magie aus ihrem Körper. Ein Gedankenblitz fuhr durch mich hindurch. Ich musste wissen, wieso sie all das gemacht hatte, unser aller Leben hatte zerstören wollen: »Warum hast du es getan?« Weil sie nicht reagierte, nutzte ich die Worte, denen – ausgesprochen von einer Henkerin – offenbar niemand etwas entgegenzusetzen hatte. Nicht die arme Frau von der Stadtverwaltung, die mir mit Tristans Mutter geholfen hatte, nicht die Auserwählte Ela, die mir Sebastiens Geheimnis zugetragen hatte, oder alle anderen, die ich irgendwann einmal um die Wahrheit gebeten hatte. »Sag mir die Wahrheit!«, forderte ich, und sah zum ersten Mal die Macht dieser Worte in den Kopf meines Gegenübers eindringen.

Anstelle von Worten aus ihrem Mund, trafen mich Calliopes Bilder wie die Erinnerungen von Etienne vor drei Tagen im Maison de Beauvais.

Der Wald um mich herum wurde binnen Millisekunden immer dunkler, die Bäume verwandelten sich in nackten Fels, in den metallene Halterungen geschlagen waren, in denen Fackeln brannten. Calliope trug eine togaähnliche Robe, wie ich sie aus dem Lateinbuch kannte. Doch das war nicht der Grund, warum sie so anders wirkte. Calliope lächelte unablässig selig vor sich hin, während sie ungeduldig in der kleinen Höhle auf und ab lief, ihre Augen strahlten dann regelrecht, als ein junger Mann in den Lichtkegel trat.

Er könnte die Vorlage für Michelangelos David gewesen sein, trug der vermutlich damaligen Zeit entsprechende Kleidung wie Calliope. Sie warf sich in seine Arme, während er ihr schon fast teilnahmslos über die nackte Haut am oberen Rücken strich.

»Hast du es geschafft?«, fragte er, nachdem er ein paar Küsse über sich hatte ergehen lassen und dabei höchstens höfliches Interesse vorspielte, was Calliope jedoch offenbar nicht erkannte. »Kannst du auch einem Mann Magie schenken?«

Calliope biss sich auf die vollen Lippen, schenkte dem David einen perfekten Augenaufschlag, ehe sie nickte.

Nun war das Interesse des Typen geweckt. Ich sah Gier in seinen Augen aufflackern.

»Gib sie mir!«, verlangte er barsch.

Nur wer Mikroexpressionen lesen konnte, sah den kurzen Zweifel auf Calliopes Zügen, den sie zu verbergen versuchte. Sie gab sich ungewöhnlich stark und kriegerisch für eine Frau dieser glücklicherweise längst vergangenen Zeit der Unterdrückung. Mit gestrafften Schultern zog sie etwas aus den Falten ihrer Toga hervor und reichte es dem Mann. Ein Korken, mit Wachs versiegelt, verschloss das kleine Tongefäß.

Der Mann betrachtete es von allen Seiten, dann hallte sein lauter Befehl durch die Höhle. »Ihr könnt sie herbringen. Wir sind so weit.«

Drei in knielange Röcke und lederne Wamse gekleidete Soldaten in Sandalen schleppten je eine Frau herbei. Sie alle trugen Ketten aus dunklem Hämatit. Calliope schrie auf, als eine der Frauen grob geschubst wurde und zu ihren Füßen auf den Knien landete.

»Was macht meine Schwester …«, brachte Calliope gerade noch hervor, als die Soldaten vorrückten und die Frau am Boden an einem Arm hochrissen, sodass ihr ein Schmerzenslaut entfuhr. Zusammen mit Calliope bildeten sie nun einen Kreis um den Typen, der das Gefäß entkorkte und es an seine Lippen führte.

»Wir erfüllen *deine* Prophezeiung, Calliope. Ich bin der Eine und werde die Welt gemeinsam mit euch allen«, er sah reihum, »für immer verändern.«

Vollkommen erstarrt und mit schockgeweiteten Augen sah Calliope dabei zu, wie der Mann den Inhalt des Gefäßes trank.

Magie. Das Leuchten reinster Magie floss in ihn, brachte erst seine Kehle, dann den Brustkorb zum Leuchten und breitete sich mit jedem Herzschlag weiter aus, bis jede noch so kleinste Verästelung der Adern von reinem Licht erfüllt war.

Mit leuchtenden Pupillen sah er sich um, versuchte … einen Zauber zu wirken, was ihm jedoch nicht gelang. Er trug auch keine Sigille am Handgelenk – Calliope jedoch auch nicht. Und dennoch heilte sie mit einer sanften Bewegung über das Knie ihrer Schwester die blutende Schramme, indem sie über die Wunde strich und danach nichts mehr von einer Verletzung zu sehen war.

»Es funktioniert nicht«, knurrte der Mann und trat auf Calliope zu, ehe er einem der Soldaten ein Zeichen gab. Sofort packten sie die Frauen wieder fester.

»Du hast mich enttäuscht, Calliope.« Sein Gesicht verwandelte sich in eine Maske mit grausamen Zügen und gebleckten Zähnen. »Bestraft sie!«

Schneller, als ich folgen konnte, es begreifen konnte, gingen die drei Frauen an der Seite der Soldaten zu Boden. Das Licht der Fackel tanzte anschließend über die blutigen Klingen der Soldaten.

Calliope schrie auf und stürzte auf die Knie, landete direkt neben ihrer Schwester im Sand und fuhr mit ihrer Hand wieder und wieder über die Kehle der jungen Frau. Doch es war zu spät. Sie schrie so laut, dass ihre Stimme in der kleinen Höhle immer weiter anschwoll und die ersten Steinchen von der Seite abbröckelten. Einer der Soldaten war im Begriff, mit erhobenem Schwert zu ihr zu gehen, da stürzten die ersten Felsbrocken von der Decke.

Die Soldaten und der fleischgewordene David eilten aus dem Lichtkreis. Die schluchzende Calliope blieb mit drei Leichen zurück. Ein Bannzauber schützte sie, ihre ermordete Schwester und die beiden anderen Frauen vor weiteren abstürzenden Teilen der Höhlendecke. Die Fackeln erloschen und im Dunkeln hörte ich nur ihre gestammelte Entschuldigung an ihre Schwester: »Ich wollte die Welt für unseresgleichen besser machen«, schwebten ihre Worte gebrochen durch die Dunkelheit. »Es tut mir so leid.«

Schwaches Licht durchbrach die Vision, Calliopes Erinnerung. Ich sah ihr noch für einen Moment in die Augen, sah zum ersten Mal, wie gebrochen sie war, während sich nun endlich ihre Magie von ihr löste und in meine Hand eindrang. Doch ich konnte keine Befriedigung empfinden. Nicht angesichts der Bilder, die sie mir aufgedrängt hatte.

Die Magie verebbte.

Kaum dass ich die Hand weggenommen hatte, kroch das Lichtnetz über Calliopes Wangen und verwehrte mir letztendlich den Blick in die unsäglich traurigen Augen.

»Ich wollte nur meinen Fehler wiedergutmachen«, drang ihre Stimme durch den Lichtkokon. »Ich habe den Männern Magie geschenkt und musste sie ihnen wieder nehmen, ehe sie uns alle verraten.«

Dann brach Calliope zusammen. Unser gemeinsamer Zauber leuchtete ein letztes Mal grell auf, ehe ich von der plötzlichen Dunkelheit eingehüllt wurde. Erst langsam gewöhnten sich meine Augen wieder an das Zwielicht. Zu meinen Füßen lag Calliope, die blonden Haare um ihren Kopf wie ein Heiligenschein. Ihr langer schmaler Arm lugte deutlich aus dem Umhang hervor und ich sah das Blut an ihrem Handgelenk, das aus einer Wunde direkt über ihrer Sigille quoll und ihre Magie unentwegt genährt hatte. So altes, mächtiges Blut aus einer Zeit, in der Hexen noch ohne Sigillen Magie wirken konnten. So mächtig, dass sie die Worte, die eigentlich traditionell anmuteten, in einen mächtigen Zauber verwandelt hatte, der »die Magie zu ihrem Ursprung« hatte zurückkehren lassen.

Sie war mit Abstand die mächtigste Hexe der Welt, vermutlich schon damals gewesen. Wie auch immer sie in der Lage gewesen war, Magie aus dem Nichts zu erschaffen – sie hatte es vor rund achtzehn Jahren noch einmal getan. Magie erschaffen und in einen Flakon gehüllt, der einer spitzen uralten Spindel ähnelte, die sie Carina im Austausch für das Leben ihres Erstgeborenen – Chris – gegeben hatte, um ihren Plan weiter voranzutreiben. Ein Plan, den wir vereitelt hatten. Wenn auch zu einem hohen Preis – für mich.

Der logisch denkende Teil in mir verstand die Ratsvorsitzende sogar ein wenig. Verstand, warum sie sich rächen wollte, sah sie wieder zwischen den drei Frauenleichen in dem magischen Schutzkreis sitzen. Doch sie hatte ihre eigene Prophezeiung missverstanden, die Zeit falsch gedeutet. Sie hatte den Männern Magie geschenkt. Dieser Typ war vielleicht der erste Hexer gewesen, vielleicht auch erst seine Nachkommen, in deren Blut sich die Magie dann manifestiert hatte. Ich konnte verstehen, dass Calliope den Männern die Magie wieder nehmen wollte. Sie hatte schließlich einen hohen Preis dafür bezahlt.

Das kollektive erleichterte Aufseufzen meiner Freunde war das einzige Geräusch auf der Lichtung, ehe ich laute Schritte hörte. Im Augenwinkel nahm ich wahr, wie Ela und Gloria gemeinsam mit Alfredo zu Giulia rannten. Und noch während sie sich bewegten, nur ein paar Wimpernschläge nachdem unser gemeinsamer Zauber verblasst war, flossen nun auch zu den Hexern auf der Lichtung magische Funkenstränge. Ich folgte den Funken zu meinen Freunden hinter mir.

Tristan keuchte leise auf; auch wenn er es nicht sehen konnte, schien er die erneuerte Magie zu spüren. Noah und Chris lächelten nahezu selig.

Wir hatten es geschafft. Wir hatten die männlichen Hexen gerettet. *Ich* hatte die Magie der Hexer gerettet. Doch zu welchem Preis? Calliope hatte mit dem Leben ihrer Schwester für die Magie der Männer bezahlt. Ich mit dem von Sebastien. Ein dicker Kloß bildete sich in meiner Kehle.

»Musstest du uns so auf die Folter spannen?«, schimpfte Mara und riss mich mit ihrem hysterischen Lachen aus den düsteren Gedanken, ehe sie bei mir war und mich fest drückte. »Du hast das Richtige getan«, flüsterte sie mit bebender Stimme, die sogleich in Schluchzen überging.

Ela übernahm, nachdem Giulia sich wieder benommen erhoben hatte. Auch ihre Augen glänzten. »Ich weiß, was dich diese Entscheidung gekostet hat.«

Ihre Tränen brachten mich zum Weinen.

Giulia und Alfredo tasteten Calliopes leblosen Körper auf dem Boden ab, während die Jäger beherzter nach den zwischen ihnen eingekeilten Dunkelhexen griffen, um sie an einer Flucht zu hindern, sobald die Flammen versiegten und wieder Magie gewirkt werden konnte. Sie hielten bereits Armreifen in der Hand. Armreifen, die alles Licht der Umgebung in sich aufzunehmen schienen, jeden einzelnen Sonnenstrahl, der sich von der langsam untergehenden Sonne durch das Dickicht des Waldes kämpfte. Hämatitfesseln wie die an den Armen der drei Mädchen, die zu Calliope geführt worden waren.

Wieso legten die Jäger die Fesseln nicht sofort an? Es würde nicht mehr lange dauern, bis die Magie erneuert war. Die Lichtbögen, die jede Person auf der Lichtung außer mir mit dem nur noch schwach vor sich hin züngelnden Litha-Feuer verband, war bereits dünn wie ein Faden. Mit einem letzten Knistern erlosch das Feuer und die Funkenstränge versiegten.

Wie erwartet, versuchten die Dunkelhexen mit Sigillenfährten zu fliehen, doch die Jäger waren vorbereitet und Hämatitfesseln schlossen sich binnen Sekunden um die Handgelenke der Bluthexen. Ihre Sigillen leuchteten auf, ehe der dunkle Stein die Magie in sich aufsog.

»Wieso haben sie die Fesseln nicht schon vorher angelegt?«, fragte Mara im Hintergrund. Ich lauschte Elas Erklärung – weil der Stein sonst die Magie des Litha-Feuers gefressen hätte – dann aber nur mit einem halben Ohr, meine Aufmerksamkeit lag auf den Sigillen der Dunkelhexen.

Irgendetwas war anders. Ich starrte mehrere Atemzüge lang auf die rot gekleideten Hexen, bis ich endlich erkannte, was sich verändert hatte. Das Blut, das die Haut über ihren Sigillen benetzte, war nach wie vor da, ich konnte es deutlich erkennen. Aber das Leuchten der Sigille war nicht dasselbe wie zuvor. Auch die Zeichen der Dunkelhexen schimmerten nun im Weißblau der lichten Magie, trotz des getrocknetes Blutes darauf.

»Die Dunkelmagie ist …«, stammelte ich. »Noah!« Ich drehte mich zu ihm um und griff nach seinem Handgelenk.

Er wollte mir den Arm entziehen, aber ich besaß offenbar mehr Kraft, als er erwartete.

»Was soll das?«, schimpfte Gloria.

»Du musst Dunkelmagie wirken«, bat ich Noah. »Jetzt, sofort!«, forderte ich mit mehr Nachdruck.

Skeptisch musterte er mich. Tristan und Ela, die sich bis eben erleichtert in den Armen gelegen hatten, sahen mich ebenfalls fragend an. »Bitte!«, schob ich ungeduldig hinterher.

Noah zuckte mit den Schultern, ging instinktiv auf Abstand zu mir, pikte sich mit einem Funken Magie in den Zeigefinger und benetzte damit seine Sigille. Gloria rückte näher, bereit, ihren Freund gegen meine Henkersmagie zu verteidigen. Aber erstens hatte ich die im Griff, zweitens …

Noah hob die Hand und konzentrierte sich auf einen Zauber. Sein Zeichen leuchtete auf, die Magie glitt daraus hervor, floss zu seinen Fingern und schwebte als für mich deutlich zu lesendes FLIEG zu Tristan, der daraufhin vom Boden abhob und versuchte, durch heftiges Rudern im Gleichgewicht zu bleiben.

»Lass mich sofort runter«, forderte Tristan, und Noah zuckte mit den Schultern, ließ die Magie los und Tristan landete auf allen vieren auf der feuchten Erde.

»Musste das sein?«, fragte Ela und erdolchte Noah mit ihrem Blick, doch an ihm prallte er einfach ab.

»Alte Gewohnheit«, murmelte er, verzog zumindest kurz die Lippen, was man als vage Entschuldigung deuten könnte, ehe er hinzufügte: »Sie hat es mir schließlich befohlen.« Rasch ging er zu Tristan und hielt ihm die Hand hin, um ihm aufzuhelfen. »Sorry.«

Ich wollte keine Diskussion beginnen, indem ich ihm sagte, dass ich schließlich nicht von ihm verlangt hatte, Tristan zu drangsalieren, daher gab ich meine Erklärung ab. »Das Blut hatte keinerlei Auswirkung mehr auf den Zauber.«

Ela und Gloria runzelten synchron die Stirn und sahen sich in diesem Moment ähnlicher als je zuvor.

»Die Blutmagie … existiert nicht mehr?«, fragte Ela.

»Ich weiß es nicht«, sagte ich die Wahrheit. »Aber es sieht gut aus, oder?«

Inzwischen waren alle rot gekleideten Hexen mit Fesseln versorgt und abtransportiert worden, die Lichtung wurde immer leerer und Elas Eltern hatten Zeit, zu uns zu kommen. Ehe ich auch nur blinzeln konnte, befand ich mich in einer festen Umarmung von Giulia Mescinia.

»Ich wusste, du würdest das Richtige tun«, flüsterte sie, und ich fragte mich, ob sie es tatsächlich vorher gewusst hatte oder ob es nur eine Floskel war. Aber ihr hoffnungsvoller Blick kurz vor dem Zauber …

Zwei Rauchsäulen schlängelten sich zwischen den Bäumen hindurch und wurden direkt neben Alfredo und Giulia zu Panya und Yui.

Gut gemacht, Henkerin, wisperte es, und Panya lächelte mich breit an.

Zumindest kurz erwog ich, mich zu entschuldigen. Für die belauschten Gespräche, für das Zurückhalten der Tatsache, dass ich sie so gut hören konnte, entschied mich aber dagegen. Sie hatten es offenbar sowieso vorhergesehen und kamen damit klar.

»Was tut ihr hier?«, fragte Giulia.

»Die Ratsvorsitzende ist tot. Wir sind für die Ernennung des ehemaligen Stellvertreters zum kommissarischen Vorsitzenden verantwortlich. Er hat vorher keinen Zugriff auf die Magie des Hohen Rates.« Yui sah hinüber zu zwei Männern, die sich in den Armen hielten, ehe sie sich hemmungslos küssten.

Das sind Sato und sein Gemahl Amar, hörte ich Sebastiens Stimme, und sein Lächeln schwang in jeder Silbe mit. Dennoch trieb es mir erneut die Tränen in die Augen.

Ich stand da, verfolgte an der Seite meiner Freunde, wie Panya und Yui zu den beiden Männern gingen und auf einen von ihnen einredeten, ehe Magie aufleuchtete und der erste Hexer zum Ratsvorsitzenden des Hohen Rates der Hexen ernannt wurde – wenn auch nur kommissarisch, wie die Augurin ja behauptet hatte.

Amar presste seinen Gemahl wieder an sich, kaum dass sich die Augurinnen von ihm abgewandt hatten. Das musste die Szene sein, die die beiden Augurinnen vorhergesehen hatten. Sie mussten gesehen haben, dass die Hexer auch nach dem Feuer noch lebten. Es war eine so berührende Szene, das Glück schwappte mit solcher Heftigkeit zu mir, dass ich mich davor verschließen wollte. Daher schloss ich die Augen, ließ die Tränen ihren Weg über meine Wange ziehen und schmeckte ihr Salz, als ich meine Lippen zwischen die Zähne zog und fest zubiss, um die Trauer mit dem Schmerz zu betäuben. Das Salz meiner Tränen mischte sich mit dem metallenen Geschmack von Blut. Doch der Schmerz wurde nicht weniger.

Mich erfüllte eine so tiefe Sehnsucht, riss an meinem Brustkorb, zerrte an mir und projizierte Bilder in meinem Kopf. Ich sah Sebastien und mich erneut beim Picknick auf der Wiese hinter Schloss Falk im Schatten der hohen Eiche. Ich konnte bis ins kleinste Detail die karierte Decke unter uns sehen, darauf den Picknickkorb von Ela. Aber das Gras war höher, da war ich mir ganz sicher. Es waren auch andere Blumen, die das Grün sprenkelten. Mein Gehirn veränderte die Erinnerung schon jetzt. Denn ich sah Sebastien und mich lachen. Dann lag ich wieder auf dem Rücken, versuchte meine Gedanken ziehen zu lassen, mich zu konzentrieren. Meine Augen waren geschlossen, daher bemerkte ich nicht, wie sich Sebastien zu mir hinabbeugte und mich küsste.

Darf ich dich küssen, Alex?, fragte Sebastiens Stimme nicht ganz synchron zu den Lippenbewegungen der Bilder. Die Frage klang rau, was sie umso schöner machte, weil sie etwas in mir zum Schwingen brachte – und wieder ließen sich die Tränen nicht aufhalten. Ich blinzelte, die Lichtung verdrängte die Bilder meiner verblassenden Erinnerung, als ich die Augen öffnete. Die Umgebung verschwamm sofort wieder. Ich realisierte das Rascheln, das erstickte Keuchen, das »Oh!« von Mara erst, als mich Ela am Oberarm festhielt und mich um hundertachtzig Grad drehte.

42

Alex

Sebastien saß auf der Liege. Er *saß*. Wurde von niemandem gehoben oder gestützt. Sein Blick war direkt auf mich gerichtet, als gäbe es nichts anderes auf der Welt. Ein Lächeln zupfte an seinen Mundwinkeln, kletterte in seine Augen und brachte sie zum Strahlen. Er war nach wie vor blass, selbst im zitternden Licht der inzwischen entzündeten Fackeln. Aber er sah bereits besser aus als in den vergangenen Tagen. Und selbst im magischen Schlaf war er einfach wunderschön gewesen. Mein Herz drängte mich dazu, sofort loszurennen, zog mich wie einen Hund an einer Leine zu Sebastien, sodass ich ihm eher in die Arme stolperte, als zu ihm zu treten.

»Nein!«, brüllte Ela, versuchte noch, mich am Arm zu packen, aber nichts und niemand würde mich noch aufhalten können. Würde verhindern können, wie ich mich in Sebastiens ausgebreitete Arme warf und dem nun deutlich hörbaren rasenden Herzschlag lauschte, während er mich so fest an sich presste und meine Haare mit unzähligen Küssen bedeckte.

»Die Bilder eben waren von dir, hm?«, fragte ich leise. »Wunsch oder Vision?«, traute ich mich zu fragen.

»Was wäre dir denn lieber?« Ein kurzes Auflachen dröhnte durch seinen Brustkorb.

»Beides«, antwortete ich wahrheitsgemäß. »Aber …« Ich schob mich von ihm weg, ehe ich mich noch weniger gegen mein Verlangen, ihn zu küssen, wehren konnte als gegen den Henkersfluch. Ich konnte ihn nicht noch einmal totküssen. Meine Lippen waren so trocken, dass ich sie befeuchten musste. Der Drang, ihm wieder näher zu sein, war schier übermächtig. Ich starrte auf seine Brust und atmete tief durch. Eine schlechte Idee. Sebastien roch nach Wald, nach Lagerfeuer, aber vor allem nach ihm, nach dem Lavendelduft seines Zuhauses. Letzteres verband mein Gehirn sofort mit dem Kuss in unserer Küche, mit dem Geschmack von Zimtäpfeln und …

Sebastien strich mir die Haare aus dem Gesicht und legte seine Hand an meine Wange. Er war so nah, betrachtete mich für einen unendlichen Moment lang so intensiv, dass ich es nicht wagte zu atmen. Ich konnte nicht riskieren, dieselbe Luft zu teilen, mich noch mehr zu quälen. »Vielleicht sollten wir dann genau das tun, was wir in der Vision …«

Mir lag ein entsetztes »Nein!« auf der Zunge, aber Sebastien stahl es von meinen Lippen. Mein ganzer Körper erbebte vor Angst. Die Erwartung, dass er gleich wieder eiskalt werden und zusammenbrechen würde, lähmte mich. Ich konnte mich nicht rühren, wartete einfach nur auf das Unvermeidliche. Warum hatte ich mich nicht zurückhalten können?

Heißer Atem strich sanft über mich, begleitet vom Geruch nach Zimt. Ich schluchzte auf und die Wärme verschwand. Ich wagte es nicht, die Augen zu öffnen, konnte es nicht, konnte nicht noch einmal mit ansehen, wie er zusammenbrach.

Das machten Gefühle mit einem. Sie konnten nicht nur dafür sorgen, dass man lebendiger war denn je – sie konnten auch zerstören.

Noch immer spürte ich die warme Berührung an meiner Seite, glaubte, dass er sich bewegte. Und riss die Augen auf, als sein Daumen über meine Wange strich, die Tränen verwischte und vorsichtig über die Lippen streifte. Ich schmeckte das Salz, während ich versuchte, eine Erklärung zu finden.

»Wie …« Weiter kam ich nicht, denn der brennende Blick aus Sebastiens dunklen Augen löste jeglichen Gedanken in Nebel auf, die Spur seiner Finger prickelte noch nach und endlich – endlich! – küssten wir uns, wie sich nie zuvor eine Henkerin und ein Hexer geküsst hatten. Allein dieses Wissen brachte mich zum Lächeln.

Sebastiens Mund löste sich von meinem, aber dazu war ich noch nicht bereit, zog ihn wieder näher und spürte den Tanz unserer Zungen mit jeder Faser meines Körpers.

Wir haben nicht ewig Zeit, drang eine Stimme direkt in meinen Kopf. Sebastien wich so schnell zurück, als hätte sein Vater ihn in flagranti erwischt. Obwohl, die einer afrikanischen Göttin gleichende

Panya war wohl furchteinflößender. Ich wandte mich ihr und Yui zwar zu, sah aber zu Boden, dann zur Seite, wo Ela in Tristans Armen so breit grinste, dass sie mich beinahe damit ansteckte. Mara hielt den Daumen hoch, während sie sich an Chris schmiegte. Ich sah überallhin, nur nicht zu Panya und Yui, die mit ihren lautlosen Worten meinen Kopf füllten.

Es ist schön, dich wieder lebendig zu sehen. Ich war mir sicher, dass es Yui war.

Lebendiger denn je, würde ich sogar behaupten. In der Stimme in meinem Kopf schwang ein deutliches Lächeln mit.

Zu deiner Frage, Henkerin: Der Fluch wurde von Calliope ausgesprochen. Mit ihrem Tod wurde er wie jeder Zauber einer verstorbenen Hexe gebrochen. Nach einer kurzen Pause fügte sie hinzu: *Danke, dass du uns alle gerettet hast.*

Ein Dank? Von einer Augurin, die doch sonst alles wusste? Noch während ich den Gedanken dachte, sah ich nach oben, in Panyas Gesicht. Sie verzog gerade missmutig die Brauen.

Du solltest mit ihr trainieren, ihre Gedanken nicht laut rauszuschreien. Sie sah über meine Schulter hinweg, wo Sebastien stand und seine Arme um mich legte, um seine Hände vor meinen Bauch zu verschränken. Ich krallte mich direkt an ihm fest, weil ich nicht fassen konnte, dass die Augurinnen mich ebenso hören konnten wie ich sie! Warum hatte mir das niemand gesagt?

Wir haben noch jede Menge Zeit zum Üben, erwiderte Sebastien und zog mich näher an sich, bis seine Wärme durch meine Kleidung drang. *Aber davor haben wir andere Prioritäten.*

Ich riss die Augen weit auf, sah gerade noch, wie Panya mit den Augen rollte und Yui sich ein Schmunzeln nicht verkneifen konnte, ehe Sebastien mich wieder zu sich umgedreht hatte und mich erneut küsste, während er in Gedanken flüsterte:

Wir haben schließlich einiges nachzuholen.

43

SEBASTIEN

Die Sonne stand hoch am strahlend blauen Himmel. Anstatt kleiner weißer Wolken hatte irgendwer ganze Schwärme von weißen Tauben engagiert, die kitschige blaue, rote und gelbe Bänder rund um den *Jardin de Beauvais*, den Empfangsgarten meines Elternhauses, schweben ließen. Weitere Bänder flatterten in den zahlreichen akkurat gestutzten Büschen und Bäumen, so weit das Auge reichte. Ein ausgelassenes Murmeln, das Rauschen von Hunderten von Stimmen erfüllte die Luft, die vom Duft nach Äpfeln getränkt war. Letzteres war mein Wunsch gewesen, und natürlich war er mir erfüllt worden. Der ungewohnte Anzug unter meinem Augurenumhang legte sich schwer über meinen Körper und ich widerstand nur mit höchster Anstrengung dem Drang, an mir herumzuzupfen.

Aufregung. Nervosität. Obwohl ich in den vergangenen Jahren so einiges durchgestanden hatte, mein Leben von Calliopes Rachepläne bestimmt worden war, überkam mich nun an diesem wunderschönen Tag eine ganz neue Furcht. Die Angst, den Erwartungen nicht gerecht zu werden, den neuen Herausforderungen. Jemand stieß mir in die Rippen und zischte ein »Beruhig dich!«. Ich schloss ganz kurz die Augen und atmete tief durch.

Mabon, der Tag der Herbsttagundnachtgleiche, war für die Hexenwelt seit jeher ein Festtag, ein Tag des Dankes. In diesem für alle Hexen so besonderen – oder besonders ereignisreichen – Jahr begannen die Feierlichkeiten jedoch schon vor Sonnenuntergang. Es war der perfekte Tag, und meine Gefühle fuhren Achterbahn. Meine Nervosität wuchs ins Unendliche, und als die Musik einsetzte, von einem unsichtbaren Orchester gespielt, konnte ich nicht länger widerstehen, zupfte an den Hemdsärmeln herum, an meinem Jackett und an meinem Umhang.

»Lass den Mist! Du machst mich nervös!«, hieß es nun von der anderen Seite. Aber ich konnte nicht anders. Diese Gefühle waren noch so neu für mich und ich musste mich erst wieder an sie gewöhnen. Es hatte definitiv seine Vorteile, ohne sie zu leben ... Aber die Nachteile überwogen. Dessen wurde ich mir in diesem Moment wieder mit einem Schlag bewusst. Die Musik schwoll an, die weißen Tauben flatterten eifrig umher, und dann trafen sich unsere Blicke in einem auf ganz besondere Weise magischen Moment.

Ihr Anblick verschlug mir den Atem. Ich hatte Alex nie zuvor in einem Kleid gesehen. Nun schmiegte sich der mitternachtsblaue Stoff um ihren Körper, als hätte sie nie etwas anderes getragen. Unsere Blicke trafen sich und die Welt hielt den Atem an. Ihre Augen, eben noch gehetzt und angespannt, begannen zu leuchten und ein Lächeln legte sich auf ihre Lippen. Beinahe schüchtern brach sie den Blickkontakt und zupfte an dem dekorativen Band an ihrer Taille herum. Dass sie ebenso nervös war wie ich, beruhigte mich etwas.

Hinter Alex ragte mein früheres Zuhause auf, verblich jedoch mit jedem pochenden Herzschlag mehr, als Alex in ihrem Kleid auf mich zukam, das im Sonnenlicht funkelte, als hätte es pures Sternenlicht eingefangen. Alex lächelte mich an, gab mir das Gefühl, es gäbe nichts Schöneres auf der Welt, nichts, was sie mehr wollte als mich. Es war ... überwältigend und nicht in Worten zu beschreiben.

Gemeinsam mit Ela, Mara und Gloria kam sie den schneeweißen auf der Wiese ausgerollten Teppich zwischen den Stuhlreihen entlang, jede von ihnen für diesen besonderen Tag gekleidet. Doch Alex war die einzige Frau ohne Umhang, den die anderen aus Traditionsgründen trugen. Alex war besonders. Im positivsten Sinne überhaupt. Sie hatte uns alle gerettet, indem sie ihre besondere Art angenommen hatte, anstatt sein zu wollen wie alle anderen. Ich könnte vor Stolz platzen.

Nur noch wenige Schritte trennten uns. Mein Herz drohte, aus der Brust zu springen. Ihr entgegen, die einen Teil davon schon besessen hatte, ehe ich es realisiert hatte. Für einen Moment sah Alex zur Seite, auf ihre Eltern, die Hand in Hand mit Tränen in den Augen in der ersten Reihe saßen, glücklicher denn je. Alex strahlte wie nie zuvor und schritt die letzten Meter in meine Richtung.

Tristan, Chris und Noah neben mir versprühten eine Nervosität, die selbst meine Fingerspitzen kribbeln ließ, während wir unsere Liebsten nicht aus den Augen ließen, bis sie endlich bei uns ankamen. Ich versank in Alex' leuchtenden dunklen Augen, die mit dem edelsteinbesetzten Diadem in ihrem dunklen Haar um die Wette funkelten. Als ich sie endlich berühren konnte, entfuhr mir ein zufriedenes Seufzen. Ich zog sie an mich, presste mein Gesicht in ihr Haar, ließ mich vom Duft ihres Apfelshampoos einhüllen und vergaß den Rest der Welt, während mich ihre Arme an sie pressten. In nur wenigen Minuten würde unsere Verbindung für immer und ewig sein.

Sato räusperte sich mehrmals, bis wir uns endlich zu ihm umdrehten. Die Gäste, Hexen und Hexer aus aller Welt, lachten verhalten. Die Zeremonie begann und endete mit den vor allem von Mara und Alex angestrengten Worten, die sich nicht ganz an die klassischen Worte bei Hexenvereinigungen halten wollten: »Sie alle dürfen Ihre Braut nun küssen.«

Und das tat ich, wie auch Tristan, Chris und Noah, während all die Tauben ihre Bänder wie bunten Regen über uns acht fallen ließen. Ich zog Alex zu mir, küsste sie und würde meine Lippen nie wieder von ihren lösen.

Alex lachte auf und ich spürte ihren Finger zwischen meinen Rippen und die Kälte in meiner Handfläche, weil sie sich mir entzogen hatte. »Ernsthaft? Eine Hochzeit? Dazu noch eine Massenhochzeit?« Ihre Stimme überschlug sich vor Lachen, das die Matratze zum Vibrieren brachte. »Ich bin gerade erst mit dem Abi durch.«

»Wunsch oder Vision?«, fragte ich und sah zu ihr, sah sie an, während sie sich auf die Seite rollte und mich angrinste. Sie hier, in meinem Bett im Augurenturm zu haben, sollte sich inzwischen nicht mehr besonders anfühlen. Und doch begann jeder Tag, an dem ich an ihrer Seite aufwachte und realisierte, dass ich nicht träumte oder in einer Vision gefangen war, mit einem Glücksrausch.

»Keins von beiden«, sagte sie mit einem Kopfschütteln.

Ich zog sie näher zu mir und beendete ihren Lachanfall mit weiteren Küssen. Wir hatten unserem lautlosen Versprechen Taten folgen lassen und uns für mehrere Tage im Augurenturm verkrochen. Mein

Heim war mindestens genauso euphorisch wie ich, und würde ich den Turm nicht hin und wieder zurückpfeifen, würde er Alex noch mehr verwöhnen, als ich es konnte.

Ich sollte aufhören, eifersüchtig auf ein Gebäude zu sein. Ich schüttelte den Gedanken ab und stupste mit meiner Nase gegen die von Alex, ehe ich sagte: »Früher wärst du in dem Alter schon längst verheiratet gewesen.«

»Jetzt tu nicht so, als wärst du hundert Jahre alt.« Alex schnaubte.

»Ich weiß jetzt schon mehr, als andere in ihrem ganzen Leben wissen werden«, verteidigte ich mich.

»Hat dir schon mal jemand gesagt, dass du total überheblich klingst?« Sie seufzte und rollte sich auf den Rücken. Ein leichter Windzug, erfüllt von Lavendelgeruch, strich ihr die Haare aus dem Gesicht. Schon wieder mischte sich der Turm ein!

»Nur ungefähr tausend Mal« Aber es gab nur eine Person, die es zu mir sagen durfte. Ich stahl mir einen schnellen Kuss und spürte ihr Lächeln an meinen Lippen, ehe ich mich wieder zurückzog.

»Ich besitze keine Kleider. Schon gar nicht solche.« Sie sah mich an, die linke Braue erhoben.

»Das ließe sich ganz schnell ändern«, erwiderte ich.

»Vergiss es. Ich kann dem allem nichts abgewinnen. Ich besitze nicht einmal ein Sommerkleid«, sagte sie dann energisch. »Ich fand Shorts schon immer praktischer und …«

Ich küsste die weitere Erklärung fort, bis wir beide bebend Luft holen mussten.

»Wir sollten wohl aufstehen, hm?« Sie biss sich auf die Unterlippe. Auch ohne unsere besondere Verbindung war eindeutig, dass sie dazu noch weniger Lust hatte als ich. Ich wagte einen kurzen Blick in ihre Gedanken und ertappt röteten sich ihre Wangen.

»Ein wenig Zeit haben wir noch«, sagte ich schnell und tupfte jede Menge Küsse auf ihr Gesicht und arbeitete mich zu ihrem Hals vor. Von ihrem genießerischen Seufzen, den flatternden Lidern und dem immer schneller werdenden Herzschlag würde ich nie genug bekommen können.

Sie reckte sich mir entgegen, als ich innehielt, nur noch mein Atem sie streifte.

»Was ist?«, fragte sie irritiert, die Stimme so rau, dass ich mich beherrschen musste, nicht sofort weiterzumachen, wo ich unterbrochen hatte.

»Wunsch oder Vision?«, fragte ich erneut. Wir spielten dieses Spiel schon die ganze Zeit, doch nie war es mir so ernst gewesen wie jetzt.

»Was wäre dir denn lieber?«, hauchte sie und beugte sich zu mir, um mich mit Küssen um den Verstand zu bringen.

»Weißt du das nicht längst?«, fragte ich sie vollkommen ernst. Sie befeuchtete ihre Unterlippe, brauchte viel zu lange für eine Antwort und schürte damit Zweifel in mir. Hatte ich ihr nicht oft genug gesagt, wie sehr ich sie mochte, sie … liebte? Ihre penetrante Art, ihre Loyalität, ihr Kampf für das, was richtig war? Verzweiflung mischte sich mit dem Verlangen, sie noch näher zu spüren und …

»Vielleicht solltest du es mir noch einmal deutlich machen«, erlöste sie mich endlich von der Qual und das zurückgehaltene Grinsen zeigte sich auf ihren Lippen. Von purer Erleichterung getragen erkundete ich weiter ihren Körper, genoss jedes Zusammenzucken ihrer Muskeln, jedes raue Stöhnen, das die Hitze in mir immer weiter lodern ließ. Wir genossen jeden Moment, den wir hatten, weil uns so viel Zeit gestohlen worden war. Selbst als wir schwer atmend und erschöpft so dicht wie ohne Magie möglich nebeneinanderlagen, hörten wir nicht auf, uns weiter zu küssen.

Wir nutzten jede Sekunde, bis der Turm uns Besuch ankündigte, der penetrant versuchte, via Sigillenfährte auf meine Etage zu kommen.

Auf Alex' Nicken hin ließ der Turm die Störenfriede ein und weniger als fünf Sekunden später riss Ela die Tür zum Schlafzimmer auf.

»Jetzt ist Schluss mit Turteln«, sagte sie in so befehlshaberischem Ton, dass Alex neben mir einen Lachanfall bekam, der mich zum Prusten brachte. In den letzten Tagen hatte ich mehr gelacht als in all den Jahren zuvor, und es fühlte sich so befreiend an, dass ich nie wieder damit aufhören wollte. Höchstens um mir weitere Küsse zu stehlen, was ich auch gleich tat.

»Es ist alles vorbereitet und der gesamte Rat ist versammelt! Alle warten nur noch auf den dritten Auguren.« Elas übertrieben vorwurfsvoller Ton passte nicht zu dem Grinsen auf ihren Lippen. Gloria erschien hinter ihr und schob sie in unser Zimmer.

Wir gaben uns geschlagen, schleppten uns aus dem Bett und zogen uns an. Die Schonfrist war vorbei und wir mussten uns wieder der Realität stellen. Der Realität des Ratssaals, wo Hexenpresse und ausgewählte Vertreter der weltweiten Zirkel gleich Zeuge eines historischen Moments werden würden.

Früher hatte ich alles für diese Aufmerksamkeit gegeben, wollte etwas Besonderes sein, besser als die anderen. Nun würde ich all meine Magie dafür geben, weiter mit Alex in diesem Zimmer zu bleiben. Tja, man sollte wohl gut überlegen, was man sich wünschte.

Sämtliche Blicke waren auf Alex und mich gerichtet, als ich sie an meiner Seite durch Rauch und Nebel zog, um uns neben Panya und Yui zu materialisieren. Der Ratssaal war so voll, obwohl er sich offenbar bereits ausgedehnt hatte. Vom in den Boden eingelassenen Pentagramm aus konnte ich gerade noch so das Ende der endlosen Sitzreihen erkennen und die Decke wurde nicht länger nur von einer Reihe Säulen, sondern von mehreren Dutzend getragen. Es schien, dass einfach jede Hexe und jeder Hexer der Welt anwesend war. Alex' Hand wurde feucht. Sie hasste es, im Mittelpunkt zu stehen. Ich drückte sie, dann zog ich sie an mich, um ihr einen Kuss auf den Scheitel zu drücken.

Sie lieben dich!, sagte ich ihr in Gedanken. *Du hast die Magie gerettet.*

Das tun sie nicht, widersprach Alex.

Um was wetten wir?

Ich spürte ihr Schulterzucken in meiner Umarmung.

Um ein Kleid?, schlug ich vor und zeigte ihr einen Traum aus mitternachtsblauem Stoff und purem Sternenlicht, der sich um ihren Körper schmiegte.

Sie lachte auf und schüttelte den Kopf, hob ihn dann jedoch und sah mich an. *Spinner!*, flüsterte sie in meinen Gedanken, ehe sie sich auf die Zehenspitzen stellte und mich küsste – vor der versammelten Hexengemeinschaft.

Die Geste zog lärmenden Applaus und Jubel nach sich und Alex versuchte, sich immer noch kleiner zu machen. Erst als die Rufe zu uns durchdrangen, Rufe nach der »Retterin«, straffte sie ihren Körper und sah sich vorsichtig um. *Zumindest die Männer scheinen mich zu mögen*, sagte sie und in ihren Augen blitzte die Herausforderung.

Muss ich etwa eifersüchtig werden?

Niemals! Ein weiterer Kuss folgte, während dem ich Alex klarmachte, dass ich die Wette gewonnen und sie bald ein Kleid besitzen würde, was doch schon ein deutlicher Hinweis war, dass mein Wunsch Realität werden könnte.

Ihre Lippen unter meinen verzogen sich zu einem Lächeln. *Träum weiter!*

Dann blendete ich alles und jeden außer Alex aus. Es gab nur noch sie in meiner Welt.

Und ein entsetzlich penetrantes gedankliches Räuspern.

Ich finde täglich weitere Gründe, warum das Bannen der Emotionen eine gute Sache für Auguren ist. Panyas Stimme in meinem Kopf klang trotz der barschen Worte nachsichtig. Ich glaubte sogar, den Ansatz eines Lächelns in ihren Mundwinkeln zu erkennen, als ich endlich von Alex wegsehen konnte. Auch sie drehte sich zu der dunkelhäutigen Augurin um.

Das ist nur ein Schatten, erwiderte Alex auf meine Gedanken.

Schluss jetzt!, zischte Yui lautlos. *Es ist ein historischer Moment, könnt ihr nicht ein einziges Mal ernst sein?*

Alex und ich schüttelten synchron die Köpfe. Nein, wir wollten nicht mehr ernst sein, emotionslos, gefangen.

Wir wollten frei sein und jedes einzelne Gefühl genießen!

Ist ja schon gut, murrte Panya. *Dann genieß einfach das Gefühl, dass du die Welt verändert hast und nun in die Chroniken der Hexenwelt eingehen wirst.*

Es war ein großer Tag für die männliche Hexenwelt. Sato, der kommissarische Ratsvorsitzende, war nach den weltweiten Wahlzaubern offiziell zum neuen Vorsitzenden des *Hohen Rats der Hexen und Hexer* gewählt worden, wenn auch nur knapp. Es gab noch zahlreiche traditionsbewusste Hexen, die vermutlich sogar mit Calliopes Tat einverstanden gewesen wären, hätte sie die Magielosigkeit von Männern offiziell verlangt.

Noch ehe er den Eid ablegte, hatte Sato dafür gesorgt, dass die männliche Entsprechung der Hexen in den Titel aufgenommen wurde. Diese stand nun auch auf sämtlichen offiziellen Dokumenten und Dekreten für Gleichberechtigung unter den Geschlechtern. Nach einem stundenlangen Tribunal war auch ein Urteil über Gloria und Noah gefällt worden. Die beiden wurden für ihren Verrat am Rat und ihre weiteren Vergehen nicht mit dem Tod bestraft, sondern wurden zu der magischen Version von Sozialstunden verdonnert, die von beiden ohne jegliches Zögern angenommen worden war.

Es war übrigens Wunsch und *Vision*, übermittelte ich Alex lautlos, während Panya die revolutionärste Rede der Hexengeschichte begann und erzählte, woher die Magie der ersten männlichen Hexen kam und wieso vor ein paar Tagen beinahe alle Hexer ihre Magie verloren hätten.

Erneut brandete Beifall auf – überwiegend von den Männern, doch auch ein paar Hexen sahen einer Zukunft der Geschlechter auf Augenhöhe positiv entgegen.

Alex blickte zu mir. In ihren Augen sah ich, wie sie die Vision vom Morgen Revue passieren ließ. Sie blieb bei ihren Eltern in der ersten Reihe hängen, die sich wieder vertragen hatten, nachdem der Henkersfluch wie alle anderen von Calliope gewirkten Zauber gebrochen war. Wenn eine Hexe starb, vergingen all ihre Zauber – wie damals nach Avelines Tod, als meine Tarnung aufflog. Calliopes *Blut für Blut*-Fluch war gebrochen, Alex spürte keinerlei Aggressionen in Gegenwart von Magie mehr. Wir hatten im Grimoire der Wächter vermerkt, dass Henker tatsächlich nur das natürliche Gleichgewicht zu Hexen waren, eine weitere Art von Magieträgern, die notfalls kämpfen konnten – aber erst durch Calliopes Fluch gar nicht anders *konnten*. Derselbe Fluch, der auch Henkersküsse für Hexer tödlich gemacht hatte.

Elas Theorie war, dass Alex' Vater der Träger des rezessiven Henkergens war und ihre Mutter kaum aufspürbare Magie in sich trug, vielleicht, weil vor vielen, vielen Generationen irgendwann eine Hexe die Blutlinie gekreuzt hatte. Durch die Präsenz von immer mehr Hexen und ihrer Magie hatte Alex' Vater irgendwo unterbewusst gegen Alex' Mutter gekämpft, hatte nicht anders gekonnt. Doch das war nun vorbei. Alex lächelte jedes Mal selig vor sich hin, weil die Streitigkeiten ihrer Eltern endlich ein Ende gefunden hatten – und nicht sie für den ewigen Zwist verantwortlich gewesen war, wie sie sich selbst immer vorgeworfen hatte.

Wann?, fragte sie mich, als die Gedanken an die Vision verblassten.

Ich zuckte mit den Schultern und schenkte ihr ein Lächeln, während sie angestrengt versuchte, in meine Gedanken einzudringen.

Ich kann dich zwingen, das weißt du. Ein schon fast dämonisches Lächeln zeigte sich auf ihren Lippen. *Vier kleine Worte und die Wahrheit würde aus dir herausfließen.*

Ich verdrehte die Augen.

Was Henkern wohl immer im Blut lag, war das Lechzen nach Wahrheit. Denn schon vor der Aktivierung mit dem Henkerssymbol hatte sie die Fähigkeit besessen, aus allen die Wahrheit herauszukitzeln.

Das würdest du niemals tun. Jeder braucht seine Geheimnisse, oder?

Zur Antwort drückte sie meine Hand, ehe sie einen Schritt zurücktrat und ich gemeinsam mit Panya und Yui den ersten männlichen Ratsvorsitzenden des Hohen Rats der Hexen und Hexer vereidigte.

Das prophezeite neue Zeitalter hatte nun tatsächlich begonnen.

NACHWORT

Noch vor allen anderen will ich Drachenmama Astrid danken, dass sie meinem Schneewittchen ein Zuhause gegeben und dem wundervoll magisch-düsteren Titel zugestimmt hat. Die Freiheit, die du mir damit geschenkt hast, bedeutet mir so unglaublich viel! <3

Sebastiens Geschichte war für mich vom ersten Moment an etwas Besonderes. Zwar haben auch andere Märchenprinzessinnen einiges durchstehen müssen, aber Sebastien hat es doch schlimmer getroffen als seine Märchenvorlage. Gleichzeitig steht seine Geschichte für unglaubliche Emanzipation. Meine Hexenwelt konnte ich gestalten, wie ich wollte, und so war schnell klar, dass – wenn ich schon die Geschlechterrollen tausche – ich die matriarchalische Struktur der Hexen hervorheben will. Von Anfang an kämpften die Hexer für ihre Rechte, mussten vorsichtig sein, was sie sagten, wofür sie sich entschieden. Es hat mir Spaß gemacht, den Spieß auch politisch umzudrehen, auch wenn sich in der Realität leider nicht alles so schön und schnell auflösen lässt wie im Märchen.

Wir sind aber hoffentlich auf dem richtigen Weg.

Ich danke allen, die mich und meine Hexen auf ihrem Weg begleitet haben.

Ann-Sophie hat als Testleserin Sebastien und Alex vom ersten Moment an begleitet und mir mit ihren Rückmeldungen gezeigt, ob ich auch alles, was in meinem Kopf so herumschwirrt (Alex und ich sind uns in dieser Hinsicht sehr ähnlich), auch ins Manuskript gebracht habe. Danke!

Ein ganz lautes *Danke*schön (sorry für die ständige Wiederholung :P) geht an Stephan Bellem, der mir als Lektor meines »ersten Drachen« zur Seite gestanden und mich mit seinen Kommentaren immer wieder zum Lächeln gebracht hat. (Ihm habt ihr es zu verdanken, dass diverse Körperteile kein Eigenleben führen). Der Kommentar zu dem ständig so gesunden Essen im Manuskript war mein liebster :D

Danke an Michaela Retetzki, die jeden Zauber besser aufspürt als ein Findezauber.

Marie Graßhoff hat meinem Schneewittchen das perfekte Kleid verpasst. Ich danke dir für deine Mühen!

Ein Gruß geht auch an meine Patreon-Crew! Ihr seid mir in Zeiten von Lockdown und Homeschooling-Auf-und-Ab eine so große Unterstützung neben meiner Familie und ich fühle mich in unserer kuscheligen Gruppe so unglaublich wohl! Ihr seid großartig und ich danke euch für euren Support. Ein extragroßes Dankeschön geht an meine Champs Jana Ruhland, Nadine Seven und Daphne Bühner.

Ich hoffe, ihr hattet alle viel Spaß mit meinem männlichen Schneewittchen. Ich freue mich über jede Rückmeldung von euch, ganz gleich auf welchem Weg. Es ist eure Magie, die meine Geschichten zum Leben erwecken, und ich danke euch jeden einzelnen Tag dafür.

Wir lesen uns hoffentlich ganz bald wieder!

Schickt mir euer Feedback gern auf Instagram (@stefaniehasse) oder per E-Mail (kontakt@stefaniehasse.de). Ich freue mich auch über jedes Foto, jede Markierung und natürlich jede Rezension und Weiterempfehlung.

Ihr besitzt die Magie, mir und all den anderen Autor*innen damit ein Lächeln ins Gesicht zu zaubern! Nutzt diese Macht aus!

Eure
Steffi

Christian Handel (Hrsg.)

Von Flusshexen und Meerjungfrauen

ISBN: 978-3-95991-555-7, Klappenbroschur, EUR 14,90

Dunkel, glitzernd und geheimnisvoll:
Im Wasser liegt eine ganz besondere Magie.
Dies gilt umso mehr für die Bewohner dieses Elements –
Brunnengeister, deren Zuhause der Eingang zur Unterwelt ist,
Kappas, die auf dem Grunde japanischer Teiche leben,
und Fische, die Wünsche erfüllen.

Widersteht ihr dem Lockruf der Loreley in ein verborgenes Reich,
in dem Wasserpferde über mondbeschienene Seen galoppieren,
Seeungeheuer Küstenstädte bedrohen und
Nixen verträumten Mühlenweihern entsteigen?

Die fünfte märchenhafte Anthologie

Christian Handel (Hrsg.)

Durch Eiswüsten und Flammenmeere

ISBN: 978-3-95991-872-5, Klappenbroschur, EUR 14,90

Es war einmal eine Zeit, in der Schneeköniginnen
die Welt mit Eis überzogen und Hexen Menschen in Tiere verwandelten.
So jedenfalls erzählt man sich.
Was aber wäre, wenn Zauberinnen Mädchen in Türme sperrten, um sie zu schützen?
Wenn der Herzkönigin einst selbst das Herz gebrochen wurde?
Wenn man fortgehen muss, um sich selbst zu finden?
Es ist an der Zeit, auch die Stiefmütter, die Wölfe
und die Todesfeen zu Wort kommen zu lassen.
Bist du bereit für ihre Geschichten?

Die vierte märchenhafte Anthologie

DRACHENMOND VERLAG